TOUT CE QUI NOUS REND HEUREUX

SANDI WARD

Traduit de l'anglais (États-Unis)
par Martine Desoille

City
Poche

Publié pour la première fois sous le titre *What Holds Us Together*.
Couverture : © Shutterstock/Studio City
ISBN : 978-2-8246-3773-0
Code Hachette : 34 6180 4

Collection dirigée par Christian English & Frédéric Thibaud.
Catalogue et manuscrits : city-editions.com

Dépôt légal : Mars 2023

En souvenir de Laura,
affectueusement

Le journal

Annika

La chair de ma chair est un voleur.

Ce sale môme de seize ans a volé le journal de son père dans le tiroir de ma table de chevet. J'aurais dû me douter qu'il le prendrait s'il parvenait à le dénicher. J'espère qu'il n'a pas trop avancé dans sa lecture.

Je l'aime, mais Donovan est un vrai problème. Je ne sais pas par quel bout le prendre.

Mes doigts se resserrent sur le volant tandis que je conduis Delilah en ville pour faire quelques emplettes. Je meurs d'envie de demander à Donovan ce qu'il mijote et où il a planqué le journal intime de Peter, mais je ne veux pas le forcer à choisir son camp.

Mes gosses ne se ressemblent pas, et pourtant ils sont jumeaux. C'est difficile pour Del de ne pas prendre parti pour son frère.

On se range devant la pharmacie. Dans la vitrine, il y a un drapeau américain aux couleurs passées et une pelle de plage en plastique bleu qu'on a oublié de retirer à la fin de l'été.

—Je peux faire un saut vite fait chez le marchand de bonbons ? demande Delilah en frottant ses gants de laine l'un contre l'autre.

Le chauffage est monté à fond, mais malgré cela on claque des dents. Manque de chance, Delilah a hérité de ma mauvaise circulation sanguine. Elle porte un bonnet de laine rouge enfoncé jusqu'aux sourcils.

—Je te rejoins dans dix minutes.

Je lui tends une poignée de dollars et elle file.

Je me dirige vers le drugstore en rajustant la bandoulière de mon sac. Au moment où je pousse la porte, la cloche de la Congrégation se met à sonner au bout de la rue. Il doit être quatre heures.

Je suis venue ici pour renouveler mon ordonnance de Xanax, mais juste au moment où je tourne au coin de l'allée, je reste clouée sur place. Mon fils, le voleur !

Je ne savais pas qu'il était en ville. Delilah m'avait dit qu'il était parti avec un « pote » après l'école. Mais je m'aperçois que le pote en question est une nana avec de longs cheveux bruns lisses et un sourire espiègle.

Je me réfugie derrière un assortiment de décorations de Noël : bonshommes de neige, petits trains, labradors affublés d'écharpes rouges. Je jette à nouveau un coup d'œil pour m'assurer que je n'ai pas la berlue.

Non, c'est bien lui. Aucun autre garçon ici ne porte ses cheveux blonds en queue-de-cheval. S'il se laissait pousser la barbe – et je doute qu'il y parvienne un jour, même s'il le voulait – il aurait l'air d'un Viking.

Lui et la fille se tiennent par la main, leurs doigts enlacés. Ils parlent à voix basse et quand elle lève les yeux vers lui, Donovan sourit. Mon cœur fait un bond dans ma poitrine.

La fille pivote sur elle-même pour lui faire face, son corps effleurant presque le sien. Sa doudoune est dézippée et en dessous elle porte un haut moulant comme un maillot de danse. Elle lève la main et replace une mèche de cheveux derrière l'oreille de Donovan en inclinant la tête de côté avec un sourire aguicheur. Ces deux-là ont l'air de bien se connaître.

Comment se fait-il qu'il ne m'ait jamais présenté cette fille ni même dit qu'elle existait ?

Je n'ose pas les interrompre. Donovan et moi nous sommes tellement disputés qu'il ne serait sûrement pas content de me voir. Je décide de le laisser tranquille.

Je ne vois pas trop ce qu'un couple d'ados pourrait venir chercher dans une pharmacie. J'espère qu'ils sont juste venus acheter une bouteille d'eau. Je me mordille nerveusement la lèvre en m'exhortant à ne pas me monter le bourrichon.

Je ressors les mains vides. Delilah est en train de m'attendre à côté de la voiture.

—Il y a quelque chose qui ne va pas ? me demande-t-elle, l'air surprise.

J'agite la main et secoue la tête. Je reviendrai chercher mes médicaments plus tard.

—Non, non, c'est juste que c'est moins cher chez Brown. On va y aller. On a besoin de lait, de toute façon.

Tandis que nous nous dirigeons à pied vers le supermarché, Delilah pioche dans un petit sac en papier kraft et me tend des bonbons – mes préférés : un carré de chocolat noir et des pastilles mentholées vertes, jaunes et roses.

—Qu'est-ce que tu manges ? Ça sent bon.

Elle me montre le papier.

—Des bonbons tendres à la fraise.

—Hum. Peut-être une prochaine fois.

J'essaie de la boucler au sujet de Donovan, mais c'est plus fort que moi.

—Delilah, tu sais avec qui Donovan est allé en sortant du lycée ?

Elle hausse les épaules en écarquillant des yeux innocents.

—Il ne me l'a pas dit.

Del me dépasse de cinq centimètres, exactement comme son frère, et porte un bon gros manteau de laine. Elle fourre le reste des bonbons dans sa poche et me donne le bras pour qu'on se tienne chaud.

Je suis sûre qu'elle sait avec qui est Donovan. Mais une fois de plus, je m'exhorte à ne pas insister. En vain. Ça sort tout seul.

—Del, tu sais quoi ? Le journal de ton père a disparu de ma table de nuit. Ce ne serait pas Donovan qui l'aurait emprunté des fois ?

J'observe sa réaction du coin de l'œil. Elle reste impassible.

—Je sais pas, m'man. C'est possible. Je peux lui poser la question si tu veux.

—Merci, ma chérie. Ça m'arrangerait bien.

—Il l'a peut-être pris parce que papa lui manque.

—Je comprends. Il nous manque à tous.

Au cours des seize mois qui ont suivi la mort de Peter, l'attitude de Donovan n'a fait que se dégrader. Il ne veut pas me parler, mais il écoute tout de même sa sœur. Delilah incarne tous les bons côtés de Peter, et du coup Donovan et moi avons tendance à nous raccrocher à elle.

Quand nous arrivons au supermarché, j'attrape un panier et je file au rayon crémerie. Delilah passe en revue les crèmes glacées pendant que j'inspecte les yaourts. Mais je n'arrive pas à me concentrer.

—On fait des provisions pour la tempête ? demande Delilah. Je peux prendre de la glace ? Chocolat aux pépites de chocolat ?

—La tempête ?

Elle rit.

—Mais enfin, maman, t'écoute jamais les nouvelles ?

Je hausse les épaules. J'ai horreur du journal télévisé. Trop déprimant.

—Tout va bien se passer, tu verras. Ils se trompent toujours à la météo.

Elle extirpe un carton de crème glacé resté tout au fond du bac. Il est recouvert de givre mais ça n'a pas l'air de la déranger.

—Tu es sacrément accro au sucre, ma fille.

—Je sais, dit-elle en souriant de toutes ses dents.

Le pire, c'est que je n'ai pas la moindre idée de ce que contient ce fichu journal – un cahier relié de cuir bleu marine que Peter a commencé à tenir à l'adolescence, quand il avait à peu près l'âge de Donovan ; puis qu'il a laissé de côté. Il y a deux ans, quand il l'a retrouvé au fond d'une penderie, il était tout excité et il s'est remis à écrire dedans avant de mourir. Il ne me l'a jamais montré ni ne m'a proposé de le lire, même s'il ne contenait rien de secret. Le soir, je trouvais souvent Peter au lit en train d'y griffonner des mots ou des croquis. Comme je n'avais pas encore décidé si j'étais prête ou pas à le lire, le journal s'est retrouvé relégué dans un tiroir.

Jusqu'à récemment.

Si ça se trouve, Donovan a déjà commencé à le lire, passant chaque mot et chaque pensée intime de son père en revue.

—Emmy ! s'écrie Delilah en voyant une fille de son âge déboucher à l'autre bout de l'allée.

Emmy, les cheveux remontés en chignon, arrive au pas de course dans sa tenue de sport.

—C'étaient les éliminatoires de basket aujourd'hui, dit-elle en échangeant un high five avec Delilah.

—Tu penses que tu as été prise ?

Emmy sourit.

—Notre bahut est tellement petit que tout le monde est pris. Alors oui.

Je sursaute quand une femme qui marchait à quelques pas derrière la fille me tend subitement la main.

—Olivia, la mère d'Emmy !

—Oh, dis-je en changeant mon panier de bras pour pouvoir lui serrer la main. Annika.

Une mèche de cheveux noirs retombe avec grâce devant un de ses yeux et elle secoue la tête pour la remettre en place.

—Vous êtes ici depuis peu, m'a dit Emmy… ?

Olivia est classe avec son pull à col roulé et sa veste de ski, son jean bleu clair et ses bottines. Je jure que je fais de mon mieux, mais à côté d'elle, je dois avoir l'air d'un épouvantail.

—Non, enfin, oui, nous venons d'arriver. J'ai grandi ici et je suis revenue. Les enfants habitent chez mes parents pour l'instant.

Elle va sans doute penser que je suis en instance de divorce, mais je n'ai pas envie de mentionner la mort de Peter.

—Vous comptez venir au gala de printemps pour la collecte de fonds ? Les invitations vont partir juste après les fêtes, poursuit-elle, un sourire encourageant aux lèvres.

—Hum. Je ne sais pas. Peut-être.

Je ne veux pas trop en dire devant Delilah, mais dans mon esprit, Manchester n'est qu'une solution provisoire. J'aurais pu proposer de racheter la maison de mes parents. Mais Manchester n'est pas mon but final. J'ai déjà fait un pas dans la bonne direction en quittant la maison où Peter est mort, mais je n'ai pas envie de m'éterniser dans ce patelin. Trop chargé de souvenirs.

—Vous étiez où avant ?

La ceinture de ma jupe commence à me démanger et je bascule mon poids d'une jambe sur l'autre. Ces questions me paraissent intrusives. Mais comme Del et sa nouvelle copine sont en grande conversation, je m'oblige à faire un effort.

—Sud Connecticut.

—Très bien.

Impossible de dire, au son de sa voix, si elle a une bonne impression ou non du Connecticut.

—C'était bien, oui. On donnait sur la mer. Avec des forêts tout autour et des collines, et des propriétés séparées les unes des autres par des murs de pierre. Pas très différent d'ici en fin de compte. Mon mari aimait bien se trouver tout près de New York, mais moi, je ne m'y sentais pas vraiment chez moi. Pas comme dans le Massachusetts en tout cas.

—Oh, bien sûr, dit-elle en exhalant doucement, comme si elle avait retenu son souffle en attendant de savoir ce que je pensais *réellement.* Vous devez être contente de retrouver vos parents.

—Oui. Enfin, disons qu'ils se sont installés dans le Maine quand ils ont pris leur retraite. Je leur ai demandé s'ils voulaient bien attendre avant de mettre leur ancienne maison en vente, pour que les enfants et moi puissions y habiter pendant un moment. Alors, en fait, il n'y a que moi et les jumeaux.

—Delilah a un jumeau ? Étonnant.

Son visage s'éclaire tandis qu'elle jette un coup d'œil du côté des deux filles.

—Son frère jumeau s'appelle Donovan. Mais ils se ressemblent si peu qu'on ne s'en douterait pas.

Son expression change et je n'arrive pas à deviner le fond de sa pensée.

—Oh, mais bien sûr. Donovan. Emmy nous a parlé de lui.

Olivia se penche vers nous et, baissant la voix, murmure :

—Il paraît qu'il est très amoureux de sa petite amie.

Elle lève une main, croise les doigts et ajoute :

—Ils sont inséparables.

Je hoche la tête, d'abord lentement, puis plus vite, comme si j'étais parfaitement au courant.

—Oui, enfin, vous savez ce que c'est. Les garçons, les hormones… Je n'arrive pas à le raisonner, et sans son père pour…

—Oh, je comprends tout à fait.

Elle hoche la tête, compatissante :

—J'ai des filles, pas de garçons. – Mais j'imagine que ça n'est pas toujours facile.

—Non.

Je soupire.

—Dieu merci, il y a le Xanax.

Elle rit et me décoche un clin d'œil.

—Ah ah ah.

Elle doit penser que je plaisante.

Mon panier s'alourdit et je serre l'anse un peu plus fort. Je ne suis pas venue m'installer ici pour que mon fils fiche la pagaille.

J'ai inscrit les enfants au lycée Manchester High School pour qu'ils puissent déambuler dans les mêmes couloirs que Peter et moi quand nous avions passé le bac. J'avais envie d'amener les gosses à la vieille bibliothèque pour emprunter des livres à l'odeur légèrement humide qu'il fallait secouer pour faire tomber le sable coincé entre les pages. J'avais envie d'entendre sonner au loin la corne de brume les jours de pluie, et de respirer l'air frais et salé. J'avais envie de leur faire découvrir les clams farcis qu'on dégustait dans un carton les soirs d'été, assis sur un banc, en regardant les bateaux de pêche amarrés dans le port.

Nous avions fait tout cela l'été dernier, et ça m'avait redonné du courage. Un répit qui n'avait pas duré. Car dès que les cours avaient recommencé et que j'avais essayé de reprendre le travail, tout était parti en vrille.

—J'ai été ravie de faire votre connaissance, dit Olivia. J'espère que la tempête ne va pas être aussi rude qu'ils l'annoncent.

—À plus ! dit Del à Emmy en agitant la main.

Cette conversation m'a littéralement vidée. Je n'ai qu'une envie, rentrer à la maison et prendre une tasse de thé.

—Viens, finissons de faire les courses, dis-je à Delilah.

Mais je ne suis pas au bout de mes peines.

J'ai à nouveau un choc quand je tombe nez à nez avec quelqu'un que je ne m'attendais pas à voir. Delilah et moi avons pris un paquet de céréales et nous sommes en train de tourner dans l'allée centrale du magasin quand quelque chose attire mon regard.

Je laisse Delilah partir devant et je scrute au loin le rayon charcuterie. Est-ce bien qui je pense? Deux hommes aux cheveux bruns, sans l'ombre d'un doute – Sam Parsons en compagnie de quelqu'un qui m'a tout l'air d'être son frère Danny.

Je reste interdite en priant le Ciel pour qu'ils ne m'aient pas vue. Mon cœur se met à battre à tout rompre et mes joues s'enflamment. Le long manteau que je porte me semble soudain terriblement épais et je me demande pourquoi il fait si chaud au rayon petit déjeuner.

Sam n'a pas beaucoup changé depuis le lycée. Je parie qu'il entre encore dans son vieux blouson de sport. Certains hommes subissent une transformation spectaculaire en l'espace de vingt ans, leur tour de taille va en s'élargissant tandis que leurs cheveux s'éclaircissent, mais il faut croire que les Parsons ont de bons gènes.

Je regarde Sam et Danny rire en échangeant des plaisanteries pendant qu'ils attendent leur tour au rayon traiteur. Ils portent des parkas et de gros godillots. Je résiste à l'envie de prendre mes jambes à mon cou comme une ado effarouchée.

Sam n'avait pas un mais deux frères aînés. On a du mal à se représenter trois garçons grandissant sous le même toit sans s'étriper. Et il y avait aussi Diana et Andi, ses sœurs aînées. Tous les cinq vivaient avec leurs parents dans un ranch tout au bout d'Ancient County Way. Je me souviens qu'ils avaient deux énormes saint-bernards de la taille de poneys. Il devait y avoir une drôle d'ambiance chez eux. Non pas que j'aie jamais entendu Sam se plaindre. Au contraire, il donnait l'impression d'adorer ses frères et sœurs quand il parlait d'eux. Il était le plus jeune, le bébé de la famille.

Je jette un rapide coup d'œil à Sam. J'aimerais bien lui parler, mais pas maintenant.

Je rattrape Delilah.

—Tu sais quoi ? Je suis sur les rotules. Prends ce qui te fait envie et partons d'ici.

—Oui, mère, me dit-elle pour me taquiner. Je ne savais pas qu'on était à la bourre.

Nous réussissons à passer en caisse et à quitter le magasin sans que Sam m'aperçoive. Je suis soulagée, mais tandis que Delilah allume l'autoradio et fait défiler les fréquences, je prends un instant pour penser à Sam. C'était le genre de gars que toutes les filles auraient voulu comme petit ami, gentil, attentionné. Je ne comprends pas pourquoi l'idée de lui parler me tétanise à ce point.

En fait, si. J'ai de bonnes raisons pour cela.

Perdue dans ma rêverie, j'ai oublié de mettre le chauffage. Delilah tend la main et règle la soufflerie au maximum.

—Merci, Del.

Elle sourit.

—T'inquiète, j'avais pas l'intention de nous laisser mourir de froid.

Sur le chemin du retour, mes pensées se tournent vers Donovan. Je pourrais appeler mes parents pour leur demander conseil. Mais je ne veux pas qu'ils entendent la tristesse dans ma voix quand je leur dirai que Donovan se languit tellement de son père qu'il a décidé de me le faire payer. Même si mes parents n'ont pas eu la vie facile avec ma sœur Lisa – une vraie tête de mule –, ils n'ont jamais eu de garçon qui a perdu son père. Je suis dans une situation particulière.

De plus, je n'ai envie de révéler à personne que Peter tenait un journal, et que je ne l'ai jamais lu. La vérité, c'est que j'ai peur de le lire. Peter est parti, alors à quoi bon fouiller dans son passé ? À quoi bon ruminer ses pensées intimes, ses états d'âme, ses regrets et ses chagrins ? Je ne me sens pas prête à lire les mots que Peter a tracés de sa main sur les pages quadrillées.

Et je pense que, pas plus que moi, Donovan ne devrait le lire. Ce que Peter a écrit ne regarde que lui. Ce n'est pas destiné au public et peut-être pas approprié pour un garçon de seize ans.

Peut-être que lui et moi pourrons le lire ensemble dans une dizaine d'années. Mais là, maintenant, si peu de temps après sa mort ? Non. Ce serait trahir la confiance de Peter.

Son âme ne voulait pas partir

Luna

Peter est parti, mais pas tout à fait.

Peter est mort dans notre grande et belle maison avec vue sur l'océan, entièrement de plain-pied, avec un immense porche qui courait sur toute la longueur de la façade. Nous vivions dans un monde merveilleux où le soleil se réfléchissait sur les falaises rocheuses, où l'air marin picotait nos narines, où le sable s'enfonçait sous nos pieds. On vivait en *grand* comme disait Peter, et son rire facile emplissait la maison de joie. Mais cette maison est devenue l'endroit où il est mort, une expérience traumatisante qui a radicalement changé mon regard sur le monde.

Après que son corps a été enlevé, l'odeur de Peter est restée. Elle était partout, sur les canapés, les fauteuils, les draps de lit. C'était un être vigoureux, et son âme ne voulait pas partir.

Au cours des jours qui ont suivi, je me suis sentie hantée. J'entendais la voix de Peter quand Donovan demandait à sa mère de l'aider avec son linge sale. Je voyais son regard quand Delilah haussait un sourcil. Parfois, je fermais les yeux et imaginais Peter en compagnie d'amis dans le séjour : un homme jouant de la guitare, une femme bavardant, Peter servant à boire. Mais après le départ de Peter, la maison est devenue silencieuse. Les pièces jadis accueillantes se sont étiolées, devenant méconnaissables et s'emplissant d'ombres et de formes étranges. Plus rien n'avait d'attrait pour moi.

L'été est passé tout doucement, faisant place à l'automne et moi, je m'engourdissais. Peter était parti. Parti ! Et pourtant il était partout, dans nos pensées, dans nos souvenirs. Son rasoir noir est resté pendant des semaines dans la salle de bains, et ses vieilles baskets des mois devant la porte d'entrée.

Annika tournait en rond dans la maison, comme si elle avait perdu une chose qu'elle ne trouvait pas. Souvent, elle prenait un vieux tee-shirt de Peter et pleurait. Elle le pressait contre son visage et inspirait son odeur pour essayer de se calmer, mais finissait par craquer et éclatait à nouveau en sanglots. Elle n'arrivait pas à oublier, et moi non plus. Je me mettais à gémir, sautant de la table à la chaise et de la chaise au comptoir de la cuisine, perturbé par l'étrange comportement d'Annika.

Je la suivais dans toute la maison comme un chaton qui suit sa mère. Je m'efforçais de réconforter les humains alors que j'étais moi-même en état de choc.

Les jumeaux vaquaient à leurs occupations ordinaires mais je voyais bien qu'ils étaient malheureux. Delilah me donnait des friandises et me brossait le poil chaque soir. Mais je me faisais du souci pour Donovan. Il fuyait les autres, passant le plus clair de son temps enfermé dans sa chambre.

Nous avons passé un hiver sombre et sinistre, puis le printemps est revenu et Annika a emballé tout dans des caisses. Elle a plié les chemises de Peter qui gardaient son odeur. Elle a trié ses sous-vêtements et ses chaussettes, et rangé ses livres. Sa vieille machine à écrire ainsi que quelques papiers furent eux aussi remisés dans une caisse que Donovan reprit à sa mère, déclarant qu'il voulait les garder. Deux hommes sont venus jeter un coup d'œil au piano de Peter, puis l'ont emporté.

Et c'est comme ça qu'on a emménagé dans cette nouvelle maison. Je n'étais jamais venue ici avant, mais l'odeur d'Annika était partout. On essaie de repartir de zéro ici.

Je regarde une photo de Peter et je me souviens. Ses cheveux couleur de sable, si doux sous mes pattes quand je le taquinais le matin pour le tirer du lit. L'expression amusée de son visage quand il écoutait une histoire tout en inclinant la tête jusqu'à ce que la lumière se reflète sur sa pommette. Ses grognements quand Donovan lui racontait une blague nulle. Ses bras, puissants et sûrs, quand Delilah réclamait un câlin. Son soupir quand Annika lui demandait pour la troisième fois d'éteindre la musique et de venir se coucher.

Annika aussi souffrait. Quand on est venus s'installer dans cette nouvelle maison, elle passait des heures recroquevillée sous un plaid, sur le canapé, le regard perdu dans le vague. Son téléphone sonnait, mais elle ne répondait pas. Elle est devenue maigre et pâle, et pour la première fois, j'ai eu peur de perdre un autre membre de la famille.

Mais ces derniers temps, j'ai repris espoir. Cette maison est petite mais confortable. Annika se lève le matin, elle se douche et s'habille. Quiconque la voit de loin peut penser qu'elle est heureuse et en bonne santé. Mais elle ne va pas travailler. Elle passe son temps à boire du café et à lire des livres sans parler à personne.

Mais malgré tout, je continue de me sentir mal à l'aise dans la nouvelle maison. Mon sentiment de culpabilité quant à la façon dont Peter a perdu la vie me hante. Je file me cacher sous les tables ou les lits, pour me sentir en sécurité. Je me souviens que quand Peter jouait du piano, je courais me cacher parce que je détestais le bruit… Mais maintenant ! Que ne donnerais-je pas pour qu'il revienne, pour l'entendre jouer, pour le voir sourire ! Je m'obligerais à écouter le piano si nous l'avions encore.

Parfois, quand je suis de mauvais poil, j'espionne Annika et je me plains. *Change ça !* miaulé-je. Mais je ne vois pas comment elle pourrait changer quoi que ce soit maintenant que Peter est mort. Et pour toujours.

Mais les enfants continuent de marcher, de respirer, de grandir et d'apprendre. Et ne serait-ce que pour eux, nous devons nous comporter comme une famille normale. Une famille heureuse.

Ce qui me manque le plus de Peter, c'est sa façon d'apprendre aux enfants à regarder le monde. C'était un formidable conteur. Je l'ai entendu raconter des histoires incroyables aux jumeaux à l'heure de dormir. Et j'ai beaucoup appris au fil des ans sur le monde qui s'étend au-delà de notre quartier. Je sais tout ce qui a trait aux gnomes, dragons, géants, sorcières, hobbits et à toutes les étranges créatures qui peuplent cette planète. Entendre Peter raconter comment marche le monde m'a ouvert l'esprit. J'aime à penser que je suis plus sophistiquée que la plupart des chats grâce à ses enseignements. Il y a tant de choses que je n'ai pas vues et que je ne verrai sans doute jamais – je n'ai pas envie de m'aventurer au-delà de la lisière du bois. Mais il y a tellement de choses là-bas !

Récemment, j'ai remarqué comme des mouvements ici et là dans les coins sombres. J'en suis venu à la conclusion que l'âme de Peter nous a suivis jusqu'ici. Je me demande si je suis la seule à avoir remarqué ces traces de Peter. Je sens sa présence chaque jour.

J'ai entendu souvent Peter raconter des histoires de fantômes à Delilah et Donovan. Si bien que je sais ce que c'est. C'est quand le corps d'une créature vivante meurt mais que son âme lui survit.

Parfois, je me dis : Si Peter est effectivement là, pourquoi est-il resté ? Peut-être y a-t-il des choses inachevées dont il voudrait s'occuper ? J'aimerais que Peter atteigne son but, quel qu'il soit.

Même si, pour être tout à fait franche, je n'ai pas la moindre idée de ce que cela peut être.

Internat

Annika

Delilah étale des photos sur le comptoir de la cuisine. Elle les pose une par une, comme si elle distribuait des cartes à jouer.

La cuisine de la petite maison est exactement comme elle l'était quand j'allais au lycée. Plan de travail en faux marbre noir et placards imitation merisier, elle n'a jamais été mise au goût du jour. Ma mère a laissé des herbes aromatiques sur une étagère : carthame, serpolet, thym, menthe et lavande. C'est devenu une blague entre Delilah et moi : va-t-on vraiment se servir de ces plantes ou simplement les admirer ?

—C'était une super soirée, dit-elle en désignant une photo où l'on voit une longue table de bois couverte de nourriture et de boissons. Mamie et papy nous avaient emmenés à une dégustation de bière.

Je fais instinctivement la grimace, puis m'oblige à me détendre et à écarquiller les yeux.

—Ouah ! Vous avez dû bien vous amuser.

J'essaie d'avoir l'air aussi enthousiaste qu'elle tout en songeant intérieurement : *C'est parfaitement ridicule, et même scandaleux. Est-ce raisonnable pour des gamins de seize ans de boire de la bière ? Et avec leurs grands-parents par-dessus le marché ? Franchement. Je parie qu'ils n'ont pas aimé ça, mais qu'ils ont fait semblant.*

Ça avait été très dur de laisser partir les enfants en Allemagne avec Judith et Frank, les parents de Peter. Les jumeaux et moi n'avions jamais été séparés aussi longtemps. Mais je ne pouvais pas dire non, parce que les Kuhn aussi pleuraient la disparition de Peter. Sa mort les avait anéantis ; il était leur seul enfant.

Peter se disputait souvent avec ses parents, qui lui mettaient sans cesse la pression, mais en même temps je comprenais pourquoi. Après que nous avons eu les jumeaux, ils sont venus s'installer dans le Connecticut pour être plus près de leurs petits-enfants. Et quand Judith et Frank ont dit qu'ils voulaient présenter les enfants à des parents éloignés et ont proposé de les emmener voir l'école que Peter avait fréquentée pendant plusieurs années, je me suis sentie obligée de dire : *Oui, bien sûr.*

—Là, on est avec Jannik, dit Delilah en désignant une autre photo.

Elle sourit de toutes ses dents et je vois bien qu'elle en pince pour lui.

Jannik est leur petit-cousin. Je ne l'ai jamais rencontré personnellement. Mais je vois que c'est un grand type, large d'épaules, avec des cheveux coupés ras.

Le genre de gars qui peut descendre une bière en dix secondes chrono.

Fantastique.

Donovan entre et trace droit vers le frigo. Je m'attends à une réflexion désagréable. Il n'est pas content que nous soyons venus vivre dans le Massachusetts.

Moi non plus. Ce n'est pas la solution miracle que j'avais espérée.

Je pense à Peter chaque jour, et mon futur me semble vide. J'avais espéré qu'avec le temps le chagrin allait s'atténuer. Malheureusement, mon plan pour repartir sur de nouvelles bases s'est retourné contre moi, parce que depuis que je suis à Manchester je pense encore plus à Peter qu'avant. Ce qui est logique au fond, puisque c'est ici qu'a commencé notre histoire d'amour.

Seule consolation, la maison nous est familière et elle est confortable. On venait passer une semaine chaque été ici avec mes parents quand les jumeaux sont nés. Et j'ai adoré grandir ici. Certes, c'est un petit pavillon et on s'y sent un peu à l'étroit, mais c'est un lieu de vie chaleureux, avec une cheminée sur l'arrière et un poêle à bois dans le séjour. Idéal quand on a envie de se pelotonner au coin du feu.

Et pourtant, Donovan trouve chaque jour quelque chose de nouveau à critiquer. Il m'a fait remarquer que la cuisine était sombre, que le papier à fleurs était hideux, que sa chambre était minuscule. La télé est vieille, le micro-ondes, nul, et les fenêtres se coincent quand il essaie de les ouvrir en grand. Je me demande ce qu'il va trouver à redire aujourd'hui.

Je retiens mon souffle. Mais il ne nous dit pas un mot. C'est comme si nous n'étions pas là.

—Delilah vient de faire imprimer ses photos, lancé-je de ma voix la plus enjouée. Elles sont incroyables. Apparemment, vous avez passé un super séjour. Tu veux y jeter un coup d'œil ?

—Pas maintenant, dit-il d'une voix morne. Je suis juste venu prendre un truc à manger et je remonte bosser.

Message reçu.

Ce n'est sans doute pas le meilleur moment pour mentionner le journal intime de Peter. Mais comme d'hab, je ne peux pas résister.

—Donovan, je suppose que tu as pris le journal de ton père étant donné qu'il a disparu. Je ne vois pas trop comment tu aurais pu le trouver sans aller fourrer ton nez dans ma chambre.

Il renifle.

—Pas vraiment difficile, étant donné que tu as quasiment élevé un sanctuaire à la mémoire de papa, avec ses photos et ses affaires rassemblées au même endroit.

—Un sanctuaire ? S'il te plaît – je secoue la tête. Écoute, je n'ai pas l'intention de te punir, mais je pense que tu ne devrais pas lire ce journal seul. Est-ce que tu peux, s'il te plaît, le descendre pour qu'on y jette un coup d'œil ensemble ?

Il y a une longue pause, durant laquelle il contemple le contenu du frigo.

Il prend un sachet de mini-carottes, referme le réfrigérateur puis me dévisage d'un air hautain.

—Pourquoi est-ce que je ne pourrais pas le lire ? Le journal de papa ne t'appartient pas, que je sache. Il est à moi aussi.

Je reste sans voix. Sale gosse ! Il me rend folle.

—Parce que c'est un journal INTIME et que j'aimerais m'assurer d'abord que tu es en âge de lire ce qu'a écrit ton père.

J'attends, une main sur la hanche. Mieux vaut pour lui qu'il ne me balance pas une de ses réponses insolentes, parce que cette fois la coupe est pleine.

Mais ses lèvres se mettent à trembler. Ses yeux se brouillent et il me prend de court.

—Maman.

Il croise les bras et baisse les yeux. (Je vois la cicatrice qu'il s'est faite sur le cou il y a trois ans en tombant de son skateboard.)

—Tu as eu seize mois pour le lire. Si tu l'as pas fait, je doute que tu le fasses un jour.

Il soupire, le visage pâle maintenant que son bronzage d'été est parti.

—Moi, j'en ai marre d'attendre, tu comprends ? Il est parti et il reviendra plus. Papa est mort. Et tout ce qu'il me reste de lui, c'est son journal.

Mon cœur chavire, et ma colère s'évanouit d'un coup. Je voudrais lui dire que je suis désolée, mais cette fois les mots ne sortent pas.

Je me tourne vers Delilah qui me lance un regard compatissant. Mais quand je pivote à nouveau vers Donovan, c'est comme si un voile était tombé entre nous. Il ne me regarde même pas.

Au bout d'un moment, il ouvre à nouveau le frigo.

—Y a pas de céleri ?

—Quoi ?

—T'es pas allée faire les courses tout à l'heure ? Tu peux pas faire une liste, bon sang ? Papa, il oubliait jamais ce que je lui demandais. Qu'est-ce que ça serait si tu bossais.

La pointe de sarcasme dans sa voix me hérisse. Autant qu'il le dise carrément : Peter était un meilleur parent que moi. Il était plus près de ses gosses que moi. Ce n'est pas à proprement parler un secret. Peter travaillait à la maison et prenait soin des jumeaux quand j'étais en déplacement. Je ne peux pas nier ce qui est une évidence pour tout le monde.

—Mets-le sur la nouvelle liste que j'ai collée sur le frigo.

Donovan roule des yeux.

—C'est pas grave. Je dois retourner bosser. J'ai un tas de géométrie à réviser.

Donovan sait que le simple fait de parler de géométrie va me faire réagir. J'aime tellement les maths que j'ai consacré ma vie à les enseigner.

Sauf que je n'ai pas repris le boulot. J'ai essayé de reprendre mon poste à la New York University après la mort de Peter, mais je n'étais manifestement pas prête. Je n'ai tenu que deux semaines. Fondre en larmes pour une chose aussi futile qu'une souris d'ordinateur qui reste bloquée est mal vu au département de mathématiques. Cette pauvre Mme Wetzel a déclaré qu'à son avis, j'étais en train de faire une « dépression nerveuse ». J'ai essayé de lui expliquer que la dépression était une invention qui ne correspondait à aucun diagnostic clinique et qu'elle pouvait se renseigner auprès de nos confrères du département de psychiatrie si elle ne me croyait pas. Mais elle n'a rien voulu savoir.

Quand nous sommes venus nous installer ici, à Manchester, j'ai essayé à nouveau. J'ai pris un poste dans une petite université locale, persuadée que j'allais assurer. Cette fois, j'ai tenu un peu plus longtemps, environ six semaines. Mais j'ai démissionné pour m'épargner l'humiliation d'être virée. J'avais constamment l'esprit ailleurs. Il fut un temps où j'étais quelqu'un de très organisé et motivé, mais plus maintenant. Je n'arrêtais pas de penser à ce que je devais faire à la maison : Est-ce que j'avais bien fait les courses ? Quand est-ce que j'allais faire la lessive ? Avais-je oublié de payer la note d'électricité ? Allais-je arriver à temps à la maison pour emmener Delilah à son club de philo ? Peter s'occupait toujours de ces choses-là, et quand j'ai dû me débrouiller entièrement seule, j'ai découvert la charge de travail que cela représentait pour lui et les bras m'en sont tombés.

—Oui, mon cœur, soupiré-je. Va faire tes devoirs.

Je tourne à nouveau mon attention vers les photos, mais je n'ai plus vraiment envie de les regarder. Je ne vais pas gagner cette bataille contre Donovan. Je dois me rendre à l'évidence.

Delilah me passe un bras autour des épaules.

—C'est pas grave, dit-elle en appuyant sa tête contre la mienne. Tu veux que je lui reprenne le journal en douce ?

—Non, non. Laissons-le mariner un peu dans son jus. J'essaierai de lui en reparler plus tard.

Je passe ma main sur les cheveux de Delilah. Ils sont drus et de la couleur de l'écorce, comme les miens.

Donovan, en revanche, a hérité des cheveux blonds et fins de son père. Ils sont aussi longs que ceux de sa sœur, ce que j'ai toujours eu du mal à accepter. Chaque fois que l'envie me prenait de lui dire de se faire couper les cheveux, Peter me disait de le laisser tranquille, ajoutant en substance qu'en Allemagne, les gens s'en fichaient, alors que les Américains étaient des gens rigides. Donovan trouvait amusant que cette discussion revienne encore et encore sur le tapis à cause de lui, si bien que j'ai fini par ne plus rien dire.

—Je pourrais te procurer des munitions, propose Delilah en baissant la voix. Si tu penses que ça peut te servir.

Je la regarde, sceptique mais néanmoins intéressée.

—Comme quoi ?

Elle prend une profonde inspiration.

—Eh bien…

Elle hausse les sourcils tout en suivant du doigt les contours d'une photo.

—Tu veux que je te dise ce que je sais de la petite amie de Donovan ? C'est du sérieux entre eux. Il a posté sa photo sur les réseaux sociaux.

Je ne mentionne pas le fait que je l'ai aperçu avec la fille dans la pharmacie, ou que la mère d'Emmy a abordé le sujet. Mais je suis soulagée qu'au moins un des jumeaux m'en parle. Je suppose que je pourrais, en effet, me servir de cette information contre Donovan. Je pourrais, par exemple, lui interdire de la voir tant qu'il ne m'aura pas rendu le journal… ? Non, ça se retournerait contre moi. Je n'aurais aucun moyen de l'en empêcher et ça ne ferait que le remonter encore un peu plus. En revanche, si je le questionnais au sujet de sa nouvelle petite amie, je pourrais peut-être l'amadouer. Après tout, le sujet m'intéresse vraiment. Ce serait peut-être un moyen de retrouver sa confiance.

—C'est à ça que tu vois que c'est du sérieux ? Le fait qu'il poste sa photo sur les réseaux sociaux ?

Elle fronce le nez et sourit.

—Oui, c'est une façon d'officialiser leur relation.

Je soupire.

« Donovan chéri ». C'était ainsi que je l'appelais quand il était bébé. Il a le même sourire éclatant que son père et un visage poupin et ouvert. Il faut que je le garde à l'œil. Bientôt, il va se mettre à siroter de la bière sans l'aide de ses grands-parents ; il demandera à des gars de prépa d'aller lui en acheter.

—Je trouve ça fou que Donovan ait déjà une petite amie alors qu'il n'est à Manchester High School que depuis trois mois. J'ai l'impression qu'il s'est jeté tête baissée dans cette relation.

En fait, un gars dont personne ne sait rien éveille l'intérêt des filles. Tout le monde a envie de connaître son histoire. Ça a quelque chose de mystérieux et d'intrigant.

Je me souviens. Peter avait été lui aussi « le nouveau » du lycée, tout frais débarqué d'Allemagne. Je me rappelle que je fixais sa nuque quand on était en cours de dessin, en me demandant ce qu'il pouvait bien dessiner. Je contemplais ses baskets blanches et son short, que je trouvais terriblement européens. Les garçons disaient que Peter était un génie du foot, et il suffisait de voir ses jambes puissantes et musclées – un détail qui me revient à cause de son accident – pour s'en convaincre. On n'avait pas d'équipe de foot au lycée à l'époque, dans les années 1980, et quelqu'un avait suggéré que Peter nous montre quelques trucs de base durant les cours de gym.

Je ne parlais pas beaucoup avec lui, au début, même s'il m'avait tapé dans l'œil, et je n'étais pas tombée amoureuse de lui parce qu'à l'époque, en terminale, j'étais raide dingue de Sam. Mais Peter ne laissait personne indifférent.

—T'inquiète pas, ça m'a l'air d'une fille bien, reprend Delilah. Elle s'appelle…

—Attends.

Je lève une main pour l'arrêter.

—Ne me le dis pas. Je veux qu'il me le dise lui-même.

Je tourne à nouveau mon attention vers les photos. Les jumeaux ont l'air de s'être vraiment éclatés en Allemagne. Ils sourient sur la plupart des clichés. J'imagine qu'ils étaient contents de pouvoir prendre un peu leurs distances avec moi – et mon chagrin – et de grandir un peu.

—On dirait que mamie vous a gâtés. Je suis contente que vous ne vous soyez pas perdus dans la Forêt noire. Ou que la sorcière d'Hansel et Gretel ne vous ait pas jetés dans son four.

Delilah éclate de rire.

—Non.

Elle marque une pause, puis :

—Tu es sûre que tu ne veux pas que je récupère le journal pour toi ? Je pourrais me faufiler dans sa chambre pendant que tu lui proposes un beignet aux pommes et au cidre par exemple.

—Ah ah. Non.

Je ferme brièvement les yeux.

—Cette affaire ne regarde que lui et moi. Je préfère que tu ne t'en mêles pas.

Il faut que j'arrive à dissuader Donovan de lire ce journal. Je suis sûre qu'il contient des choses que Peter a écrites quand on était au lycée qu'il vaut mieux qu'il ne lise pas. Comme l'accident de voiture que nous avons eu, Peter, Sam et moi, le soir du bal de fin d'année. J'ai peur que cela le perturbe. Et aussi des choses plus récentes qui risquent de l'ébranler. Il est encore trop fragile pour pouvoir encaisser d'autres chocs émotionnels.

J'ai déjà essayé de lui reprendre le journal moi-même. J'ai fouillé la maison de fond en comble, sans succès. Mais je vais trouver un moyen de le récupérer.

Je ramasse les photos et en fais une pile.

—Au fait, vous avez parlé de moi à mamie quand vous étiez en Allemagne ?

Delilah écarquille de grands yeux stupéfaits.

—De toi ?

—Oui.

Avec mes mains, j'égalise les bords des photos.

—Je suppose qu'elle vous a demandé comment j'allais.

—Oh. Oui.

Elle se détend un peu.

—Elle se faisait du souci pour toi.

—Hum.

Du souci pour moi, vraiment ? Judith ne s'est jamais privée de dire ce qu'elle pensait de notre départ pour le Massachusetts, de mes piètres talents de mère de famille, de mon incapacité à garder un travail ou à tenir une maison. Son sens de l'ordre tout germanique ne laisse guère de place à la discussion.

Les jumeaux ont besoin d'être cadrés, m'avait dit Judith dans les toilettes pour dames de l'aéroport de Boston quand j'étais venue chercher les enfants à leur descente d'avion. *Ils sont à un âge important de leur vie. Ils sont tellement intelligents. Tellement uniques.*

Je sais, avais-je répondu prudemment tout en me demandant si elle n'était pas plutôt en train de parler de Peter ; il était intelligent, il était unique – mais il était mort. Et tout ce qu'il lui restait de lui était ses petits-enfants. Je me demandais où elle cherchait à en venir.

Mais ils n'ont pas l'air très préoccupés par leur avenir. S'ils veulent entrer à l'université, il va falloir les conseiller.

Comment cela ? Je vous rappelle que je suis professeure d'université. Je peux les aider à entrer à l'université.

Il y avait eu un long silence. *Vous n'êtes plus professeure. Vous avez arrêté de travailler.* Elle avait sorti des brochures de son sac et me les avait tendues.

Regardez-moi cette merveilleuse école. Vous ne pensez pas que ce serait formidable pour les enfants ?

Judith finissait toujours par avoir le dessus, si bien que je baissais les bras.

J'avais fini par comprendre qu'elle entendait par là que les jumeaux avaient besoin d'autre chose qu'une mère qui restait enfermée dans un pavillon au fond des bois et craignait d'abandonner le sanctuaire qu'elle avait érigé pour son défunt mari. Je ne suis pas dans le déni quant à mon incapacité à faire mon deuil. Cela fait seize mois, et je pense, comme elle, qu'il est grand temps que je me ressaisisse et que je prenne de vraies décisions.

De sorte que j'ai mis les brochures de la President's Academy dans un placard de la cuisine. Les formulaires d'admission ont été remplis, signés et envoyés – par Judith – et Franck a envoyé un chèque correspondant aux frais de scolarité du semestre de printemps, que l'académie a encaissé. L'internat ne se trouve qu'à une demi-heure de route de la maison de Judith et Frank, de sorte que les enfants pourront venir les voir le week-end s'ils en ont envie.

Mais Judith est certaine qu'ils ne le feront pas car ils seront trop occupés à bûcher. L'école offre tout ce dont ont besoin les adolescents en perte de repères – des cours adaptés, des professeurs attentionnés, des clubs et des activités périscolaires de qualité. Et j'imagine qu'il y aura une cafétéria avec du céleri au menu – un ingrédient d'importance vitale dont l'absence serait considérée comme de la maltraitance infantile.

Je pianote des doigts sur le comptoir de la cuisine. On est déjà fin novembre. Le moment est venu de montrer les brochures aux enfants et d'en discuter avec eux. Mais les jours passent et je trouve toujours une excuse pour remettre à plus tard.

—Est-ce que mamie vous a parlé du lycée privé à côté de chez elle ? Elle a l'air de dire que c'est le nec plus ultra. Je crois qu'on devrait aller y faire un tour le week-end prochain et jeter un coup d'œil au campus.

—Oui, pourquoi pas ? Mais je n'ai pas super envie de changer encore de bahut.

Elle étrécit les yeux.

—J'espère que tu n'as pas oublié qu'il va y avoir une tempête de neige et qu'on ne va pas pouvoir prendre la route pendant un bout de temps ?

Je secoue la tête.

—Je t'ai dit qu'il n'y aura pas de tempête. Ils se trompent toujours.

Trois flocons de neige sont le cadet de mes soucis.

Un homme étrange avec une cagoule noire

Luna

Tout est calme, mais je sens que quelque chose ne va pas.

Une tempête se prépare.

Je me sens nerveuse. Agitée. Je décide de sortir. Je m'installe sur le paillasson à côté de la porte vitrée coulissante de la cuisine et j'attends patiemment.

Mais il y a dans l'air quelque chose de tranchant et inconfortable. Mon museau situe immédiatement le problème quand Annika ouvre la porte. Un air glacial se déverse dans la maison comme une baignoire qui déborde et se répand là où je suis installée sur le carrelage. Mes muscles se tendent, prêts à s'élancer. Ma première réaction est toujours de fuir.

L'air me submerge, son odeur est inquiétante. Mes moustaches en alerte se déploient.

Le froid ne me dérange pas. Ici, c'est l'hiver presque tout le temps et je cherche les carrés de soleil et les bouches de chaleur quand j'ai besoin de me réchauffer.

Mais là, c'est autre chose. Le froid s'immisce jusque dans mes os malgré mon épaisse fourrure. Non, merci.

—Tu ne sors pas cette fois, Luna? me demande Annika sans enthousiasme.

Elle sait que je sais. Il fait un temps à ne pas mettre un chat dehors.

Quand je relève la tête, je remarque qu'elle observe la cime des grands pins qui se découpent sur le bleu du ciel. Il fait un temps splendide mais trompeur. Le soleil brille mais pas suffisamment pour réchauffer l'air.

Annika scrute le seul nuage qui flotte dans le ciel entre ses longs cils duveteux. J'étudie son visage. Ses grands yeux ronds ont l'air calmes et pensifs.

Annika prend le temps de se maquiller les yeux et les joues et de se coiffer, même quand elle ne va nulle part. C'est un rituel qu'elle exécute chaque matin, pour elle-même, à l'évidence, et pas pour les autres. Pour moi, c'est la plus belle. Les couleurs de ses vêtements ne sont pas toujours très bien assorties et parfois elle fait des trucs bizarres avec ses cheveux, comme les rassembler sur le dessus de son crâne. Mais pour un être humain, elle est vraiment très jolie.

Je pense que c'est sa façon à elle de faire son deuil de Peter. Longtemps, elle est restée prostrée, mais maintenant, elle s'efforce de prendre soin d'elle, même quand elle est seule.

Elle soupire et frissonne en refermant la porte.

—On va se faire une bonne tasse de thé à la menthe.

Je la suis jusqu'à la cuisinière et me laisse tomber à mon endroit préféré sur le sol de la cuisine. Je devrais me faire du souci pour la tempête, mais je sais que quoi qu'il arrive, nous ne mourrons pas de faim. J'ai vu Annika et Delilah rapporter des sacs pleins de provisions hier. Les jumeaux ont aussi sorti plusieurs tas de bûches de la voiture qu'ils ont empilées à côté de la cheminée. L'écorce se décolle par endroits et des esquilles de bois pointent ici et là. Mais je vais les renifler par moments, attirée par leur odeur corsée ou pour y dénicher un insecte dont je ne fais qu'une bouchée.

Les épaules d'Annika s'affaissent quand elle dépose un sachet de thé dans sa tasse. Elle a l'air épuisée et je me fais du souci pour sa santé. Je ne suis pas sûre qu'elle mange assez.

C'est à cause de la disparition de Peter. Mon cœur se serre. Je me sens coupable de n'avoir rien pu faire pour le sauver.

C'est étrange de sentir que le fantôme de Peter est ici avec nous. Parfois, j'ai même l'impression de pouvoir le sentir ; mon nez frémit à l'odeur de clémentines fraîchement pelées qu'il mangeait, un quartier après l'autre.

Est-ce que Peter va me hanter à jamais ? Je dois être la seule auprès de qui il se manifeste parce que je suis la seule à détecter sa présence. Peut-être qu'il va me suivre ainsi jusqu'à la fin de ma vie, jusqu'à ce qu'on enterre mon corps inanimé dans un petit trou peu profond.

Je me souviens quand ils ont enterré Snowball, le lapin de Delilah. C'est Peter qui a creusé le trou. Et maintenant, c'est le corps de Peter qui est en train de pourrir sous la terre tandis que son âme hante la maison.

Un spasme agite mon dos et ma queue. Je joue à me faire peur !

Un coup frappé à la porte fait sursauter Annika, tandis que j'aplatis mes oreilles. Elle lève la tête et s'approche de la porte d'entrée, ses chaussures à talons claquant sur le carrelage. Je la suis.

Elle se met sur la pointe de pieds et jette un coup d'œil discret par l'imposte. Puis elle se recule brusquement, les yeux fixés sur la poignée. Hum. C'est sûrement un étranger. Nous connaissons le laitier et la femme qui livre les colis. Annika n'hésiterait pas si c'était quelqu'un qu'elle connaissait.

Pour finir, elle saisit la poignée et ouvre la porte en grand. Le soleil se déverse dans l'entrée et nous aveugle.

Et – oh ! Un étranger se tient sur le pas de la porte.

Il porte une cagoule noire qui lui couvre le nez et la bouche.

Terrifiant ! Comme un ogre !

Je reste interdite. Les hommes ne sont pas mes humains préférés. La plupart sont massifs et maladroits. Ils parlent trop et ne sont pas toujours très futés. Peter était une exception, bien sûr, mais il lui est tout de même arrivé de trébucher sur moi quand j'étais étendue par terre, ou de me heurter avec sa béquille.

Peter avait besoin de béquilles parce qu'il avait une jambe de chair et d'os et une autre – disons, coupée au-dessous du genou. Parfois il portait une jambe mécanique appelée prothèse, mais quand il ne la portait pas, il avait besoin de béquilles pour pouvoir garder son équilibre. J'ai toujours connu Peter comme ça depuis le premier jour. Quand il avait sa prothèse il pouvait mettre des baskets et se déplacer comme n'importe qui d'autre. Avec ses béquilles métalliques il était un peu plus lent. Elles enchâssaient ses avant-bras jusqu'à la hauteur du coude et étaient munies de poignées sur lesquelles il s'appuyait. Je prenais garde de ne pas me trouver sur son chemin, au cas où.

Si seulement Peter était avec nous, là tout de suite. Je n'aime pas l'idée qu'Annika se retrouve face à un étranger alors qu'elle est encore si vulnérable et distraite. Les enfants sont dans la salle de jeux, sur l'arrière, en train de regarder un film à la télé.

Peter, où es-tu ? S'il te plaît, manifeste-toi !

Je regarde autour de moi, mais rien ne se passe.

Je suppose que les fantômes n'apparaissent pas sur demande.

En plus de sa cagoule, l'homme qui se tient sur le seuil porte un gros manteau noir, des godillots qui pourraient facilement casser la queue d'un chat, un bonnet et des gants. Annika écarquille les yeux mais ne dit rien.

—Salut, dit l'homme, presque hors d'haleine, et il doit y avoir un moment qu'il est dans le froid du dehors parce que sa voix est rauque. Rich est là ?

Annika incline la tête de côté.

—Non.

L'homme regarde Annika et ma panique diminue. Les yeux de l'homme – qui sont pratiquement tout ce qu'on voit de lui – sont bienveillants et alertes, et encadrés de sourcils noirs. Ce détail me rassérène.

Un moment se passe. Tout est silencieux. Il n'y a pas un souffle de vent. Une feuille tombe lentement, comme une plume, du haut d'un arbre.

—Rich et Cindy sont dans le Maine, finit par dire Annika en posant une main sur sa hanche comme si elle en avait déjà assez de cette conversation. Définitivement. Je veux dire que c'est là qu'ils habitent maintenant.

L'expression de l'homme n'a pas changé. Pour finir, ses yeux se plissent aux coins et si je pouvais voir sa bouche je comprendrais mieux quelles sont ses intentions.

—Annika ? s'écrie-t-il soudain.

Je fais un pas en arrière. Cet homme connaît ma maîtresse ?

—Oui ?

Heureusement, elle referme la porte, juste un peu, à cause du froid.

—Tu – tu ne te souviens pas de moi ?

Il marque une pause.

—On était ensemble au lycée.

—Ah, fait-elle en faisant battre ses paupières bordées de longs cils duveteux. Je ne vois pas grand-chose de toi, mais tes yeux me disent quelque chose.

—Oh.

Il passe ses deux mains derrière sa tête et *snap !* Il ôte son masque. Ses joues et sa bouche ont la couleur du saumon cru.

—Sam. Tu te souviens ? Ouah, ça fait un bail, dis donc.

Sa bouche remonte au coin avec une expression amusée.

—Sam Parsons. Tu te souviens de moi, tout de même ?

Cet homme a une drôle de voix, traînante et rauque. Il a dû prendre froid.

Je ne fréquente pas beaucoup les hommes et je ne sais que penser de celui-là. J'observe avec méfiance la façon dont il regarde ma maîtresse. Il ne semble pas avoir de mauvaises intentions. Il a l'air sincèrement content de la voir. Sa bouche reste ouverte un instant, comme s'il voyait de la neige tomber dans notre maison et qu'il n'arrivait pas à y croire.

Annika devient toute blanche.

—Oui, bien sûr. Bien sûr. Comment ça va, Sam? Contente de te voir.

Elle se recule de quelques centimètres. Elle a l'air presque anxieuse. Hésitante. Et c'est vraiment très inconfortable de rester là avec la porte ouverte. Je ne comprends pas pourquoi elle ne l'invite pas à entrer.

Mais elle n'invite jamais personne.

—Ça fait un bail, dit soudain l'homme.

Annika fronce les sourcils.

—Je sais. Depuis… depuis le bal de promo.

Il sourit de toutes ses dents.

—*Goodbye Yellow Brick Road*, c'était bien ça?

Elle secoue la tête.

—Comment?

—On a…

Il tend la main vers elle.

—Tu ne te souviens pas? C'est l'air sur lequel on a dansé. C'était la chanson fétiche de la classe.

Voyant qu'elle ne change pas d'expression, il se penche légèrement en avant.

—On avait le choix entre *Goodbye Yellow Brick Road* et *Free Bird.*

Il a l'air content de lui. Il attend une réponse de sa part et je vois bien que ces souvenirs ont de l'importance pour lui.

Annika pousse un long soupir et semble se détendre d'un coup. Elle roule les yeux et lance :

—Ouais, un gros cliché, quoi. Franchement, on aurait pu choisir mieux comme chant de ralliement. Un truc de notre époque.

L'expression enjouée de l'homme vire à la grimace. J'ai l'impression qu'elle l'a insulté.

—Tu plaisantes ? Ce sont des classiques. Des trucs absolument géniaux. On peut pas faire mieux que *Goodbye Yellow Brick Road.*

—Vraiment ?

—Mais oui.

—Et pourquoi cela ?

L'homme penche la tête de côté, visiblement fasciné, comme s'il n'avait jamais vu un humain comme elle. Un nuage de vapeur se répand dans l'air quand il expire. Des mèches de cheveux bruns émergent de sous son bonnet et son visage prend une nuance rouge foncé. Sous ses épaisses couches de vêtements, il a l'air à la fois de transpirer et de claquer des dents tandis que ma maîtresse le laisse poireauter sur le seuil. J'ai déjà observé ce phénomène, quand les jumeaux étaient plus jeunes. Ils sortaient jouer dans la neige et rentraient en sueur parce qu'Annika les obligeait à trop se couvrir.

—Parce que, finit-il par dire. Annie. Parce que… ces paroles… elles ont un sens. Elles disent que la vie ne tient pas toujours ses promesses. Elles parlent des années qui passent et du retour au bercail. Comme nous, qui nous retrouvons tous les deux à Manchester après en être partis à l'adolescence. Tu comprends ?

Il a à nouveau l'air complètement éberlué et il dit :

—Je n'arrive pas à croire que tu es là. Pourquoi est-ce que tu es revenue ?

Son visage s'éclaircit, il attend une réponse.

Annika le fixe du regard, impassible. Je n'arrive pas à savoir ce qu'elle pense.

Il reprend :

—Allons, ne me dis pas que tu as oublié. On a dansé…

—Sam.

Elle tressaille comme si elle sortait d'une transe.

—Pourquoi est-ce que tu es venu? Tu lui voulais quoi, à mon père ?

Il soupire et fourre son masque dans sa poche.

—Pardon, dit-il. N'en parlons plus. Je suppose que le sens profond de la chanson t'aura échappé. Tu n'as jamais été vraiment fan de pop rock, pas vrai ?

Il ricane.

—En fait, je passais pour proposer à Rich de déblayer l'allée. Ton père a un contrat d'entretien chez nous. On est censés déblayer en cas d'enneigement. Mais je ne savais pas qu'il était parti dans le Maine. Il n'a jamais résilié son contrat. Il a pensé sans doute que tu allais occuper la maison et que tu aurais besoin de nos services. Ils annoncent un blizzard avec des vents violents et des congères.

—Un blizzard ? Carrément ?

—Oui. Il va tomber quelque chose comme soixante centimètres de neige, voire plus. Et donc on va travailler non-stop. Tu risques de nous entendre sur le coup de onze heures ce soir et demain matin aussi. Tout dépend de l'heure à laquelle la neige va se mettre à tomber et à quelle vitesse on peut travailler. On va se servir de la déneigeuse pour la chaussée et dégager l'allée privative à la main.

—Je ne suis ici que temporairement. Je veux dire qu'on sera peut-être partis dans un mois ou deux. Je ne sais pas encore.

Annika frissonne. Un nuage obscurcit le soleil et la lumière s'assombrit d'un coup, prenant une teinte grise.

—Mais tu peux dégager l'allée, bien sûr. Fais ce que tu as à faire, je m'en fiche.

Elle s'enveloppe de ses bras et ajoute :

—Enfin, non, je ne m'en fiche pas. En fait, je trouve ça très bien. Je ne pourrais jamais déblayer l'allée moi-même. Ça va de soi.

—Très bien, dit l'homme en tirant sur ses gants comme s'ils n'étaient pas suffisamment ajustés.

Il fait basculer le poids de son corps d'une jambe sur l'autre et je sens qu'il a les pieds gelés malgré ses grosses bottes.

—Oui. C'est sûr, tu vas avoir besoin d'un coup de main si tu ne veux pas rester coincée ici pendant des jours. Ton allée privative est très longue et la Volvo qui est garée là ne va pas t'emmener bien loin si elle est ensevelie sous une congère. Tu devrais la mettre au garage. Tu n'écoutes pas la météo ?

Il regarde autour de lui comme si la neige avait déjà commencé de tomber. Mais il n'y a pas un souffle d'air. Le temps est sec et ensoleillé et le sol est jonché de feuilles mortes et d'aiguilles de pin.

—La voiture n'entre pas dans le garage. Il est plein à craquer de vieux machins dont mes parents ne se sont jamais débarrassés.

Annika s'adosse à la porte. C'est une porte rouge, impeccable et bien astiquée, avec un heurtoir en laiton en forme de baleine.

—Je suis au courant pour la tempête, dit-elle. Ça va être super.

L'homme rejette la tête en arrière et la fixe du regard.

—Ah, bon ? Mais…

—Si, si. On va être au calme. Je vais pouvoir me poser et trouver le temps de lire.

Je suis tout à fait d'accord ! Ça va être super. Se rouler douillettement en boule au coin du feu sur le plaid bleu avec le doux ronron de la télé en bruit de fond.

Mais quand je regarde Annika, je ne trouve pas qu'elle ait l'air joyeuse. Au contraire, elle semble soudain complètement perdue.

En fait, je doute qu'elle ait besoin de trouver le temps de lire étant donné qu'elle passe son temps à ça.

Je crois bien que l'homme voit la même chose que moi, parce qu'il arrête de sautiller d'un pied sur l'autre.

—Bon, ben, j'espère que tu as tout ce qu'il te faut, dit-il d'une voix plus douce. Tu as fait des provisions, j'imagine ? Tu as assez de lait et de pain pour tenir plusieurs jours ?

—Oui. Les placards sont pleins. Et j'adore la neige.

L'homme la fixe à nouveau et comme s'il venait soudain de se rappeler quelque chose, il dit :

—Je sais. Je m'en souviens.

Il ouvre la bouche comme pour ajouter quelque chose, mais rien n'en sort.

—Tu dois être très occupé avec ce blizzard qui se prépare. Merci de m'avoir prévenue que tu allais déblayer l'allée. Et merci d'être passé, Sam. Ça m'a fait plaisir de te voir.

Annika ferme la porte avant même qu'il ait reculé et descendu une marche ou deux.

Elle s'adosse à sa porte close et pose une main sur son estomac. Ses yeux se remplissent de larmes et son nez se retrousse comme si elle allait se mettre à pleurer. Mais elle prend une profonde inspiration, rejette les épaules en arrière et me regarde.

—*Goodbye Yellow Brick Road*, marmonne-t-elle en secouant la tête et en s'essuyant les yeux. Non, mais, franchement, Luna. Tu ne trouves pas que c'est du grand n'importe quoi ?

Je la suis tandis qu'elle retourne à la cuisine.

Je suis d'accord avec elle. Je ne vois absolument pas de quoi cet homme voulait parler et où il voulait en venir.

Même si… c'était ma maîtresse qui a posé presque toutes les questions. J'ai de la peine pour cet homme qu'elle a laissé poireauter dans le froid. Il n'était pas très vif et il avait l'air complètement désorienté.

À la cuisine, nous contemplons le jardin à travers la porte vitrée. Les bois sont comme congelés. Les érables n'ont plus une feuille, les sapins semblent sur le point de se briser, le monde est figé. C'est peut-être cela que les humains appellent le « cœur de l'hiver ».

Ça ne me dit rien qui vaille et je suis terriblement nerveuse.

Et c'est alors que je le sens. Mon poil se hérisse quand je comprends que l'âme de Peter se tient derrière moi. Je me retourne pour le regarder. Enfin, je veux dire son fantôme.

Peter observe Annika de ses yeux bleu clair. Il porte un vieux tee-shirt et un bermuda comme si on était dimanche et en plein été, alors qu'on est au cœur de l'hiver. Je suppose que ce sont les vêtements qu'il portait le soir où il est mort, dans la chaleur de juillet. Il n'a pas sa prothèse et pourtant il ne s'appuie pas sur ses béquilles. On a l'impression qu'il se tient sur ses deux jambes !

Son front se creuse de rides quand il fronce les sourcils. Je parie qu'il n'est pas content de se trouver là, dans cette maison dans les bois. Peter adorait notre grande maison au bord de la mer. Il ne doit pas comprendre pourquoi Annika a déménagé. Il aimerait peut-être qu'on retourne vivre là-bas.

—Moins sept degrés, Luna, dit Annika en jetant un coup d'œil à un petit boîtier à l'extérieur de la porte. La température a baissé depuis tout à l'heure.

Hum. Je me tords le cou pour essayer d'accrocher son regard, mais elle est en train de contempler le jardin. Je me demande si elle a flairé le danger, comme moi. Cette tempête promet d'être terrible.

Mais maintenant que le fantôme de Peter est là, je reprends confiance. Peter va veiller sur nous, j'en suis sûre, mais je sais aussi, pour avoir écouté ses histoires, que les fantômes ne peuvent pas tout. Un fantôme n'est pas capable de faire les mêmes choses qu'un être humain.

En fait, je ne sais pas ce qu'un fantôme peut faire, à part secouer des chaînes et pousser des gémissements. Et je ne vois pas une seconde Peter faisant ce genre de trucs. Mais alors quoi d'autre ? Si seulement je pouvais poser la question à Annika.

Je pourrais peut-être la poser à Peter.

Pourquoi es-tu là ?

Il se retourne et me regarde, ce qui me fait sursauter.

Annika me retient ici. Elle n'a pas cessé de penser à moi depuis qu'elle est revenue à Manchester.

Où est ta prothèse ?

Il ricane. *Dans mon cercueil ? Donnée quelque part ? Je n'en sais rien. Mais je n'en ai pas besoin là où je vais.*

Mais tu ne te sers pas de tes béquilles.

Non, je sais. C'est étrange.

Avant que j'aie pu lui poser d'autres questions, il disparaît à ma vue. Je regarde autour de moi pour m'en assurer, il est parti.

Bien que le dénommé Sam n'ait pas été le bienvenu, je pense que c'est une bonne chose qu'il revienne. Si cette tempête est aussi terrible que prévu, il vaut mieux qu'un autre humain sache que nous sommes ici.

Juste au cas où. Et en dépit du fait que le Sam en question avait l'air d'un troll mal peigné.

Notre maison se trouve dans les bois à l'écart de tout. On aperçoit les lumières des autres voisins la nuit, mais dans la journée, on a du mal à les distinguer à cause des collines, des rochers, des arbres et des buissons.

Est-ce que Sam va revenir prendre de nos nouvelles alors que ma maîtresse lui a fermé la porte au nez? Je me le demande.

Je me dirige vers le séjour et contemple le paysage à travers la baie vitrée jusqu'à ce que le soleil couchant peigne les arbres en rose, et que le ciel se mette à luire d'un éclat inquiétant. Je guette le moindre battement d'ailes, le moindre battement de queue d'un écureuil, mais je ne vois rien.

Les jumeaux regardent la télé jusque tard en se gavant de pop-corn, car demain a été déclaré «jour de neige», ce qui signifie qu'il n'y aura pas école. Annika et moi allons nous coucher avant eux, Annika sous la couette et moi dessus. Juste avant l'aube, je me réveille.

Et je comprends avec un petit pincement au cœur que ça y est. Même si je ne la vois pas et que je ne l'entends pas, je sais que la neige a commencé à tomber.

Le serpent de mer

Luna

En attendant qu'Annika se réveille, je pense au fantôme de Peter, qui m'a parlé hier. Je croyais que son âme était censée quitter la terre après sa mort.

Quelque chose n'a pas dû se passer comme prévu, mais quoi ?

Pour essayer de comprendre, je me remémore les histoires qu'il racontait aux enfants quand ils étaient petits.

Je saute sur le lit de Delilah pour mieux entendre Peter. C'est mon heure préférée, quand les enfants, confortablement installés, écoutent leur père leur raconter une histoire.

—À quoi ressemble la Mort, papa? C'est un squelette?

Peter se rapproche un peu de Delilah. Elle porte une chemise de nuit en flanelle rouge et a repoussé sa couette blanche.

—La Mort ?

Il l'embrasse sur le front.

—Tu penses à Snowball ?

Elle hoche la tête et enfonce son pouce dans sa bouche. On a retrouvé le lapin de Delilah mort dans sa cage, la semaine dernière.

Peter ôte la main de Delilah de son visage avec beaucoup de délicatesse et la serre dans la sienne.

—Ne t'inquiète pas pour lui. Il est au paradis et il mange plein de carottes et de salade.

—Mais à quoi ressemble la Mort ? demande Donovan à son tour.

Il porte un pyjama rayé. Les jumeaux ont des tignasses rebelles, difficiles à coiffer, et il leur manque des dents.

Peter marque une pause.

—Personne ne le sait. En fait, la première fois qu'on rencontre Mme la Mort, c'est aussi la dernière. Parce qu'on est mort ! Après cela, votre âme file au paradis. Personne n'est jamais redescendu du paradis pour nous dire à quoi ressemblait Mme la Mort.

Donovan se laisse rouler jusqu'au pied de son lit.

—Mme la Mort ressemble à un squelette, papa. Tout le monde sait ça, dit-il avec agacement.

Peter lève un sourcil. La lampe sur la table de nuit répand une lumière dorée.

—Il y a en effet des gens qui disent que Mme la Mort ressemble à squelette enveloppé dans une cape noire à capuche et armé d'une faux.

—Une quoi ? s'exclament les jumeaux à l'unisson.

Peter ramène ses bras au-dessus de sa tête, puis les abaisse avec un mouvement ample en imitant une faux.

—Une lame très tranchante qui sert à couper le blé.

Delilah ouvre de grands yeux. La mâchoire de Donovan s'affaisse.

—Mais moi, je n'y crois pas une seconde. Réfléchissez. Si vous montez au paradis, pourquoi est-ce que Dieu vous enverrait un messager qui ressemble à un monstre? Ça n'a aucun sens. Je crois que Mme la Mort est magnifique au contraire. C'est l'ange le plus adorable que vous puissiez imaginer…

—Un garçon ou une fille? interrompt Donovan.

—C'est sans importance.

Peter relève son menton.

—Imaginez simplement l'être le plus bienveillant et…

—Le plus quoi? demande Delilah en se grattant le coude.

—Quelqu'un de généreux et sympathique, poursuit Peter. C'est à cela que ressemble Mme la Mort, d'après moi.

Il fixe Delilah du regard.

—Ce n'est pas à maman que tu penses, au moins?

Elle rit.

—Parce que Mme la Mort ne ressemble pas à maman. Essaie de te représenter quelqu'un d'autre.

—Roooh! s'exclame Donovan. Je vais dire à maman que tu penses qu'elle ressemble à Mme la Mort.

—Non, couine Delilah, mais elle n'est pas fâchée. Ne dis pas ça. Je me représente simplement un ange.

Je me lève de l'endroit où je suis assis à côté de Donovan et je vais prendre place sur les genoux de

Peter. Parfois je m'assieds sur ses cuisses. Mais ce soir il ne porte pas sa jambe artificielle, si bien que je me roule en boule sur son moignon posé sur le lit.

Il fait courir sa main sur mon dos.

—Vous saviez que les Égyptiens vénéraient les chats dans l'Antiquité ? Quand ils mouraient, ils les momifiaient, exactement comme ils le faisaient avec les humains. Ils les enveloppaient dans des bandelettes avant de les enterrer. Ils momifiaient aussi des souris qu'ils laissaient à côté d'eux dans la tombe.

Pardon ?

Je lève les yeux vers lui. Est-ce possible ? Je pars du principe que tout ce que dit Peter est vrai.

—Et, reprend-il, les humains portaient leur deuil comme ils l'auraient fait pour un membre de la famille.

—Mais enfin, papa, s'exclame Delilah en lui prenant le bras, c'est normal !

Peter hausse les épaules.

—Je n'en suis pas si sûr.

—On pourrait momifier des souris pour Luna ?

Il rit.

—Peut-être. On pourrait.

Mon Dieu ! Je ne sais pas si les Égyptiens vénéraient les chats, mais moi je vénère Peter. Il est tellement intelligent, et il sait tellement de choses.

—Papa... Delilah regarde le plafond. Quand tu as perdu ta jambe, tu as pensé que tu allais mourir ?

Peter se tait, et l'espace d'un instant, il se perd dans ses pensées et son visage se ferme. Mais il se ressaisit presque aussitôt.

—Non, non, ma chérie, dit-il en lui ébouriffant les cheveux. J'ai perdu pas mal de sang et je n'avais pas les idées très claires. J'ai eu mal, mais je n'ai jamais pensé que j'allais mourir. Je voulais vraiment, vraiment vivre. Je voulais épouser maman et faire votre connaissance.

Donovan regarde son père.

—Désolé, papa.

—Il n'y a pas à être désolé.

Delilah agrippe la main de Peter.

—Tu pourrais demander à une gentille fée de te jeter un sort pour te rendre ta jambe ?

—Ah.

Peter déglutit, puis inspire.

Il me saisit et me tend à Donovan. Puis il remonte la couette sur les jambes de Delilah et les siennes pour qu'elle ne puisse pas les voir et faire des comparaisons.

—Ma chérie, les sorts ne marchent pas comme ça. Je suis désolé de te décevoir.

Les lèvres de Delilah se mettent à trembler.

—Je ne suis pas déçue, papa, gémit-elle, au bord des larmes. Ça m'est égal que tu aies une jambe ou pas.

Un silence se fait. Delilah s'approche de son père pour le prendre dans ses bras ; puis Donovan l'imite. Je m'écarte et saute à terre, je n'ai pas envie de me retrouver écrabouillé par des petits genoux ou des coudes.

—C'est drôle, dit Peter. Mais je n'ai pas l'impression d'avoir perdu ma jambe. Je ne m'en souviens que lorsque je la vois, ou que j'essaie de me mettre debout. Et dans mes rêves, j'ai toujours mes deux jambes. Je me vois en train de jouer au foot sur une immense pelouse.

Vous savez, avoir deux jambes, ce n'est pas si important au fond.

Il serre ses deux enfants dans ses bras.

—C'est juste embêtant. Ce qui compte vraiment, c'est vous.

—Oui, approuve Delilah. T'as pas besoin des deux.

—T'es quand même fort, papa? demande Donovan en regardant Peter.

—Je peux faire tout ce que j'ai à faire.

—Il est fort! s'emporte Delilah, fâchée contre son frère. Papa, serre-le encore plus pour lui montrer.

Les enfants commencent à se chamailler et à rire, mais moi, je pense toujours à la Mort. Je me demande si c'est ce qui va arriver quand je mourrai. Est-ce que Dieu va m'envoyer un bel ange et les humains momifier des souris pour moi? Hum. Intéressant. Je me roule en boule au pied du lit et me mets à ronronner.

Une fois qu'ils ont fini leurs pitreries, Delilah, soupire et demande :

—Et les fantômes?

Les fantômes? Je relève la tête. Je ne sais pas ce que c'est.

—Oh, oui, papa! lance Donovan. Raconte-nous une histoire de fantômes!

Peter hésite.

—Les histoires de fantômes, ça peut faire peur. Je pourrais vous raconter une belle histoire d'amour à la place. Les histoires d'amour sont plus intéressantes d'après moi.

—Une histoire d'amour? s'indigne Donovan. Beurk. Une histoire de fantômes.

—Tu es sûr ?

—Oui ! s'écrient les jumeaux en chœur.

Et c'est ainsi que j'entends ma première histoire de fantômes.

Quelques semaines plus tard, Delilah demande à nouveau à Peter comment il a perdu sa jambe. Une histoire qu'il a déjà racontée mille fois aux enfants.

—Papa, tu veux bien nous raconter l'histoire du dragon de mer ?

Je m'étire, les pattes avant enfoncées dans la couverture rose et moelleuse sur le lit de Delilah, et je commence à me faire les griffes pour les aiguiser.

Patte gauche, patte droite. Et ainsi de suite.

Peter pose ses béquilles et s'assied à côté de Delilah, qui se pousse pour lui faire de la place. Il porte son sweat-shirt préféré, celui avec BOSTON COLLEGE écrit en travers de la poitrine. Il est rouge avec des lettres dorées. Peter aime faire remarquer aux enfants que ce sont les couleurs que portait le roi Arthur. Parfois, je me demande si Peter ne descendrait pas de ce roi ? Il sait tellement de choses à propos des chevaliers de la Table ronde qu'on a l'impression qu'il fait partie de la famille. Il nous a souvent raconté les histoires de Camelot et Excalibur.

Peter admire les tresses de Delilah.

—C'est maman qui t'a appris à les faire ?

—Oui, dit-elle en tortillant une tresse dans sa main. Elle m'a montré comment faire la semaine dernière. Comme ça, je peux les faire toute seule, même quand elle est en voyage. Elles sont encore humides mais c'est plus agréable pour dormir, et puis comme ça, les cheveux s'emmêlent pas.

Elle s'appuie contre son père et bat des paupières.

—Papa, tu veux bien nous raconter l'histoire du dragon de mer ?

—C'est pas un dragon, dit Donovan en sautant à genoux sur le pied du lit. Les dragons de mer, ça existe pas. C'est un SERPENT de mer.

Il secoue son poing brandi.

—Un SERPENT DE MER. T'AS COMPRIS ?

—Bien, on se calme, dit Peter en étirant la main. Assieds-toi. Je vais vous la raconter. Donc, vous vous souvenez que j'ai rencontré le serpent de mer quand j'étais en Allemagne, où j'ai vécu quelque temps avec papy et mamie ? Personne ici n'a jamais aperçu de serpent de mer.

—Répète-le trois fois à toute vitesse – personne ici n'a jamais aperçu de serpent de mer, personne ici n'a jamais aperçu de serpent de mer, personne ici n'a jamais aperçu de serpent de mer, récite Delilah aussi vite qu'elle le peut, en trébuchant sur les mots.

—Je ne voudrais pas que vous ayez peur de vous baigner ici, à cause des serpents de mer.

—On n'a pas peur, grommelle Donovan. Arrête, papa. On sait très bien qu'il y a pas de serpents de mer dans le Connecticut.

Il y a une odeur de talc dans l'air ; Delilah aime bien s'en mettre après son bain, mais cela me chatouille le nez. J'éternue, puis je regarde Peter, prêt pour l'histoire.

—Bien.

Peter se croise les bras, et les enfants retiennent leur souffle.

—J'ai rencontré le serpent de mer un jour que je nageais vers la pointe d'une digue.

—Tu étais un bon nageur.

—Oui, j'adorais nager et je passais tous les étés à la piscine municipale. Et donc, quand j'avais dix-sept ans, juste avant qu'on ne revienne ici, aux États-Unis, mes parents m'ont emmené en vacances à Ahrenshoop. On était dans un bel hôtel juste au bord de l'eau. Un matin très tôt, je suis allé à la plage, et j'étais seul parce que tous les autres étaient encore au lit. Et il y avait une digue à environ un kilomètre de là, où j'ai aperçu une sirène qui s'était échouée. Je n'en croyais pas mes yeux ! Et pourtant, elle était bien là. Ses écailles luisaient au soleil, et il y avait des berniques sur ses épaules et…

—Attends, papa, demande Delilah en posant sa petite main sur son bras. C'est une histoire vraie ?

—Eh bien…

Il hausse les épaules.

—Disons que c'est une *belle* histoire.

Donovan se laisse retomber sur le lit et martèle le mur avec ses pieds. J'aplatis mes oreilles.

—Papa, non ! C'est une de ces histoires, comme celle du Père Noël ?

Peter fronce les sourcils, pince un instant les lèvres.

—C'est bien mieux qu'une histoire vraie. C'est une histoire que je suis seul à connaître, parce qu'il n'y avait personne d'autre que moi.

Delilah regarde son père.

—Comment ça, mieux qu'une histoire vraie ?

Peter a l'air fatigué tout à coup.

—Les histoires vraies peuvent être très ennuyeuses, Del, ou bien même carrément insupportables. Elles nous rendent tristes et nous font regretter ce qu'on a fait.

—Ouais, soupire Donovan, l'air soudain beaucoup pu âgé. Je vois ce que tu veux dire.

Delilah est intriguée. Elle se gratte le dessus de l'oreille.

—La vérité peut être insupportable ?

Peter change de position.

—En fait, quand je vous raconte comment j'ai perdu ma jambe, je le fais d'une façon amusante. Vous comprenez ? Parce que c'est *mon* histoire, et que je la raconte comme je veux. Ce qu'il y a de bien, quand on raconte sa propre histoire, c'est qu'on peut décider de ce qui arrive. On peut la raconter de toutes les façons possibles, en y mettant des monstres ou des anges ou n'importe quoi d'autre. Quand vous serez plus grands, vous déciderez peut-être que mes histoires ne vous plaisent plus. Soit. Mais en attendant, j'aimerais pouvoir continuer de vous les raconter comme j'en ai envie. Pour les rendre plus palpitantes. Pour que vous y preniez plaisir.

Les enfants n'ont pas l'air de savoir comment réagir.

Peter essaie à nouveau :

—Nous devons assumer ce que nous sommes. Moi, j'ai perdu une jambe. Ce sont des choses qui arrivent, et je ne peux rien y faire. Mais je ne suis pas obligé de me focaliser sur le mauvais côté des choses. Je préfère donner un tour nouveau à mon histoire – y mettre un détail extraordinaire et me l'approprier. C'est *mon* histoire, et je l'ai embellie. D'accord ?

Delilah et Donovan échangent un regard entendu.

—D'accord, papa, si tu veux. Mais j'ai tout de même envie que tu nous racontes l'histoire du dragon de mer.

—SERPENT DE MER.

Donovan devient cramoisi.

—UN SERPENT. Pas un dragon. Il mesurait dix pieds de long, comme une grosse anguille. Pas vrai, papa ?

—Oui, dit Peter dont les yeux s'écarquillent, comme s'il le voyait à nouveau. Oui.

Il se baisse, me passe un bras sous les côtes, puis me ramène contre sa poitrine.

—Si seulement j'avais eu un ami loyal comme Luna avec moi, j'aurais peut-être encore ma jambe aujourd'hui. Les chats ont un sixième sens, ils savent flairer le danger. Il m'aurait peut-être averti que le serpent me guettait.

—Oui, sûrement, dit Delilah en tendant les bars, et Peter me dépose sur ses genoux.

Mais ce n'est pas moi le héros de cette histoire. C'est Peter. Je ferme les yeux et j'attends qu'il continue.

J'imagine la mer d'un bleu profond, les embruns qui fouettent la figure de Peter, le goût du sel sur ses lèvres, et la terreur que je ressentirais si j'étais avec lui en train de me débattre dans l'eau, incertain de l'endroit où le serpent de mer va surgir. Heureusement qu'il avait un couteau accroché à sa ceinture ! Sans quoi le serpent aurait pu l'emporter tout au fond de l'océan pour toujours.

Il n'y a rien de comparable à une bonne histoire de serpent de mer. Absolument rien ! Je me roule étroitement en boule, mon nez humide pressé contre le ventre de Delilah, et savoure le conte.

Hum. Je ne trouve rien dans mes souvenirs que Peter ait pu dire au sujet des âmes qui restent sur terre. Dans la plupart des histoires de fantômes qu'il racontait, il était question de maisons hantées, de gens terrifiés, rien qui puisse s'appliquer à Peter.

C'est l'histoire de la façon dont il a perdu sa jambe qui m'a le plus marquée. Les détails effrayants. Le choc. La surprise. Des années après, il lui arrivait de se réveiller avec la sensation qu'il avait ses deux jambes, puis regardait et n'en voyait qu'une.

Ce doit être la plus grande histoire de sa vie, non ?

Fauteuse de trouble

Annika

Quand je me réveille, je suis une boule de nerfs. Si seulement Peter était là, on ferait la cuillère, et son bras passé autour de ma taille et le poids de son corps contre mon dos m'aideraient à me sentir en sécurité.

Peter avait le chic pour m'apaiser quand j'étais angoissée. Je pense à la première fois que mes parents ont rencontré les siens, chez eux, à l'occasion d'un dîner. J'étais dans tous mes états. J'espérais que papa et maman feraient bonne impression aux parents de Peter. Peter me tenait la main sous la table et son beau sourire laissait entendre qu'il n'aurait pas pu être plus heureux. Il me mettait à l'aise. Mais j'avais hâte que le repas se termine pour que nous puissions être seuls. Nous nous sommes excusés pour monter dans sa chambre pendant que nos parents bavardaient autour du dessert. Allongé sur le tapis, un coussin calé sous la tête, il m'a lu un chapitre d'un de ses romans préférés. J'ai fermé les yeux et écouté le son de sa voix, mon visage collé sur son oreille pour qu'il puisse sentir ma respiration sur sa joue et sache que je l'écoutais.

Comme j'aimerais pouvoir encore entendre sa voix.

Lentement, je me tire du lit et prends une profonde inspiration, tandis que mes pensées se tournent vers Sam. C'était pour le moins étrange de le trouver sur le pas de la porte. Pas inconfortable. Enfin – si, un peu tout de même pour moi. Mais pas pour lui, apparemment.

Ça fait drôle de revoir quelqu'un après tant d'années. Les gens qu'on a connus il y a très longtemps, quand on était au lycée – les sportifs, les grosses têtes, les cancres –, toujours égaux à eux-mêmes. Et pourtant ils ont mûri, ils ont changé. Ils ont vécu des choses qu'on ne soupçonne même pas et traversé Dieu seul sait quelles épreuves qui les ont à jamais transformés. Et en même temps… on pourrait presque reprendre une conversation là où on l'a laissée des décennies auparavant et trouver cela parfaitement normal.

Sam était le même, en plus vieux. Chaleureux. Et plutôt content de me voir, contre toute attente. Je regrette de ne pas l'avoir invité à entrer. Mais j'avais peur qu'il se mette à parler du passé. Je ne suis pas prête pour ça.

Sam est le premier garçon que j'aie aimé. Pendant une année à la fois merveilleuse et douloureuse, je l'ai passionnément aimé. Il était mon Roméo, loyal et brave. Mais j'ai tout gâché. Raison pour laquelle je l'ai évité quand je l'ai aperçu au supermarché.

Sam était avec moi le soir où Peter a perdu sa jambe. Le soir qui a bousillé nos deux vies. Étrangement, j'ai réussi à recoller les morceaux avec Peter.

Mais Sam ? J'ignore s'il m'a pardonné ou pas.

Luna se lève de là où il est assis et va s'installer au pied du lit. Je ne sais pas d'où elle tient cette manie de vouloir toujours s'affaler là où mes pieds sont censés être. Peter dormait du côté droit du lit, moi je préfère le gauche. Malgré toute la place laissée vide maintenant que Peter n'est plus là, Luna insiste pour dormir de mon côté. Si bien que je dois me contorsionner pour lui faire de la place. Elle sait que je suis réveillée et elle veut son petit déjeuner. Elle grimpe sur ma poitrine et se met à ronronner, comme elle le faisait avec Peter.

Ouch. Elle place toujours ses pattes à l'endroit le plus inconfortable.

—Du balai ! lui dis-je, quoiqu'en déplaçant délicatement ses pattes pour les mettre ailleurs. Elle ronronne comme une cafetière. Je crois bien que son ronronnement m'a fait plus de bien que tous les médicaments que le médecin aurait pu me prescrire.

Quand nous nous levons, je constate qu'il a commencé à neiger.

—Regard, Luna.

Elle se lève, la queue dressée bien haut. Je fais claquer mes doigts pour l'inciter à sauter sur la méridienne d'où l'on aperçoit le devant de la maison depuis ma chambre. La neige tombe à gros flocons plats de la taille d'un quarter. Ils flottent lentement et s'accrochent aux branches des arbres. L'allée est entièrement recouverte de neige.

—C'est beau.

Luna me lance un regard mélancolique. Je sais qu'elle n'aime pas ça. Maintenant, elle ne va pas pouvoir sortir.

Une fois douchée et habillée, je me mets à lire, Luna roulée en boule sur mes genoux. Quand les enfants se réveillent je leur prépare leur petit déjeuner : une tranche de bacon entre deux tranches de pain complet grillé. Delilah trempe son sandwich dans le sirop d'érable.

—Ça tombe dru ! s'écrie-t-elle, assise sur son tabouret de bar en regardant par la fenêtre. Chic ! On n'a pas école !

—C'est trop beau, renchérit Donovan. Tout disparaît sous la neige.

Même lui est émerveillé par le spectacle de la neige qui tombe entre les arbres. Donovan apprécie les belles choses.

Delilah pointe son sandwich dans ma direction et demande :

—Tatie Lisa va venir ?

Ma sœur aînée, Lisa, loue une petite maison, au sommet de la colline de l'autre côté de la rue. Quand j'ai fini par lui avouer que j'avais du mal à faire le deuil de Peter, elle m'a proposé de revenir s'installer pendant quelque temps depuis le New Hampshire. Lisa a été mariée trois ans, mais maintenant elle est divorcée et sans enfant. Au début, elle a emménagé dans un meublé avec un bail renouvelable chaque mois du côté de Beverly. Et puis quand mes vieux voisins d'en face sont partis en maison de retraite, il y a quelques semaines, elle a aussitôt sauté sur l'occasion de louer leur maison.

—J'ai envoyé un SMS à tatie. Elle ne va pas aller travailler, mais elle va rester chez elle et attendre de voir comment la situation évolue. Elle viendra peut-être nous voir s'il arrête de neiger.

Je pose le reste de bacon frit sur du papier absorbant.

—Vous vous êtes levés tard, les enfants. C'est l'école qui vous a fatigués comme ça ?

Donovan s'éclaircit la voix.

—J'ai mal dormi.

—Pour pouvoir chatter avec Lexi ?

Delilah lui enfonce son index dans le bras.

Il se renfrogne.

—Non, enfin, oui. Mais, là n'est pas le problème. Je me demande si je ne souffre pas d'apnée du sommeil comme papa.

Je me fige. Jamais l'idée ne m'a effleurée que l'un des jumeaux pourrait faire de l'apnée du sommeil comme Peter. Mais c'est peu probable. Donovan n'a aucun de problèmes de ce côté-là, j'en suis sûre.

Je secoue la tête.

—Non, mon cœur. Ça m'étonnerait beaucoup.

—Ah, ouais ?

Il pose la croûte de son sandwich.

—Tu disais la même chose pour papa, je te signale.

—Mon chéri, je…

—Quand papa se plaignait d'être fatigué le matin, tu disais que c'était parce qu'il travaillait trop.

—Mais c'était vrai.

—Quand il te demandait si ses ronflements te gênaient, tu lui disais que tu n'en savais rien parce que tu dormais comme un loir.

—C’était vrai, répété-je en le foudroyant du regard.

J’ai l’impression qu’il a appris sa tirade par cœur, comme un procureur au tribunal.

—Tu connais l’expression : analyse *a posteriori* ?

Delilas avale son dernier morceau de bacon tandis que ses grands yeux nous lancent des regards aigus, à son frère et à moi.

—En fait, conclut Donovan en croisant les bras sur sa poitrine, j’ai regardé en quoi consiste l’apnée du sommeil sur Internet, et j’ai compris que tu étais à côté de la plaque. Quand papa t’a demandé s’il ne devrait pas consulter parce qu’il ne dormait pas bien, tu lui as répondu que le médecin ne ferait rien d’autre que lui prescrire des somnifères. Tu lui conseillais de prendre de l’Advil quand il avait mal à la tête. Et de prendre une couette moins chaude s’il ne voulait pas se réveiller en sueur. En fait, tu l’as très mal conseillé. Tu n’es pas docteur.

—Elle a un doctorat de mathématiques, intervient Delilah. Ça compte ou pas ?

Bon sang, qu’est-ce que je peux répondre à ça ? Donovan a raison.

Peter était un homme qui avait perdu une jambe et qui avait continué d’aller de l’avant malgré tout. Pour moi, il était Superman. Je le croyais capable de tout gérer. Ce n’étaient pas les migraines ou les ronflements qui auraient dû m’inquiéter.

J’ignorais de quoi Peter souffrait. Je ne comprenais pas ce que ses symptômes recouvraient et je ne savais pas que l’apnée du sommeil pouvait être fatale. Si je pouvais revenir en arrière, je le prendrais au sérieux.

Il y a beaucoup de choses que je ferais autrement.

J'y pense sans arrêt. Je ne suis peut-être pas aussi attentive aux autres que je me l'imagine. Qu'est-ce qu'il y a d'autre que j'aie pu ignorer ou mal interpréter ? Qu'est-ce que Peter a essayé de me dire et que j'ai balayé d'un revers de main ?

Qu'est-ce qui ne tourne pas rond chez moi ?

—Bon, tu as gagné, concédé-je. J'ai tué ton père. T'es content maintenant ?

Donovan roule des yeux effarés.

—Soyons sérieux. Pourquoi est-ce que tu ne reconnais pas que tu t'es trompée pour une fois ?

Il va à l'évier avec son assiette blanche et la rince avant de disparaître à nouveau au premier.

—Pour une fois ? lui crié-je de loin. Il y a autre chose que je n'aurais pas dû faire ?

Je pose la question alors même que je connais la réponse. Je sais que Donovan est toujours sous le choc de la mort de Peter. J'ai essayé d'en parler à plusieurs reprises avec lui, en vain.

Donovan a lâché sa thérapie et maintenant il m'ignore souverainement. Delilah se penche au-dessus du comptoir et me glisse :

—Laisse-le. Il est de mauvais poil parce qu'il ne va pas pouvoir voir Lexi aujourd'hui au bahut. Tu veux voir sa photo ?

J'hésite. Mais oui, j'en meurs d'envie.

—D'accord.

—Bien, bien, bien, dit-elle tout excitée, mais s'il te plaît ne regarde pas le pseudo de Donovan. Il ne manquerait plus que tu te mettes à l'espionner en ligne.

Je m'insurge.

—Jamais je ne ferais une chose pareille. C'est toi qui m'as proposé de me montrer la photo, je te signale, Del !

—Désolée.

Elle pose une main sur la partie supérieure du téléphone, pour que je ne puisse pas voir le pseudo de Donovan, et dit :

—C'est elle.

Je plisse les yeux pour regarder la photo. Il me faudrait mes lunettes. La fille est comme je m'en souviens : petite et mignonne.

—Elle s'habille comme ça pour aller en cours ?

—Non, regarde. La photo a été prise dans sa chambre. Tu vois ?

Tout ce que je vois, c'est qu'elle n'a quasiment rien sur elle. À part des faux cils !

—C'est Donovan qui a pris la photo ?

—Noooon, maman. Elle l'a prise elle-même. Il n'a fait que la republier sur Internet.

Hum. Super. Lexi est jolie – et fière de l'être, à l'évidence. La plupart des ados font des selfies de nos jours, mais c'est plus fort que moi, ce genre d'attitude me hérisse.

Je fais un pas en arrière.

—Elle est sympa ? Avec toi, je veux dire ?

Delilah répond par un haussement d'épaules, que j'interprète comme un non. Mais peut-être n'ont-elles pas eu l'occasion de faire connaissance. C'est dommage, mais Del a son propre cercle d'amies.

Elle me regarde et demande :

—Qu'est-ce qui ne va pas ? Pourquoi est-ce que tu as l'air aussi inquiète ?

—Je ne suis pas inquiète.

Je me détends et défronce les sourcils.

—C'est juste que Donovan n'a jamais eu de petite amie jusqu'ici. Je ne voudrais pas qu'il ait le cœur brisé.

En particulier quand son père lui manque tant, pensé-je. Je m'abstiens de le dire tout haut. Delilah et moi adorons parler de Peter, mais tout en observant une règle tacite qui consiste à rester positives.

—T'en fais pas.

Elle éteint son téléphone.

—Je les vois souvent ensemble au bahut, et je t'assure qu'elle est à fond sur lui.

J'aimerais bien savoir ce qu'elle entend par « à fond sur lui », mais je tiens ma langue.

Plus tard, les enfants et moi enfilons nos doudounes et rapportons trois pleines brassées de bûches du garage. Certains jours, je regrette que le garage ne soit pas rattaché à la maison, mais j'aime ce bon vieux hangar où mes parents ont entassé du bois pour tenir plusieurs hivers. Tandis que nous descendons laborieusement l'allée, nous avons déjà de la neige jusqu'aux chevilles.

—C'est drôle comme on a l'impression d'être isolé quand il neige, remarque Donovan en essayant d'attraper des flocons de neige avec sa langue.

—C'est comme d'être enfermé dans une boule à neige, constate Delilah, son haleine formant un ruban blanc dans l'air.

Je suis d'accord avec eux. Le ciel n'est pas sombre comme par un jour de pluie. Le soleil qui essaie de traverser les nuages répand une lumière tamisée.

Une fois le bois entassé sur le porche, à côté de la porte d'entrée pour ne pas rapporter de la neige à l'intérieur, je me sens fatiguée, mais contente. J'allume une bougie parfumée à l'essence de pin et jette un coup d'œil dans le frigo pour admirer le dîner.

—Du cabillaud sauce hollandaise, Luna? Tu vas nous aider à le finir, pas vrai?

Elle bat des cils. C'est un oui.

Quand le soir commence à tomber, j'admire le paysage depuis la baie vitrée du salon. Tout est recouvert d'une épaisse couche de neige à présent. Les flocons sont plus petits et le vent fait tourbillonner la neige, qui s'amoncelle par endroits en formant des dunes.

Je me hisse sur la pointe des pieds. Le ciel s'obscurcit et je ne peux plus voir la rue. Notre maison se trouve dans une allée privative qui n'est pas pavée. Ce n'est qu'un sentier qui s'enfonce dans les bois, juste assez large pour laisser passer une voiture.

—Tu crois que je devrais m'en faire, Luna?

Elle me regarde. Un sphinx. Indéchiffrable.

Ce serait le bon moment pour parler aux enfants de la President Academy, étant donné qu'ils n'ont rien à faire. Mais une fois encore, je me dégonfle et décide de remettre ça à demain.

Delilah m'aide à préparer le dîner en équeutant les haricots verts et en servant les boissons. Donovan arrive à la dernière minute, se laisse tomber sur sa chaise et ne participe pas à la conversation, sauf pour émettre un grognement ou hausser les épaules.

Je viens juste de vider le lave-vaisselle quand Luna saute sur ses quatre pattes. Je l'ai entendu moi aussi dans la distance : un moteur de camion. Le bruit râpeux d'une lame qui déblaie la neige. Le bip bip régulier d'un véhicule en marche arrière.

À ma surprise, je trouve cela plutôt excitant.

—Viens, Luna!

Nous remontons le couloir au pas de course pour aller jeter un regard par la fenêtre, mais on ne voit pas grand-chose.

Le réverbère dans l'allée n'éclaire pas bien loin et le reste du monde est plongé dans l'obscurité. J'observe les phares qui clignotent et tanguent, illuminant la neige qui tombe et le garage. Le chasse-neige laboure lentement en avant et en arrière. À un moment, il s'arrête et j'entends des hommes crier dans la bourrasque. Je suppose qu'ils sont descendus du véhicule pour déblayer la neige à la pelle. Tant mieux.

Je suis sur le point de quitter mon poste d'observation quand j'aperçois deux formes noires sur le blanc. Je comprends peu à peu que ce sont des hommes enfoncés jusqu'aux genoux dans la neige. Jusqu'aux genoux! Et, sans que je m'explique pourquoi, ils sont en train de remonter lentement l'allée en direction de ma porte. Deux imposantes silhouettes enveloppées de pied en cap dans des vêtements sombres, et dont on ne voit que les yeux.

J'ai beau savoir qu'ils se rapprochent, je sursaute quand on frappe un coup à la porte. Je me dépêche d'aller ouvrir et le vent souffle avec une telle force que je dois résister avec tout le poids de mon corps pour empêcher la porte de s'ouvrir en grand.

—Annika, dit Sam. On peut entrer une minute?

Les deux hommes sont emmitouflés sous des couches de vêtements qui m'empêchent de les différencier dans un premier temps.

J'hésite. Je suis seule avec les enfants et je ne sais pas qui est l'homme avec Sam. Mais il fait un froid de canard dehors, et je ne peux pas rester comme ça, avec la porte ouverte éternellement.

—Bien sûr, entrez.

Je me retourne au cas où un des jumeaux serait descendu pour voir qui est à la porte. Mais il n'y a personne. Je les imagine tous les deux pelotonnés sur le lit de Donovan, en train de feuilleter le journal de leur père. Je frissonne en songeant que Donovan est à l'affût d'indices qui prouveraient que j'ai laissé tomber son père – et lui par la même occasion. J'aimerais pouvoir récupérer le journal de Peter avant qu'il ne soit trop tard.

Les hommes entrent dans le vestibule et commencent à ôter leurs écharpes et leurs gants. Sam retire sa cagoule. À chaque mouvement qu'ils font, de minuscules glaçons se répandent en scintillant. D'un coup de patte, Luna essaie d'attraper un flocon.

Les deux hommes ont les mains, les oreilles et les joues rouge vif sous l'effet du froid, alors qu'à l'intérieur de la maison, il fait bon car j'ai monté le chauffage à fond.

—Merci, Annie. On a un petit problème.

Annie. C'est comme ça que Sam m'appelait quand on était au lycée.

Mes yeux vont d'un homme à l'autre. L'homme à droite de Sam a les mêmes cheveux bruns et drus, et les mêmes épaules carrées que lui, mais il le dépasse de quelques centimètres et ses traits sont plus anguleux. C'est Danny, son frère et son aîné de trois ans.

J'attends que Sam continue mais il ne dit rien. Il a les yeux baissés sur son manteau, comme quelqu'un qui se demande s'il va réussir à l'ôter. J'observe ses doigts engourdis qui essaient de défaire chaque pression.

Je brûle de curiosité.

—Quel genre de problème ?

Il relève lentement la tête.

—La déneigeuse. La neige tombe trop dru. On est bloqués. Les roues patinent et le camion n'avance pas.

Voyant ma tête s'allonger, il s'empresse d'ajouter :

—Pas de panique, Annie. Je ne sais pas comment on a fait notre compte. Mais on va s'en sortir.

Luna lâche un gros *miaou !* J'ai l'impression que tous ces inconnus la mettent mal à l'aise, mais je l'ignore.

Danny dézippe son manteau d'un geste prompt.

—Tu t'es retrouvé pris dans une congère parce que tu n'as pas braqué comme il faut. C'est pour ça que tu t'es enlisé.

Cette réflexion, faite sur un ton acerbe, me confirme qu'il s'agit bien du frère aîné de Sam. Il a un accent de Boston plus prononcé que celui de Sam, preuve qu'il a vécu ici toute sa vie.

—Tu vas manier la pelle et c'est moi qui vais conduire. Désolé si tu en as marre de déblayer, mon vieux, mais c'est comme ça.

—Danny, dit Sam, en haussant le ton. Je n'en ai pas marre de… Bon, on arrête là. STOP. Une allée comme celle-là, qui grimpe à flanc de coteau, tu crois que c'est facile à négocier ?

—Non, c'est pour ça que tu aurais dû me laisser le volant.

—Il n'y a aucune visibilité, n'importe qui aurait pu se faire piéger. Et puis le pneu avant gauche n'est pas assez gonflé.

Je me mordille la lèvre tandis que mon cœur se met à battre la chamade. Il fait nuit noire dehors et la tempête de neige est en train de nous couper du monde. Le vent secoue rageusement les gouttières et les fenêtres. Le chasse-neige est bloqué dans mon allée, ce qui veut dire que je ne peux pas sortir ma voiture et qu'on est pris au piège ?

Sam et moi, pris au piège ensemble.

Quand je l'ai vu au supermarché, il y a deux jours, j'ai failli sortir en courant. Je ne suis pas certaine de pouvoir supporter cette situation.

—Appelez quelqu'un pour qu'on vienne vous désembourber. Il faut bouger ce machin.

Ils me regardent sans rien dire. Je répète :

—Appelez quelqu'un. Pour qu'on vienne vous donner un coup de main.

Ma parole, ils sont sourds.

Sam me regarde comme un adulte qui doit annoncer une mauvaise nouvelle à un gamin.

—Je ne crois pas que ce soit possible. Il est tard et les routes sont bloquées partout. L'état d'urgence a été décrété dans toute la région. Tous les chasse-neige de la commune sont en train de déblayer les grands axes. Et aucun autre véhicule n'est autorisé à circuler. Et puis je n'ai pas envie que quelqu'un se risque à grimper cette colline par ce temps.

—On va trouver une solution. Vous en faites pas. On est des pros. On a juste besoin de faire une petite pause. Il fait un froid de loup dehors.

Le plus grand des deux hommes me tend la main.

—Danny Parsons. Je crois qu'on s'est déjà rencontrés, je me trompe ? Votre tête me dit quelque chose. Vous seriez pas la fille de Rich, par hasard ?

Je lui serre la main. Elle est glacée.

—On s'est déjà rencontrés, il y a très longtemps. Moi, c'est Annika. Je me souviens qu'on attendait le bus ensemble.

Sam me désigne d'un geste de la main tandis que son visage s'illumine. Il est tout fier, comme s'il exhibait sa nouvelle voiture flambant neuve.

—Tu te souviens sûrement d'elle. Annika a grandi ici, dans cette maison, à l'époque où on allait au bahut. Elle était dans ma classe. Maintenant elle s'appelle Annika quelque chose d'autre, dit Sam en levant les sourcils et en me fixant droit dans les yeux. Elle s'appelait Annie Karlsson à l'époque.

Danny penche la tête de côté et lance un regard intrigué à son frère cadet.

—Ooooh, cette Annika-là ? Karlsson. Mais oui, ça me revient maintenant. Ouais, ouais, je vois.

Je n'apprécie pas le ton de sa voix.

—Je vous demande pardon ?

—La fauteuse de trouble. C'est grâce à vous que mon frère s'est fourré dans le pétrin.

Danny pose ses mains sur ses hanches, l'air ravi.

—Et pas qu'une fois. Je me souviens maintenant, bien sûr. La petite amie. La mauvaise graine, disait mon père. Il me semblait bien aussi que votre nom me disait quelque chose.

—*La mauvaise graine ?*

Je sens mes poings se serrer.

—Moi ?

Sam intervient aussitôt.

—Attends, non. Non, non, non. Rien de tout ça n'est sa faute. Je n'ai eu besoin de personne pour me fourrer dans le pétrin, crois-moi, je…

J'en rajoute une couche :

—Absolument. Je n'ai rien à voir là-dedans. Ne m'accusez pas d'être le cerveau d'une entreprise criminelle.

Danny fait un geste de la main.

—Nan, je plaisantais, voyons. D'ailleurs, si j'ai bonne mémoire, c'est Sam qui s'est retrouvé au trou à deux reprises.

Sam hausse les épaules et se masse la nuque.

Je commence à avoir la migraine. La nuit risque d'être longue.

—Je peux te demander un verre d'eau ? dit soudain Sam.

—J'ai mieux à vous proposer. Qu'est-ce que vous diriez d'un café bien chaud ? Accrochez vos manteaux.

Je les précède et ouvre la porte coulissante de l'entrée. À l'intérieur, j'entraperçois les béquilles métalliques de Peter, au fond de la penderie. Elles font partie de ces choses ayant appartenu à Peter dont je n'ai pas pu me séparer. Si bien qu'elles nous ont suivis jusqu'ici. Les jumeaux les prennent de temps en temps, pour jouer, et s'exercent à marcher avec dans la maison.

J'étire la main et touche l'une d'elles pour me porter bonne chance, avant de me retourner pour prendre le manteau de Danny.

Cela fait, je saisis un cintre et me tourne vers Sam qui me tend son manteau. Il est froid et humide à l'extérieur, mais à l'intérieur, la doublure est toute chaude. Je prends le temps de palper l'épaisse étoffe. Elle est solide. Sécurisante.

Sam me voit hésiter.

—Tu veux un coup de main ? me demande-t-il si bas que je doute que Danny ait pu l'entendre.

Je hoche la tête et nous accrochons la doudoune ensemble. C'est alors que tout me revient d'un coup : *Et voilà. N'aie pas peur, ma chérie. Je te tiens.* Ce sont les mots que Sam a prononcés il y a des années, quand j'avais besoin de lui. Je sursaute à ce souvenir resté enfoui tout au fond de ma mémoire.

Je fourre le manteau en vitesse dans le placard, comme si c'était une patate chaude.

—Essuyez vos pieds sur le paillasson, dis-je, d'une voix distraite, avant de filer à la cuisine.

Octobre 1986

Annika

Je file préparer le café. Personnellement je bois du thé, mais j'ai un paquet de café moulu en réserve. Tandis que je remplis le réservoir de la cafetière, je repense à ce qu'a dit Danny. À l'en croire, Sam se serait retrouvé plusieurs fois dans le pétrin par ma faute quand on était en terminale. Alors que moi, j'ai tiré mon épingle du jeu.

Ce sont des souvenirs que je préfère garder sous le boisseau, à cause de la façon dont tout s'est terminé. Mais il n'empêche que Sam m'a subjuguée, comme quand il m'a avoué qu'il m'aimait et que j'ai compris que c'était réciproque. Ces choses-là méritent qu'on s'en souvienne.

La première fois qu'il s'est fait coffrer, c'était pour un délit qu'il n'avait pas commis. Il s'est livré de lui-même à la police alors qu'il était innocent, parce qu'il pensait que c'était moi la coupable.

Sauf que, comble de l'ironie, ce n'était pas moi.

Je fais éclater ma bulle de chewing-gum et Dana éclate de rire. Dana Mazzanti est ma meilleure amie et nous sommes inséparables. Il est sept heures moins le quart et il fait encore nuit, mais nous sommes déjà pomponnées : cheveux brushés et cils tartinés de mascara, jeans serrés, orteils passés au talc parfumé, bottes à talons. Seul hic, mes gants de laine bleu et jaune. Ils jurent avec ma tenue super cool, mais ma grand-mère adore nous tricoter des accessoires d'hiver, à ma sœur Lisa et moi.

Sam est assis sur la banquette en face de la nôtre dans le bus. Ses écouteurs sur les oreilles, à demi assoupi, il contemple le paysage d'un œil vitreux, quand le bus heurte un nid-de-poule. Sa tête part en arrière et va cogner contre le dossier de la banquette. C'est un des gars les plus populaires de notre classe, mais il ne semble pas avoir beaucoup d'amis proches. Sam s'assied toujours seul dans son coin.

—On va mourir.

Je me cramponne au siège devant le mien. On est au fond du bus, un privilège réservé aux élèves de terminale, mais le pire endroit question confort. Nous sentons chaque bosse et chaque creux de la route et quand le bus prend un virage, la loi de la gravitation nous projette contre la paroi et nous nous cognons l'une à l'autre. Il n'y a pas de ceintures de sécurité.

—Ce chauffeur est fou à lier, insisté-je. Il roule beaucoup trop vite. C'est un fou dangereux.

M. O'Shea, le conducteur, parle avec un fort accent écossais et a le pied lourd sur la pédale de l'accélérateur. Avec lui, on a toujours l'impression d'être à la bourre.

Dana hoche la tête.

—Tu as vu ce virage à la corde ? On va finir dans le fossé un jour. Et adieu la vie.

Elle se redresse. Elle a des cheveux noirs, très classe, coupés au carré, qui se balancent quand elle tourne la tête.

—Jil trouve qu'on devrait manifester.

—Ouais ! Récemment, la prof d'histoire nous a parlé des manifs étudiantes des années 1960. Et je suis toute remontée. Après les cours, cet après-midi, je propose qu'on refuse tous de descendre à nos arrêts respectifs. M. O'Shea serait obligé de nous ramener au bahut et du coup on irait trouver le proviseur et exiger qu'il soit remplacé.

—Tu crois que les autres seraient d'accord ? demande Dana en fronçant le nez.

Je hausse les épaules, puis lance, en me penchant dans l'allée :

—SAM !

Il se retourne lentement et ôte ses écouteurs.

—Quoi ?

—Tu veux bien participer à une manif étudiante après les cours ? Si tu viens, tout le monde te suivra.

Il fait la moue.

—J'ai football, chaque soir après les cours. T'as pas remarqué ?

Il secoue la tête, l'air excédé, et remet ses écouteurs.

—Hum, je n'y avais pas pensé.

Je n'aime pas le football. Je suis allée une fois ou deux au match du vendredi soir, mais uniquement pour les hot-dogs tout mous, le pop-corn rassis et pour pouvoir être avec Dana. On passait notre temps à nous plaindre des gradins qui nous faisaient mal aux fesses.

On se fichait royalement du match, ce qu'on aimait c'était beugler comme des folles quand la fanfare ultra-ringarde se mettait à jouer.

—Ne compte pas sur lui pour lever le petit doigt.

Je me tourne vers Dana.

—Laisse tomber. C'est un trouduc.

—Moi Sam. Moi jouer football, crie-t-elle dans sa direction. Moi grand joueur de foot.

Elle se tape la tête avec les poings.

—Moi pas savoir penser.

—Eh.

Il se retourne.

—Je t'ai entendue.

Il abaisse ses écouteurs et se penche vers nous.

—C'est quoi le problème ?

—En fait.

Je me penche comme si j'allais lui faire part d'un secret de la plus haute importance, mais je suis obligée de hausser le ton à cause du bruit de moteur.

—On a décidé d'organiser une manif pour protester contre le chauffeur. Ma mère a déjà appelé le lycée deux fois pour se plaindre, mais ils n'ont rien fait. Tu te souviens de la fois où il s'est arrêté en plein milieu de la voie ferrée ?

Sam me décoche un regard méfiant.

—Ouais.

Dana se penche vers lui, scandalisée.

—On aurait pu mourir !

—Aucun train n'arrivait, rétorque-t-il en nous regardant, elle d'abord, puis moi.

—Là n'est pas la question.

Je lève les yeux au ciel.

—On aurait pu se faire écraser si un train était passé à ce moment-là.

Je me lève de mon siège, traverse l'allée et me glisse sur le siège à côté du sien.

—Non, mais, tu imagines, tous ces jeunes lycéens réduits en miettes ? Franchement ?

Son visage se radoucit maintenant que je suis assise à ses côtés. Je fais des grands gestes en parlant et il regarde mes mains s'agiter dans leurs moufles. Je vois à son expression qu'il a l'air de trouver ça drôle.

—OK, OK, Karlsson, pas besoin de s'exciter. Mais en quoi est-ce que cela me concerne, dis-moi ?

—Il faut que tu te joignes à la manif ! décrète Dana, les yeux écarquillés. Si tu as foot après les cours, on peut faire ça le matin.

—OUI !

Je pointe ma moufle dans sa direction.

—C'est encore mieux. Quand on arrive au bahut, on refuse de descendre du bus. Ça va chambouler l'emploi du temps du matin. Super idée.

Je me tourne vers Sam et demande :

—Alors, t'es partant ?

Il se mordille l'intérieur de la joue.

—Oui. Pourquoi pas ?

—Ouais !

Je lève le bras en signe de victoire.

Il rit. Ce qui est rare. Sam est généralement trop perdu dans ses pensées le matin pour communiquer avec nous. Il plonge sa main dans sa poche et en ressort un paquet de chewing-gum goût raisin.

—Encore un ? demande-t-il. Ou est-ce que tu en as déjà trois dans la bouche ?

—J'ai ce qu'il me faut, merci.

Je tire la langue pour lui montrer.

—Beuurk. Tu as la langue vert fluo.

—Goût pastèque.

J'ai toujours pensé que Sam nous ignorait parce qu'il était du genre coincé. Mais maintenant, je découvre qu'il était peut-être tout simplement fatigué à cause de l'entraînement, des devoirs et des examens d'entrée à l'université. Avec moi, il a toujours été sympa, voire amical, en dépit du fait qu'il doit me trouver un tantinet fêlée.

Le bus s'arrête dans une secousse à Mill Street, l'avant-dernier arrêt avant le bahut. Mill Street est un lotissement résidentiel haut de gamme, composé de cinq grandes et belles maisons neuves, bâties à flanc de colline. Dana se passe aussitôt une main dans les cheveux et rajuste son corsage. Il n'y a que deux passagers qui montent à Mill Street, et l'un d'eux est Peter Kuhn.

Grand et blond, il attire notre attention comme un joujou tout neuf. Il est américain, mais apparemment il a vécu en Allemagne où son père a dirigé l'entreprise familiale pendant plusieurs années. Peter se démarque par sa façon de s'habiller, légèrement décalée, comme ce bandeau qu'il porte sur la tête et cette chemise à rayures multicolores.

—Ciao, Peter ! lui crie Dana en agitant la main quand il s'engage dans l'allée centrale.

—Salut Dana.

Il se tourne vers Sam et moi.

—Salut, vous deux. *Was geht ab ?*

Nous n'avons pas la moindre idée de ce que cela signifie, mais Dana et moi nous mettons à glousser. On adore l'entendre parler allemand. Peter est habitué à nos pitreries et se contente de sourire. Il doit penser qu'on est complètement tarées. Il s'assied sur un siège devant nous et se plonge dans un livre de cours.

Quand je descends du bus, ma sœur Lisa passe son bras sous le mien et nous nous mettons en route. Dans le bus, elle aime s'asseoir dans son coin et piquer un somme pendant le trajet.

—De quoi est-ce que vous parliez, avec Sam? Qu'est-ce que vous magouillez encore ?

Lisa est plus âgée que moi, mais tout le monde nous appelle les jumelles. Mes parents ont décidé de lui faire redoubler sa troisième année de primaire quand ils ont vu qu'elle était dépassée. Étant donné qu'elle et moi n'avons que dix-huit mois d'écart, Lisa s'est retrouvée dans ma classe. Les profs ont commencé à nous appeler les jumelles pour que Lisa ne soit pas stigmatisée. Mais notre bahut n'est pas grand et tout le monde connaît la vérité.

Je fronce le nez. Lisa sent la cigarette. Toutes ses fringues en sont imprégnées. Elle porte du rouge à lèvres orange vif, un haut en dentelle avec une minijupe, et des collants en résille. Ça me fend le cœur, parce que je trouve sa tenue complètement déplacée. Non mais, où elle se croit?

D'un autre côté, je l'envie. Parce que c'est peut-être elle, la fille cool dans l'histoire.

Je lui fais part de notre idée de sit-in.

—C'est complètement nul et ringard. Mais bon.

Elle fait la moue.

—Sam est d'accord pour manifester avec vous ?

Dana marche à nos côtés.

—Tu es avec nous ou pas ? demande-t-elle.

—Peut-être. Je voulais juste savoir si Sam était d'accord.

Dana se renfrogne.

—En somme, tout ce qui t'importe, c'est ce que pense Sam ? Tu veux bien à condition qu'il y ait des garçons dans le coup ?

Lisa est obsédée par les mecs. Elle a découpé les photos de tous les gars de l'équipe de foot dans le livre d'or du bahut et les a collées sur sa tête de lit. Et Sam en fait partie, bien sûr.

—Sam est trop chou, glousse-t-elle en rajustant la bandoulière de son sac violet.

—Il a un regard ténébreux.

—Il a les yeux marron, rectifié-je.

—Il a un regard ténébreux et pénétrant, réitère-t-elle.

D'un geste de la main elle rajuste son bandana.

—Si tu vois ce que je veux dire.

—Non, pas vraiment, dis-je, légèrement mal à l'aise.

Dana et moi échangeons un regard, comme chaque fois que Lisa fait sa mijaurée.

—Sam est un gamin, dit Dana. Il passe son temps à bouder.

Lisa secoue la tête.

—Pas du tout.

Lâchant mon bras, elle plonge la main dans son sac et en ressort un bâton de gloss qu'elle applique d'un geste expert par-dessus son rouge à lèvres orange.

—Il ne vous parle pas parce qu'il vous trouve chiantes et immatures. Et il ne boude pas. C'est juste qu'il a une bouche sensuelle.

Dana s'esclaffe.

—Qu'est-ce qu'il faut pas entendre. Très peu pour moi en tout cas.

Je ne dis rien. Je ne craque pas autant pour Sam que certaines filles, mais je n'irais pas jusqu'à prétendre qu'il ne me plaît pas. Comme je l'ai déjà dit, nous sommes plutôt en bons termes, lui et moi. Il est même venu chez nous l'autre jour pour que je lui passe les devoirs de maths qu'il avait oubliés au bahut. Je ne sais pas pourquoi, mais le simple fait qu'un garçon vienne à la maison ne serait-ce que pendant dix minutes m'a dérangée. Mon père est sorti de son bureau et ils ont commencé à parler de foot. La honte. Merci, papa. Et entre-temps, Lisa, qui avait entendu la voix de Sam, a rappliqué dare-dare pour lui dire bonjour. Ce qui m'a semblé un poil déplacé.

Bon, c'est vrai que j'ai peut-être un petit béguin pour Sam. Il est tellement sympa. Mais je n'ai pas besoin de Lisa pour me dire qu'il a une bouche sensuelle ou pour se ruer dans l'entrée quand c'est moi qu'il est venu voir. Je n'ai pas envie qu'elle se comporte comme si elle était une experte en matière de garçons.

—La sécurité routière, c'est important, non ?

Parfois, j'aimerais bien que Lisa s'intéresse un peu plus aux sujets qui me tiennent à cœur. Mais elle est du genre blasé.

—Tu vas faire le sit-in avec nous, hein ? Et pas seulement à cause de Sam.

—Oui, bon.

Je vois bien qu'elle n'en a rien à fiche et ça me met hors de moi.

On s'arrête devant mon casier. On doit se séparer, parce que Dana et moi avons calcul différentiel et Lisa, algèbre. Notre prof nous a initiés récemment aux fondamentaux de l'ingénierie aérospatiale, ce qui rend le cours un peu plus vivant. Parfois, je m'imagine en train de flotter dans l'univers à bord d'un vaisseau spatial. Je suis loin de tout, bien tranquille dans ma bulle.

—À plus tard, dis-je à Lisa qui s'éloigne.

Je me sens abandonnée par ma propre sœur. Mais je me dépêche de récupérer mon cahier et ma calculette et je file en cours.

Le lendemain matin, le sit-in commence quand M. O'Shea se range devant le bahut et ouvre les portières, en nous beuglant de descendre, et vite. Mais personne ne bouge.

Dana et moi avons demandé à tous les élèves de rester assis quand le bus arriverait au bahut. On s'est assises exprès à l'avant du bus de crainte que les plus jeunes se dégonflent et se précipitent hors du car de ramassage, nous laissant seules à bord.

Rassemblant mon courage, je dis à M. O'Shea qu'on veut parler au proviseur. Au début, il regimbe, mais quand il voit qu'on ne plaisante pas, il y va. Une prof arrive et nous fait la leçon. Quand je lui explique la raison de notre sit-in, elle lève les yeux au ciel. Pour finir, M. Galanes, le proviseur adjoint, rapplique et nous menace de retenue. Mon cœur se met à battre la chamade. Je suis sûre que les autres vont se ruer vers la sortie. Mais quand je jette un coup d'œil de l'autre côté de l'allée, je constate que Sam est parfaitement calme.

Ses écouteurs sur les oreilles, il regarde d'un air distrait par la fenêtre, son walkman à la main.

—On refuse de descendre, dis-je posément et distinctement pour que tout le monde puisse m'entendre. On veut savoir ce que vous comptez faire pour garantir notre sécurité.

M. Galanes, qui se trouve être par ailleurs le coach adjoint de l'équipe de foot, grommelle quelque chose en regardant Sam.

—Qu'est-ce que vous voulez au juste ? demande-t-il.

Sam abaisse ses écouteurs et me désigne du pouce.

—C'est à elle qu'il faut poser la question. C'est elle qui a tout organisé.

—Très bien, mademoiselle Karlsson, dit-il en plissant ses yeux. Parlez, on n'a pas que ça à faire.

—On veut un autre chauffeur qui respecte les limitations de vitesse, en particulier dans les descentes et sur les routes secondaires.

Sam relève la tête.

—Et la musique aussi. Celle de M. O'Shea est nulle.

Je réprime un hoquet outré.

—Nooon, Sam. J'aime la pop music. C'est la seule chose qui m'aide à me réveiller le matin.

—Un meilleur chauffeur, intervient Dana. C'est tout ce qu'on veut.

M. Galanes pose ses mains sur ses hanches. Sa cravate est de travers, tout comme sa boucle de ceinture.

—Tout ce que je peux faire, c'est déposer une plainte auprès de la compagnie et voir si ce chauffeur-ci peut-être réaffecté sur un autre itinéraire. Comme ça, il roulera à tombeau ouvert avec d'autres élèves.

Je fronce les sourcils.

—Mais ce n'est pas juste ! Vous ne pouvez pas appeler la compagnie de transport et lui exposer la situation ? Ma mère les a appelés deux fois, mais ça n'a rien changé.

Il fait rouler sa langue à l'intérieur de sa joue.

—Vous êtes en train de me gâcher mon mardi, Karlsson.

Je hausse les épaules. C'est précisément le but recherché.

—Je reviens, dit-il en levant la poignée pour ouvrir la porte.

Puis il se tourne vers Sam et lui lance :

—Parsons, vous savez, j'imagine, que les sit-in sont passés de mode depuis les années soixante-dix ? On est en 1986. Vous n'êtes pas en train de devenir un de ces hippies attardés, j'espère ?

Une ombre de sourire effleure les lèvres de Sam.

—Euh, non, monsieur.

M. Galanes hoche la tête, satisfait, et descend du bus.

Lisa, qui était assise à l'arrière, bondit sur la banquette à côté de nous et dit :

—Il faut que j'y aille.

—Nooon !

Dana lui agrippe le bras.

—S'il te plaît, Lisa. Non. Si tu descends, les autres vont te suivre. Pourquoi est-ce que tu dois partir ?

—Parce que.

Ses doigts pianotent impatiemment sur ses genoux.

—J'ai déjà écopé de six colles cette année, parce que je suis arrivée en retard en cours ou pour être partie avant l'heure. Je n'ai pas envie de me retrouver en retenue pour un truc aussi débile.

Je sens la colère bouillir dans ma poitrine. Elle s'en va ? Vraiment ?

—Ce n'est pas débile. C'EST IMPORTANT.

Je ne savais pas qu'elle s'était déjà pris six colles. Elle ne me l'a jamais dit. Est-ce que mes parents sont au courant ?

Ça n'a aucun sens. Elle et moi prenons le même bus pour aller lycée, comment est-ce qu'elle aurait pu arriver en retard ?

Où est-ce qu'elle va traîner ?

—C'est bon, dit Sam. Laissez-la partir.

Je me tourne vers lui. J'ignorais qu'il nous écoutait. Je le vois qui se lève. Oh, non, ne me dites pas qu'il va descendre, lui aussi ?

Sam se retourne vers les autres élèves et s'éclaircit la voix.

—Écoutez, si vous tenez absolument à aller en cours, allez-y. Mais nous, on reste. Et on aimerait bien que vous restiez vous aussi.

Il me regarde en hochant la tête et je fais pareil.

Lisa a l'air contrariée. Je crois bien qu'elle a plus peur de le décevoir lui que moi. Sam fait partie des gars les plus populaires du bahut et Lisa adore impressionner les gens. Elle est clairement en train de peser le pour et le contre.

—Merci, finit-elle par dire à Sam avant de saisir sa sacoche et de se lever. Tu sais, Sam, il ne faut pas te sentir obligé de rester, toi non plus.

Il hausse les épaules.

Lisa hésite, me jette un dernier coup d'œil puis se précipite hors du bus.

Lentement, un à un, la moitié des passagers se lèvent pour partir. Quelques-uns prennent le temps de dire à Sam que c'était une bonne idée, avant de s'en aller. Comme si l'idée était de Sam ! Mais je ne lui en veux pas. Je sais pertinemment qu'aucun ne serait resté s'il n'avait pas été là. Sam leur sourit en échangeant quelques mots avec chacun d'eux. Je suis impressionnée. Non, mais, sans blague, il peut être très sympa quand il veut.

Je regarde autour de moi. Il ne reste qu'une dizaine d'élèves. Aaargh.

Mais je suis heureuse de constater que Peter est toujours là, assis derrière Sam. Quand il voit que je le regarde, il ferme son bouquin de sciences.

—Peter, tu dois aller en cours ? Je n'ai pas envie de t'attirer des ennuis, dis-je, même si, au fond, j'ai envie qu'il reste.

Il lève un sourcil.

—Non, non. T'en fais pas pour moi.

—Ah, super.

J'ai l'impression que je devrais ajouter quelque chose, mais je ne sais pas quoi dire. Lui et moi nous regardons l'un l'autre, comme si on jouait à celui qui baissera les yeux le premier. Sa bouche s'étire lentement pour former un sourire et je détourne la tête précipitamment.

Je soupire, puis je vais m'asseoir à côté de Sam.

—Ce sit-in n'a pas l'air de faire avancer grand-chose. Mais merci tout de même d'être resté avec nous.

Je croise les bras en soupirant :

—Je n'arrive pas à croire que Lisa nous a plantés là ! Pour la motiver, je lui ai dit qu'on allait scander des slogans et peindre des symboles de paix sur les murs du bahut. Mais à l'évidence, ce n'est pas son truc.

Il ricane.

—Si tu donnes un spray de peinture à Lisa, ce n'est pas un symbole de paix qu'elle va dessiner.

Je ris.

—Non, probablement pas.

—Mais tu as essayé. C'est déjà ça, dit Sam, qui a l'air fatigué et pâle.

—Y a quelque chose qui ne va pas ? Tu as l'air de quelqu'un qui n'a pas dormi.

Il se frotte les lèvres avec le pouce.

—Mon paternel a été hospitalisé. Il a un cancer.

Ouah. Voilà qui n'est pas réjouissant.

—Oh, non. Vraiment ? Ton père a l'air tellement jeune.

Je ne connais personne qui ait le cancer. Je suppose que j'ai de la chance que tout le monde se porte bien dans notre famille.

—On peut avoir le cancer à tout âge.

—Mais pourquoi est-ce que tu es venu ? Tu aurais dû rester chez toi.

Il bat des paupières et, l'espace d'un instant, il a l'air ailleurs.

—Non. Ça n'aurait rien changé. Ma mère l'a accompagné à l'hôpital, et elle m'a dit d'aller au lycée. Le docteur dit que tout va bien se passer.

J'espère que c'est vrai.

—Je suis désolée.

Le bus mijote sous le soleil d'automne, et nous commençons à transpirer. J'ai l'impression d'être trop couverte. Mais la sensation de chaleur provient aussi de la façon dont Sam me regarde, son visage tout près du mien, tandis que nous sommes assis côte à côte sur la banquette. Je comprends soudain que j'avais raison de penser que Sam ne nous snobait pas. En fait, il est préoccupé, et même triste. Et quand il me regarde, force m'est de constater que Lisa a raison.

Il a un regard ténébreux et pénétrant. Ouais. Un point pour elle.

Je me colle à lui et pose ma tête sur son épaule.

—Sam.

Parfois les mots me manquent pour exprimer ce que je ressens.

Il pose sa tête contre la mienne.

—Annie, soupire-t-il, avant d'ajouter tout bas : Je n'arrive pas à croire que je suis en train de sécher le cours de math. Tu sais que tu es pénible ?

Mais il dit ça sur un ton qui laisse entendre le contraire. Je laisse échapper un petit rire qui éclate comme une bulle hors de mes poumons. Dana se retourne. Mais je me contente de sourire. Je ferme les yeux et garde la tête posée sur l'épaule de Sam.

Ce n'est peut-être que mon imagination, mais j'ai l'impression que Sam incline légèrement sa tête vers la mienne et que sa bouche ne se trouve qu'à quelques millimètres de ma tempe. Je sens son haleine sur ma peau et c'est comme s'il m'avait embrassée sur le front. Mais bien sûr, ce n'est qu'une pensée idiote, un pur fantasme de ma part. Je m'imagine souvent en train d'embrasser un garçon, mais si ça se passait pour de vrai, je ne suis pas sûre que je serais à la hauteur. Le plus probable, c'est que j'exploserais et m'évaporerais dans le néant.

Dix minutes s'écoulent, et je me sens glisser dans le sommeil, douillettement blottie contre Sam, quand la porte du bus s'ouvre dans un grincement. Le proviseur adjoint gravit d'un bond le marchepied. Je me redresse brusquement. M. Galanes lisse son blazer.

—Bien, Annika, dit-il. La compagnie va rappeler le chauffeur à l'ordre sur les excès de vitesse et un inspecteur va faire le trajet avec vous pendant toute la semaine. C'est tout ce que j'ai pu obtenir.

Il se racle la gorge et ajoute d'une voix sonore :

—Tous ceux qui sont restés à bord seront consignés à l'heure du déjeuner.

Tout le monde rouspète.

—OK, monsieur Galanes.

Ce n'est pas une grande victoire, mais c'est tout de même mieux que rien. Je me tourne vers Dana.

—Tu en penses quoi ?

Elle hésite brièvement, puis hoche la tête, satisfaite.

—Oui, on y va.

Je me lève et dis à Sam.

—Merci.

—De rien.

Il me fixe droit dans les yeux et je n'arrive pas à savoir ce qu'il pense vraiment.

—J'espère que tu ne regrettes pas d'avoir été consigné pour une aussi petite victoire ?

—Nan, je ne t'aurais jamais laissée tomber, Karlsson. Tu es bien trop craquante.

Je me sens rougir jusqu'aux yeux et je me dépêche de descendre du bus. Personne ne m'a jamais dit ce genre de chose.

Ce n'est qu'une fois dans le hall que Dana me dit :

—Je n'arrive pas à croire que ta sœur nous a lâchés.

Elle a raison.

C'est drôle, mais j'ai l'impression que Lisa et moi sommes en train de nous éloigner, alors que je croyais qu'on était proches, qu'on savait lire dans les pensées et dans le cœur l'une de l'autre. Mais pourquoi ? Qu'est-ce qui cloche chez nous ?

Quand la sonnerie retentit à la fin du premier cours, une atmosphère fébrile règne dans les couloirs. Les élèves discutent et s'agitent. Dana et moi entrons avec les autres dans la salle de gym et nos mâchoires s'affaissent.

Quelqu'un a graffé en bleu sur le mur de béton, derrière les filets de basket : LIMITATIONS DE VITESSE RESPECTÉES = VIES SAUVÉES. Sidérées, Dana et moi éclatons d'un rire nerveux.

—Mais enfin, qui est-ce qui a fait ça ? dit Dana en s'étranglant de rire, une main sur sa poitrine.

—Je ne sais pas ! dis-je, stupéfaite.

Je trouve cela hilarant et complètement idiot. Après tout, le sit-in a payé, alors pourquoi en remettre une couche ?

Oh, et soudain, je devine qui l'a fait quand je vois Mme Evans, la prof de gym, parler avec Sam. Elle secoue la tête, les mains sur les hanches. Petite et râblée, avec de grosses lunettes rondes, elle a l'air sincèrement peinée et déçue tandis qu'elle le regarde.

Quand Sam remarque que je suis en train de l'observer, il rapplique en courant.

—Eh, me lance-t-il. Je lui ai dit que c'était moi, pour ne pas que tu te retrouves dans le pétrin. Au pire, je serai interdit de match vendredi soir. Et je suis claqué de toute façon. Ça ne me gêne pas de manquer un match.

—Au pire… ?

Je suis abasourdie.

—Sam, j'espère que tu te rends compte que ce n'est pas moi qui ai graffé ça ? C'est probablement Lisa.

Je jette un regard circulaire au gymnase pour m'assurer que ma sœur n'est pas là et j'ajoute :

—Ça ne peut être que Lisa.

Il se fige, la mâchoire tombante, puis sa bouche se pince en une ligne amère.

—Vraiment ? Bah, de toute façon, ça ne change rien. Elle a essayé de nous aider. Même si c'est un peu ballot. Tu lui as demandé d'être solidaire, pas vrai ? Elle l'a fait en première heure, tu crois ? Elle aurait pu facilement se faire pincer.

Il se retourne pour admirer l'œuvre de ma sœur sur le mur.

Je lui donne une tape sur le bras.

—Mais enfin, je plaisantais ! Jamais il ne me viendrait à l'idée de graffer les murs du bahut.

Deux flics entrent dans la salle de gym. Ils s'approchent de Mme Evans et elle pointe Sam du doigt.

Cette fois, je lis de la peur sur les traits de Sam lorsqu'il comprend qu'il risque plus gros qu'une simple interdiction de match. Je le saisis par le coude et quand il se tourne vers moi, je me jette à son cou en le suppliant :

—Sam, ne te mets pas dans le pétrin pour si peu. Dis-leur que c'est Lisa qui l'a fait. Ou tout au moins, reconnais que ce n'est pas toi. Je ne me pardonnerai pas s'il t'arrive un pépin.

Quand je me recule, l'inquiétude s'est dissipée sur les traits de Sam. Son sourire est absolument désarmant.

—Pas question, dit-il en fronçant le nez. Je ne vais pas dénoncer ta sœur. Tu voulais un sit-in, et bien tu l'as eu. C'est tout ce qui compte.

J'essaie de sourire. Il se redresse quand les deux flics s'approchent. C'est tout ce qui compte ? Je suis mortifiée.

—Relax, me dit-il en me regardant. Il ne peut rien m'arriver. Non, sérieux. Franchement, rien que pour voir ta réaction, ça valait le coup. Tu ne m'avais encore jamais sauté au cou comme ça.

Dana et moi regardons Sam sortir du gymnase entre les deux policiers. Je regarde à nouveau le graffiti. Je suppose qu'il suffit de le recouvrir d'une couche de peinture. Ce n'est pas la fin du monde.

—Qu'est-ce qui s'est passé ? me demande Dana.

—Je ne sais pas très bien.

Je suis encore en train de me demander comment faire pour effacer le slogan peint à l'aérosol quand je sens sa main sur mon bras.

—On dirait qu'il en pince vraiment pour toi, dit-elle, abasourdie. Sam Parsons. Qui l'aurait cru ?

Je repense à tout ce qui s'est passé ce matin et me dis qu'elle a peut-être raison.

Chagrin, douleur ou signes avant-coureurs

Luna

Ma maîtresse n'a guère le choix : elle est obligée d'inviter Sam et Danny à entrer et à se réchauffer. On dirait deux loups-garous – ronchons, mal peignés et mal rasés. Beurk !

La seule chose qui les rachète à mes yeux est leur bonne odeur de neige fraîche.

Annika s'est retranchée à la cuisine, et peu après la cafetière se met à crachoter. Je trouve étonnant que ces hommes s'occupent d'ôter la neige qui tombe du ciel. Quel drôle de travail.

—On arrive, crie Sam.

Danny pose une main sur le bras de Sam pour le retenir et se tourne vers son frère cadet pour lui glisser tout bas :

—C'est le moment ou jamais. Il fait un temps de chien. Ça fait combien de temps qu'on n'a pas vu un temps pareil ?

Sam regarde ses godillots. La neige a déjà commencé de fondre en ruisselets qui se répandent sur le carrelage.

—Longtemps.

Il se passe une main sur le front et je remarque qu'il transpire.

—Il y a de la neige jusque-là. Il faut régler le problème de la maison. Elle est juste là, dit Danny en faisant un geste de la tête. De l'autre côté du ruisseau. On est tout près, si près qu'on peut presque l'apercevoir à travers les arbres.

Sam ferme les yeux pendant quelques secondes.

—Danny, oublie ça, tu veux ?

—Il n'y a aucun risque. Avec cette neige, ce sera du gâteau. Pas un chat dehors, pas un chat sur la route. C'est une chance qui ne se représentera pas deux fois.

Danny se passe le pouce sur la lèvre inférieure et je remarque qu'il y a un petit espace entre ses incisives.

—C'est un super plan, reprend-il.

—Non, ce n'est pas un super plan, rétorque Sam. C'est une idée branque qui t'est venue la semaine dernière quand tu avais bu un coup de trop.

—Mais pas du tout. Ça sera la fin de tous nos problèmes. Et des souffrances de papa. Il faut le faire.

—Oui, mais…

—Quoi ? Tu veux que papa et maman se retrouvent à la rue ?

Il met ses mains sur ses hanches.

—Et où est-ce que toi et Brianna iriez, Sam ?

—Je sais, dit Sam en baissant la tête. Je n'ai pas envie qu'ils se retrouvent à la rue, évidemment.

Danny se gratte l'arrière du crâne.

—Dans ce cas, attendons de voir la tournure que prend la tempête de neige et j'aviserai le moment venu.

Sam inspire profondément, comme s'il avait retenu son souffle pendant tout ce temps.

—Je ne sais pas, Danny…

Il lance un rapide regard à son frère puis baisse la tête.

—Mais… bon, d'accord. Ça peut marcher. Mais donne-moi le temps de réfléchir encore un peu.

—Pas trop longtemps alors.

Sam tape du pied pour faire tomber les derniers cristaux de givre de ses lacets.

Hum, je ne sais pas quoi penser de cette conversation. Mes moustaches en alerte se mettent à frémir.

Je ne sais pas ce que ces deux-là mijotent, mais ça ne me dit rien qui vaille. Ils veulent « régler le problème » de la maison qui se trouve de l'autre côté du ruisseau ? Je connais cette maison. Elle est toute neuve. Personne n'y habite.

—Tu sais…

Danny regarde autour de lui.

—Je ne vois aucune trace de mari. Tu as dit qu'Annika vivait ici maintenant ? Tu penses qu'elle est revenue parce qu'elle a divorcé ?

Le visage de Sam s'éclaire au nom d'Annika. Il balaie le couloir des yeux, en direction de la cuisine.

—J'en sais rien. Elle n'a rien dit à…

Nous nous retournons quand un bruit de pas retentit. L'escalier forme un coude, de sorte qu'on ne voit Delilah que lorsqu'elle est à mi-étage. Elle porte un pantalon de pyjama et un long tee-shirt avec des numéros dessus.

—Oh, dit-elle en se figeant sur place. Il me semblait bien avoir entendu des voix.

Sam la regarde, bouche bée.

—Coucou, lance Danny avec un sourire poli. On connaît ta maman. Je suis Danny Parsons et lui, c'est Sam. On fait une petite pause après avoir déblayé la neige.

On dirait que Sam a eu un choc en voyant Delilah, parce qu'il met un certain temps avant de demander :

—Annika est ta maman ?

Delilah hoche la tête.

—Tu lui ressembles. Quand elle avait ton âge.

—C'est vrai ?

Delilah les observe plus attentivement, son épaisse chevelure brune retombant sur une épaule.

—Ouais, dit-elle. On me l'a déjà fait remarquer. Au fait, moi, c'est Delilah. Salut.

Elle remonte à l'étage.

Sam déglutit, incapable de détacher ses yeux de l'escalier.

Danny tire Sam par la manche.

—Vas-y, frérot. Va te réchauffer. Je te rejoins dans une minute.

Sam acquiesce et commence à longer le couloir, guidé par la bonne odeur de café.

Je m'empresse de filer, parce que tous les gens ne regardent pas où ils mettent les pieds et ces deux-là n'ont peut-être pas l'habitude d'enjamber les chats.

Danny attend que Sam ait disparu à la vue, puis il prend son téléphone et touche l'écran.

—Papa. Qu'est-ce que tu veux ?

Danny regarde d'un air absent par la fenêtre.

—Non, papa. N'accepte aucune mission à Gloucester. On ne pourra jamais y être ce soir. On n'est même pas sûrs de pouvoir atteindre Magnolia avant demain.

Sa mâchoire s'affaisse tandis qu'il écoute.

—Parce qu'on a à faire ici. Il y a une tonne de neige qui est tombée et les déblayeuses de la ville ne suffisent pas. Trung s'occupe de Beverley Farms et de…

Il se passe une main devant les yeux.

—Tu m'écoutes ? Bon sang. Il ne peut pas aller dans la direction opposée. Ne prends plus de missions, s'il te plaît, papa.

Il baisse la tête, abattu.

—Je sais, oui. OK, papa, arrête, s'il te plaît. Je raccroche maintenant.

Avec son pouce il appuie sur le côté de son téléphone puis le glisse à nouveau dans sa poche de pantalon. Il pose ses mains sur ses hanches, prend une profonde inspiration puis recrache l'air.

Je suis Danny à la trace quand il va rejoindre les autres à la cuisine, puis je m'installe confortablement sous notre petite table ronde. Cette maison est pleine de merveilleux tapis. Certains sont épais et moelleux, d'autres sont plus rustiques et rigolos, comme celui en corde tressée dont j'apprécie la texture bosselée.

Soudain, je vois Peter à nouveau.

Son image devient de plus en plus nette à mesure que je fixe le mur. Je vois la courbe de son nez et les contours de son corps. Il est adossé au mur tapissé de papier à fleurs. Je me demande quel effet ça lui fait de voir ces hommes dans la cuisine.

Ce qu'il y a de plus terrible dans la mort de Peter, c'est qu'elle est survenue de façon brutale. Ce jour-là il était en pleine forme et plein de vie. Il s'était baigné dans la mer le matin, avait mangé un sandwich à midi. Il avait rappelé Donovan à l'ordre parce qu'il ne participait pas assez aux tâches ménagères. Une journée parfaitement normale en somme.

Et pourtant, je peux généralement sentir la mort venir chez les humains. J'en ai vu survenir quelques-unes.

Mes premiers maîtres étaient un couple de personnes âgées. Quand lui est mort, puis sa femme l'année suivante, je l'avais senti venir. Je pouvais flairer la mort des jours et même des semaines à l'avance. Je pouvais sentir l'affaiblissement des organes. Je pouvais voir diminuer puis s'éteindre la lumière de la vie.

Mais avec Peter, je n'ai rien vu venir. La mort lui est tombée dessus d'un coup, comme une couverture qu'on aurait jetée sur son corps dans un moment de colère.

Le fantôme de Peter scintille. Il a l'air calme. Pas de plaintes lugubres, de chaînes qu'on agite, de rires sardoniques. Ce n'est pas drôle. Dans les contes, les fantômes font généralement des choses surprenantes. Peut-être attend-il le moment opportun pour faire tomber une lampe, ou un coussin, pour qu'Annika sache qu'il est là.

Peter me fait un signe de la tête. *Tu t'occupes bien d'Annika.*

Vraiment? En tout cas je fais de mon mieux! Pourquoi est-ce que tu es revenu?

Il regarde ma maîtresse. *Je viens chaque fois qu'Annika pense à moi.*

Oh! Mais on dirait que je suis le seul à te voir.

Il hoche la tête et hausse les épaules. *Je sais que tu m'as entendu souvent raconter des histoires de fantômes, mais la plupart des humains ne croient pas aux fantômes. Et même s'ils sentent un fantôme, ils vont trouver une excuse pour ne pas le voir.*

Je bats des paupières. Comme c'est intéressant!

Annika tend à chacun des deux hommes une tasse à rayures. Ils la remercient et se penchent au-dessus de leur café fumant comme s'ils se réchauffaient au coin d'un feu. Tandis que leurs visages reprennent une couleur normale, j'étudie les deux frères. Danny retire sa doudoune sans manches, puis sa polaire qu'il pose sur le comptoir et il ne porte à présent plus qu'un tee-shirt à manches longues. Sam, en revanche, garde son sweat-shirt à capuche noir.

Ils se ressemblent énormément, mais je remarque tout de même quelques différences. Danny est un peu plus grand, avec quelque chose de félin au niveau des pommettes et des yeux. Ce doit être le plus futé des deux étant donné ces attributs. Sam, quant à lui, tient davantage du chien. Prêt à faire plaisir, il jette de temps en temps des coups d'œil à son grand frère pour s'assurer qu'il n'a besoin de rien.

Annika sort un paquet de crackers d'un placard. Elle trouve un bout de fromage dans le frigo qu'elle pose sur une planche à découper avec un couteau. Les hommes observent le fromage sans bouger. Ils n'ont pas l'air de savoir si c'est pour eux ou pas. Annika découpe une tranche de fromage qu'elle tend à Sam, qui la remercie.

—Vous travaillez tous les deux dans la compagnie de votre père ?

—Oui, dit Danny en prenant un cracker. Moi, depuis des années. Mais Sam seulement depuis six mois. On a deux employés en plus, Trung et Hien. Ils ont leur propre déneigeuse.

Annika a l'air pensive.

—Attendez – vous dites qu'ils ont leur propre déneigeuse ? Ils ne pourraient pas venir vous donner un coup de main ?

Danny secoue la tête.

—Ils sont du côté de Beverley Farms. Je ne peux pas les faire venir jusqu'ici, et d'ailleurs je ne suis même pas certain qu'ils pourraient monter la côte. Il ne manquerait plus qu'ils se retrouvent bloqués, eux aussi.

—Je vois.

Il y a une pause durant laquelle on entend les jumeaux rire à l'étage. Annika tend un autre bout de fromage sur un cracker à Sam.

—Alors comme ça, dit Danny en posant sa tasse et en fourrant ses mains dans ses poches de jean, vous et Sam sortiez ensemble quand vous étiez au lycée et vous ne vous étiez jamais revus depuis ?

Sam glisse un coup d'œil gêné à son frère. Mais Danny fixe Annika du regard. Il attend clairement une réponse.

—Je suppose qu'elle est sortie avec moi parce qu'elle m'a pris en pitié, lance soudain Sam. Elle faisait partie des grosses têtes. Bien trop intelligente pour un gars comme moi.

—J'avais des bonnes notes, dit Annika doucement. Mais je n'étais pas toujours très futée.

Elle saisit sa tasse et baisse les yeux.

Je n'ai jamais entendu ma maîtresse parler d'elle-même de cette façon. Ces hommes ont l'air d'avoir un drôle d'effet sur elle.

Danny s'éclaircit la voix.

—Et vous avez une sœur jumelle, c'est bien ça?

Mes oreilles frémissent. Je comprends que l'homme est en train de parler de Lisa.

—Oui, Lisa. Enfin – nous ne sommes pas vraiment jumelles. Nous étions dans la même classe parce que mes parents ont insisté pour la faire redoubler.

Annika prend une gorgée de café et demande :

—Sam vous a parlé d'elle?

—Ah, ça, oui alors! Il m'a dit que c'était une vraie teigne et qu'une fois…

Sa voix reste en suspens quand il remarque la tête que fait Sam.

Le silence se fait dans la pièce, puis Sam finit par dire :

—C'est elle qu'on a ramenée à la maison le soir du gala de fin d'année.

—Ah, je vois, dit Danny en s'adossant au poêle. C'est vrai, ça me revient maintenant. L'accident de voiture. Ouah, c'était il y a des lustres. J'étais à la fac à l'époque. Ou plutôt j'essayais. Maman m'a appelé en larmes. Elle était complètement dévastée. Difficile d'imaginer pire façon de finir le lycée. C'est vrai qu'on a tous été très choqués.

—Oui, dit Annika dont les épaules se sont affaissées. C'est ma faute. J'ai insisté pour qu'on ramène Lisa à la maison alors qu'on avait tous bu.

Les yeux de Sam s'écarquillent puis s'étrécissent. Il toise Annika de la tête aux pieds, la bouche légèrement entrouverte.

—Ce n'est pas… ne dis pas ça, lance Sam en approchant la main pour prendre le coude d'Annika avant de se raviser. Ce n'est pas ta faute. On a tous une part de responsabilité, mais surtout Henry McKean.

Sam la regarde, mais elle ne relève pas les yeux.

—C'est Henry qui nous a emplafonnés, ajoute-t-il en se penchant plus près d'Annika. C'est sûr qu'on n'aurait pas dû se disputer, toi et moi, mais…

Annika fait basculer le poids de son corps sur son autre jambe.

—Non, c'est ma faute, Sam. Et je suis désolée…

—S'il te plaît, ne dis pas ça.

Danny fronce les sourcils.

—Annika. C'est Sam qui a décidé de prendre le volant alors que vous aviez tous trop bu. Sam est mon frère, et j'aurais sans doute pu faire la même erreur quand j'avais son âge, mais…

—Ce n'est pas le moment de parler de ça, interrompt Sam. On ne peut pas revenir en arrière de toute façon.

Je relève la tête. Là-bas ! J'ai aperçu un frémissement dans le coin, à côté de la baie coulissante. Peter s'est rapproché. Il écoute la conversation.

Danny se racle la gorge.

—Désolé d'avoir touché un point sensible.

D'une poussée du dos il s'éloigne du poêle et s'approche du frigo. Il ouvre tout grand la porte et jette un coup d'œil à l'intérieur.

—Hum. Vous avez une fête prévue? C'est pour ça que vous êtes toute pomponnée en jupe et talons?

—Une fête?

Il brandit une bouteille de vin blanc frappé.

—Mais oui, bien sûr. Malheureusement, je crains que vous ne deviez annuler.

Elle secoue la tête.

—Aucune fête prévue.

—Ah, je vois.

Il se tourne à nouveau vers le frigo.

—Mais alors, tout ce pinard-là, c'est rien que pour vous? Vous avez fait des méga-réserves en prévision de la tempête, c'est ça?

Il se mordille la lèvre inférieure.

—Ah, non, en fait, c'est juste que vous aimez bien boire un petit coup de temps en temps.

Annika lance un coup d'œil à Sam qui soupire.

—Danny, arrête de faire le pitre et de fourrer ton nez partout.

—C'est pas grave, dit Annika avec un geste vague de la main. Non, je ne bois pas. Ce sont mes parents qui ont laissé ces bouteilles, achetées chez des récoltants de la région, quand ils sont partis s'installer dans le Maine.

Elle s'approche, lui arrache la bouteille des mains et la pose sur le comptoir.

—Tu ne bois pas? demande Sam.

—Très rarement.

—Et vos parents vous ont laissé tout ce bon pinard ? s'étonne Danny, fasciné.

—Oui, ils avaient peur que les bouteilles se cassent pendant le déménagement.

Il y a un autre silence et Danny lance un coup d'œil furtif à son frère.

Bon sang, ce que ces deux-là sont durs à la détente ! Ils n'ont vraiment pas l'air de comprendre qui est ma maîtresse. Pourtant, elle parle à haute et intelligible voix.

—Hum, dit Danny en se tapotant le menton d'une main. Je crois que je dois pouvoir vous aider. Je pourrais vous débarrasser d'une ou deux bouteilles.

Sam a l'air de tiquer.

—Dan, vas-y mollo. Je te rappelle qu'on va devoir trimer toute la nuit.

Tout le monde se pétrifie quand une bourrasque s'engouffre en hurlant dans la maison. Les lumières vacillent.

Mes poils se hérissent.

Annika frissonne.

—Ça souffle méchamment dehors. Vous avez senti comme les murs ont vibré ?

Après le coucher du soleil, le vent n'a cessé de gagner en force. Par moments, il secoue la baie vitrée avec une telle violence que la maison tout entière se met à trembler et à gémir.

—Tout va bien, dit Sam en faisant un pas en direction de ma maîtresse. Ne t'inquiète pas.

Il jette un coup d'œil à la suspension qui se balance doucement au-dessus de l'évier.

—Il faut juste espérer qu'on ne va pas avoir de coupure d'électricité.

—Ouais, dit Danny en se grattant le menton. On ferait bien d'y retourner et de dégager le camion. Mais d'abord…

Il se tourne vers Annika et désigne la bouteille de vin.

—On pourrait peut-être boire un petit coup de pinard pour se réchauffer.

Elle se mordille la lèvre en le fixant du regard, puis finit par acquiescer.

—Si vous voulez. Je ne vais pas la boire de toute façon.

Quand elle se retourne pour fouiller dans un tiroir, Danny se frotte les mains d'un air satisfait.

Ce Danny est le genre d'individu qui sait comment faire pour obtenir ce qu'il veut. Quand il remarque que je l'observe, je décide de me lever et de venir le saluer. Danny se penche vers moi et je frotte ma joue contre le dos de sa main.

—Salut, petite, me dit-il. C'est une chatte ?

—Oui, c'est Luna, répond ma maîtresse.

—Joli nom pour un chat, dit Sam en me regardant pour la première fois.

—Elle le tient de Luna Lovegood. Tu sais, la fée de Harry Potter.

Le coin de la bouche de Sam se relève en un sourire.

—Tu es toujours une fan de science-fiction à ce que je vois.

—Harry Potter, ça n'est pas de la science-fiction, Sam, rectifie-t-elle. C'est de la magie.

—Bah, si tu le dis.

Je frotte ma joue plus fort contre la main de Danny pour capter son attention. *Eh, toi, c'est ici que ça se passe !*

Danny tourne la tête pour m'admirer et je bats des paupières.

—C'est une belle chatte. Mais elle a une coquetterie dans l'œil. Où est-ce que vous l'avez dénichée ? À la fourrière ?

—Vous voulez dire au refuge pour animaux ? Oui, c'est là que nous l'avons trouvée.

Danny ricane et laisse courir sa main sur mon dos. Et c'est alors que j'ai une révélation.

Je le fixe droit dans les yeux. De près, ses yeux verts sont fascinants. Mais… Il y a quelque chose qui…

Oh.

Mon Dieu.

Ça n'est pas bon du tout.

Danny sourit, pas concerné du tout. Mais pour moi, c'est comme s'il était enveloppé dans un nuage de fumée. En fait, c'est ce qui m'a frappée : il irradie la maladie.

Il est malade. Stressé. Quelque chose ne tourne pas rond du tout chez lui.

Je miaule. Si j'arrive à faire en sorte qu'il me prenne dans ses bras, je pourrai peut-être écouter les battements de son cœur. Et comme ça, je saurai si c'est grave ou pas.

—Viens là, toi, drôle de frimousse, dit-il en me soulevant à deux mains pour me tenir dans ses bras pendant qu'Annika débouche la bouteille. Tu sais que t'es un chou.

Je ferme les yeux tandis qu'il me gratte le dessus de la tête entre les oreilles.

J'écoute. Les sens en alerte. Je sens les battements de son cœur à travers l'étoffe de son sous-pull. Des battements étouffés.

Boum-*boum*. Boum-*boum*. Boum-*boum*.

Tout a l'air normal.

Mon nez frémit.

J'ai la tête qui tourne. Ce n'est pas son cœur le problème. Mais je sens tout de même la maladie. Quelque chose tout au fond de lui ne va pas.

J'enfouis ma tête dans son tee-shirt. C'est terrible. Mais qu'est-ce que c'est, bon sang.

À supposer qu'il meure brutalement, comme Peter ? Oh, non !

Danny me dépose à nouveau délicatement à terre pour pouvoir prendre le verre de vin que lui tend ma maîtresse. Soudain, l'atmosphère a changé dans la cuisine. Je suis agitée et dans tous mes états.

Je m'éloigne des humains et me glisse sous un fauteuil. Et c'est alors que je le sens. Peter est accroupi à côté de moi et le simple fait de le savoir là m'aide à me calmer.

Je sais que tu te sens coupable, Luna. Mais ce n'est pas à cause de toi que je suis mort.

J'étais là, Peter. J'aurais dû faire quelque chose. J'aurais dû essayer de te sauver. Donovan a essayé, lui au moins, quand il t'a trouvé.

Il secoue la tête. Non, ce n'est la faute de personne. C'est arrivé, voilà tout.

Mais j'aurais dû...

Il laisse courir ses mains sur mon échine, et bien que je ne puisse pas les sentir, mon rythme cardiaque ralentit. *Luna, tu ne peux pas t'en vouloir jusqu'à la fin de tes jours. La vie est trop courte, voyons. Crois-moi, je sais de quoi je parle.*

Je lève les yeux vers lui. Ça fait du bien à entendre. Mais n'empêche que j'ai du chagrin.

Danny essaie d'encourager les autres à trinquer avec lui, mais ils refusent.

—Santé, dit-il malgré tout en levant son verre avant d'en prendre une longue gorgée.

—C'est super que vous travailliez ensemble tous les deux, dit Annika en regardant Sam. Aux dernières nouvelles, tu t'étais inscrit à UCLA pour devenir ingénieur.

—Oui, mais bon.

Sam a l'air paniqué et son visage devient blême.

—J'ai eu mon diplôme. Il m'a fallu cinq ans pour ça. Mais ensuite… quand je me suis retrouvé enfermé dans un bureau, j'ai craqué. La Californie, c'était pas ma tasse de thé de toute façon. Alors je suis revenu sur la côte est et j'ai travaillé comme ingénieur des travaux publics pour la ville de Newton, pendant plusieurs années. Après quoi, mon paternel m'a dit qu'il avait besoin de moi.

Il fait une pause, puis ajoute :

—Ce n'est pas exactement ce que j'avais en tête quand j'ai quitté le lycée. Pas vraiment en tout cas…

—Mais c'est bien tout de même, Sam. Je parie que vous passez de bons moments quand vous bossez ensemble. Ce doit être chouette de travailler en famille.

Il se détend et sourit.

—Oui, c'est sûr qu'il y a pire.

Annika lui rend son sourire. C'est la première fois que je la vois sourire pour de bon depuis que les deux hommes sont arrivés.

—Tu sais quoi ? dit-elle. Je suis contente que tu sois là. Si je m'étais imaginé me retrouver dans cette cuisine avec toi en pleine tempête de neige…

Elle accompagne sa remarque d'un petit coup sur le bras de Sam.

—Tu es la première personne du lycée que je croise depuis que je suis arrivée ici. Je ne crois pas qu'il reste grand monde de cette époque.

—Il y en a quelques-uns. Quatre ou cinq. Je peux te mettre en relation avec eux si tu veux.

Sam lui donne un petit coup de coude. Il se tient tout près de ma maîtresse et – curieusement – elle ne s'est pas reculée.

—Mais je suis content d'être le premier en tout cas.

Danny observe Sam, un sourcil levé. Sam s'en aperçoit et s'écarte de quelques centimètres.

—On ferait peut-être bien de retourner bosser avant de prendre racine, suggère Danny gentiment.

Dehors ? Je me fais du souci pour Danny. Je ne pense pas que ce soit une bonne idée qu'il retourne dans ce froid et ce vent.

—Un petit dernier pour la route, dit-il en remplissant à nouveau son verre et en le vidant d'un trait.

Sam fronce les sourcils mais ne dit rien.

Je sors de sous mon fauteuil et *miaou*! Mais les hommes sont déjà dans le couloir. Ils renfilent leurs manteaux, leurs écharpes et leurs bonnets.

Je les suis, et *MIAOUUU. Eh, attendez, il fait vraiment trop froid!* On ne devrait pas laisser des hommes dehors par un temps pareil. Danny est malade et n'a pas l'air de le savoir. Il devrait être chez lui, au lit, et prendre des médicaments comme Annika quand elle ne se sent pas bien. Je ne comprends pas que Danny ne sache pas que son corps est malade. Il n'existe donc pas de douleurs ou de signes avant-coureurs chez les humains pour les avertir qu'ils ne sont pas en bonne santé?

MIAOU!

—Luna! me gronde Annika. Chut. Ils ont du travail à faire.

Elle se tourne à nouveau vers les hommes.

—Désolée, elle est parfois très insistante.

Hum... en effet. J'estime avoir mon mot à dire!

Quand Sam ouvre la porte en grand, je pars en courant. Je n'ai pas envie que cet air froid taquine mon museau délicat. Je m'élance dans le salon et saute sur le rebord de la fenêtre pour pouvoir regarder au-dehors. Mais je ne vois pratiquement rien à cause de la neige qui s'amoncelle et me bouche la vue.

Pour finir, j'aperçois des lumières qui clignotent. J'entends le grondement sourd d'un moteur et des voix d'hommes dans la distance.

La maison est silencieuse maintenant que les hommes sont partis. Quand je pose mon nez contre la vitre, elle est glacée et je me réjouis d'être à l'intérieur.

Un peu plus tard, la porte d'entrée s'ouvre à nouveau. Depuis le canapé, j'aperçois Sam sur le seuil, couvert de neige de la tête aux pieds.

—Ça se passe comme vous voulez? demande Annika en arrivant de la cuisine.

—Annie, tu ne sais pas si Rich aurait laissé du sable ou du sel dans le garage ? On n'en a pas assez.

Annika frotte ses mains l'une contre l'autre.

—Je n'en ai pas la moindre idée.

Elle marque une pause puis ajoute :

—Tu peux m'appeler Annika, maintenant. Plus personne ne m'appelle Annie.

Sam est pris de court.

—Euh, oui, bien sûr. Désolé. On pourrait avoir un peu d'eau chaude ? La poignée du camion est gelée.

Annika a horreur du chaos, elle aime quand tout marche rondement, simplement. J'ai peur que Sam ne la stresse avec toutes ces demandes.

Mais quand j'observe les traits de Sam mon cœur se serre pour lui. Après tout, son grand frère est malade. Et à la façon dont Sam regarde ma maîtresse, il est évident qu'il a besoin de son aide.

Exagération

Annika

Je n'arrive pas à croire que Sam Parsons se tient sur mon seuil, ses galoches et ses gants tout dégoulinants de neige fondue.

Il me crie :

—Tu as besoin de quelque chose ? Du lait, du pain ? Si on arrive à démarrer, je peux t'en rapporter demain.

Je jette un coup d'œil à Luna, à mes pieds, devant l'évier de la cuisine. Elle a l'air suspicieuse. Elle ne doit pas comprendre ce qui arrive. Nous recevons rarement la visite d'inconnus à la maison.

—Non, merci. Je pense qu'on a ce qu'il faut, crié-je pour que Sam puisse m'entendre.

Je retrousse mes manches, sors un seau de sous l'évier et le remplis d'eau. Puis je retourne à la porte d'entrée, où Sam est en train de consulter son téléphone. Ce qui me permet de l'observer à la dérobée pendant quelques instants.

Il a ôté son bonnet et sa cagoule. Quand on était au lycée, il avait une tignasse brune, un peu trop longue. Aujourd'hui, il a les cheveux courts et je peux mieux voir son visage. Je l'ai toujours trouvé beau gosse. Il est quasi impossible d'être populaire au bahut si on est dépourvu de charisme. Objectivement, il est agréable à regarder. Pourtant, il m'a fallu un moment avant de tomber amoureuse de lui. Quand on connaît un garçon depuis la maternelle, il ne vous attire pas particulièrement, sans doute parce qu'on connaît tous ses défauts et ses travers. Je pouvais comprendre pourquoi les filles le trouvaient mignon, mais moi, je le voyais différemment, à cause de notre histoire commune.

Bon sang, mais pourquoi est-ce que je me mets à penser à ces choses-là maintenant? Sam est plus vieux, mais c'est la même personne, avec quelques années en plus. Il a quelques cheveux en moins et des ridules autour des yeux. Et puis il a sûrement une femme et cinq gosses. Alors stop.

En me voyant arriver cahin-caha avec le seau d'eau que je tiens à deux mains, Sam range son téléphone et enfile ses gants.

—Merci, dit-il en s'approchant pour me débarrasser du seau. Il faut que j'y retourne dare-dare. Danny va me remonter les bretelles si je m'attarde pour faire la causette.

Je regarde par la fenêtre du salon et j'aperçois les phares du camion au loin. Je n'ai pas l'impression qu'ils aient bougé d'un poil depuis la dernière fois que j'y ai jeté un coup d'œil.

—Comment ça se passe avec la déneigeuse? demandé-je.

—Pas super bien, dit-il en secouant la tête.

Il passe le seau d'une main à l'autre et le pose à terre.

—Écoute, Annika, pendant qu'on a une minute. Je tenais à te dire que je suis désolé pour ce qui s'est passé le soir du bal de promo. Je me suis conduit comme un débile. Et on n'est pas obligés d'en parler. Mais je tenais tout de même à te dire que tu m'as terriblement manqué quand je suis parti. Mais c'était il y a longtemps. Enfin, je voulais que tu saches que je suis sincèrement désolé.

Tandis qu'il me regarde, l'air penaud, mon cœur se desserre un peu, puis s'ouvre de plus en plus à mesure que mes défenses s'effondrent.

J'ai aimé Sam si fort quand nous étions ensemble que j'ai du mal à le regarder sans éprouver quelque chose. Il se tient sur le seuil, exactement au même endroit que le soir où il m'a appelée chérie pour la première fois, il y a des années de cela.

—Tu as raison, Sam. C'était il y a longtemps. Tout va bien à présent. N'y pensons plus.

Soudain, je me rappelle les fois où je lui en ai voulu quand on était au lycée. Mais je suppose que ce genre de choses arrivent quand on attend beaucoup de quelqu'un et qu'on est très amoureux, non? Un rien suffit à vous faire perdre les pédales.

—Lisa va bien? Je veux dire, en général?

—Oui. Elle vit dans le New Hampshire, mais quand on est venus s'installer ici cet été, elle a loué la maison d'en face. Tu vas sûrement la croiser en ville un de ces quatre.

J'entortille une mèche de cheveux autour de mon doigt, sentant mon estomac se nouer d'un seul coup.

—Et vous vous entendez bien ?

—Oh, oui, dis-je, quoique sans conviction. Enfin, disons qu'on est restées brouillées longtemps, mais que maintenant j'essaie de recoller les morceaux en étant une meilleure personne. Et une meilleure sœur.

—Tu as toujours été là pour elle. Mais je comprends. Je suis comme toi. J'essaie d'être une meilleure personne. J'ai le sentiment que…

Sam s'apprête à dire quelque chose, puis se retient. Et j'ai envie de me jeter dans ses bras. J'ai envie de le consoler, d'arrondir les angles, comme je l'ai toujours fait. J'ai toujours eu envie de m'élancer vers Sam, de lui courir après, même maintenant qu'il se tient là, devant moi.

—Bref, dit-il en hochant la tête. Je suis vraiment content de t'avoir revue.

—Moi aussi.

Il sourit, son regard toujours aussi ténébreux et pénétrant qu'à l'époque du lycée.

Un bruit derrière moi me fait me retourner. C'est Donovan qui descend l'escalier. Il est toujours en jean et sweater, malgré l'heure tardive.

—Salut, lance-t-il à Sam, l'air méfiant.

—Salut.

Le visage de Sam s'illumine.

—Moi, c'est Sam.

Il se tourne vers moi :

—C'est ton fils ?

Donovan et moi hochons tous les deux la tête. Je me retiens pour ne pas passer un bras autour des épaules de

Donovan quand il vient se poster à côté de moi. Il risquerait de croire que je cherche à le protéger. Ce qui est ridicule étant donné qu'il est plus grand et costaud que moi.

—Je vous ai entendus parler, dit Donovan d'une voix calme, même si je sens la colère bouillir sous la surface.

Delilah dégringole les marches à son tour. Elle manque presque de télescoper son frère.

—Rebonjour ! lance-t-elle à Sam. Lui, c'est Donovan. On est jumeaux, même si on ne se ressemble pas. Et vous êtes Sam, c'est bien ça ? Sam du lycée ?

Elle a l'air tout excitée.

Je ne me souviens pas avoir mentionné que Sam et moi étions au lycée ensemble.

Qu'est-ce que ces deux-là mijotent ?

—C'est ça, dit Sam avec un grand sourire. Sam du lycée. Sam du quartier. Et du car de ramassage. Je vivais à deux pas d'ici.

—Et donc, dit Delilah en tenant ses mains derrière son dos. Vous étiez le *petit copain* de maman ?

Elle insiste tellement sur ce mot qu'on pourrait croire que c'est un péché.

—Euh… fait Sam, désarçonné.

Il me regarde. Je hausse les épaules.

—Oui, j'étais son petit copain.

—Et c'était sérieux entre vous ? C'était une vraie relation ?

Sam hésite.

—Oui. Mais c'était il y a très longtemps.

Il se mordille la lèvre inférieure. Et j'essaie de comprendre pourquoi Delilah a l'air tellement euphorique.

—Ouah ! dit-elle en secouant la tête. C'est carrément ouf !

—Tu as l'air surprise. Je ne suis pas son type ?

Delilah réfléchit un moment.

—Non, vous n'êtes pas du tout son type.

Donovan rit sous cape.

—Oh, dit Sam en se reculant d'un pas, l'air embarrassé. Enfin, comme je l'ai dit, c'était il y a très longtemps. Content de vous avoir rencontrés, les jumeaux.

Sam ouvre la porte, saisit le seau et se dépêche de filer, exactement comme il le faisait au lycée quand une situation le mettait mal à l'aise. Dehors, la neige est profonde et le vent est glacial.

Je pousse la porte rouge bien fort derrière lui pour m'assurer qu'elle est bien fermée. Delilah sourit jusqu'aux oreilles et Donovan croise les bras sur sa poitrine.

—Qu'est-ce que vous manigancez tous les deux ? demandé-je, en criant presque. Je ne vous ai jamais dit que Sam était mon petit ami. Le pauvre, il ne savait plus où se mettre.

Je sens presque ma tension artérielle monter. Mon cœur cogne furieusement dans ma poitrine.

—Est-ce que… ?

J'aimerais mieux pas poser la question, mais je suis obligée.

—Est-ce que vous avez découvert l'existence de Sam dans le journal de papa ?

Les jumeaux échangent un rapide coup d'œil.

Delilah passe sa langue sur ses lèvres.

—En fait, je l'ai rencontré un peu plus tôt aujourd'hui. Mais oui, papa parle de lui dans son journal.

—Papa n'aimait pas Sam.

La voix de Donovan est à la fois cassante et indifférente.

Je serre les poings.

—Je ne pense pas que ce soit vrai. Votre père et Sam ne traînaient pas ensemble. Ils se connaissaient à peine. Comment en es-tu arrivé à cette conclusion, dès lors que ton père ne t'a jamais rien dit de tel…

—Comment j'en suis venu à cette conclusion? Hum, voyons un peu.

Donovan joint ses mains dans son dos et lève les yeux comme si la réponse était écrite au plafond. Ah, mais bien sûr. C'est parce que je lis le journal de papa et que je découvre LA VÉRITÉ. Papa était amoureux de toi quand vous étiez en terminale et Sam a tout fait pour le tenir à distance. Il lui a interdit de te parler.

Zut. C'est vrai que j'ai entendu cette histoire, après coup. Je n'ai pas envie que Donovan lise les pensées intimes de Peter comme s'il s'agissait d'une bande dessinée.

—Papa ne l'aimait pas, et je ne l'aime pas non plus.

J'hésite entre étrangler Donovan et le prendre dans mes bras pour le serrer de toutes mes forces contre mon cœur. Il ressemble tellement à Peter quand il incline la tête et que sa pommette accroche la lumière que j'en ai l'estomac retourné.

—PERSONNE NE TE DEMANDE DE L'AIMER. Il ne fait que déblayer l'allée, pour l'amour du Ciel.

—Moi, j'aime bien Sam, lance Delilah au débotté. Il est un peu négligé, mais je suppose qu'il fait bien son boulot.

Elle se passe une main dans les cheveux.

—Et je suis sûre qu'il t'aime bien, maman. Si tu avais vu sa tête quand il m'a aperçue dans l'escalier tout à l'heure. Il m'a dit que j'étais ton portrait craché quand tu avais mon âge. Il avait – elle mime l'émerveillement – des étoiles dans les yeux.

Je lève les yeux au ciel.

—Bon, n'en jette plus. Tu sais quoi ? Tu as tendance à exagérer, exactement comme ton père. Maintenant, il est presque onze heures. Montez vous coucher.

Ils tournent les talons et se dirigent vers l'escalier. Mais j'ai encore une requête.

—Attendez une minute.

Je leur fais signe de revenir. Ce qu'ils font en râlant. Puis ils se plantent devant moi comme des soldats devant leur capitaine.

Je décide de vider mon sac une bonne fois.

—Donovan, il faut que tu saches que dans le feu de l'action ton père a peut-être écrit des choses que Sam a faites quand on était au lycée. Mais ça ne veut pas dire qu'il ne l'aimait pas. En fait, si tu poursuis ta lecture, tu découvriras probablement que, quelques mois plus tard…

Je m'arrête net. Je n'ai pas envie de parler de *plus tard.* Je n'ai pas envie que Donovan continue à lire le journal.

—Quelques mois plus tard ? Vas-y, va au bout de ta pensée.

Au même instant, le téléphone de Donovan émet un *ping.*

Il le sort nonchalamment de sa poche arrière et y jette un coup d'œil. Je vois le sourire sur ses lèvres s'agrandir tandis qu'il regarde l'écran, une expression de pur bonheur sur ses traits. Je suis sûre que c'est la fille. Il est clairement mordu. Ça fait plaisir de le voir sourire, de le voir exprimer de vraies émotions alors qu'en temps normal il met tant d'énergie à refouler ses sentiments et à faire comme si tout lui était indifférent.

—C'est… c'est Lexi ?

Il enfonce tapes sur quelques touches avec son pouce puis me regarde sans répondre à ma question.

Je pose mes mains sur mes hanches.

—Et donc, Lexi est ta petite amie ?

Je ne sais pas s'il va s'offusquer ? Je ne sais pas comment les ados appellent ces choses-là de nos jours. Il se contente de hausser les épaules.

—Oui, et alors ?

Je bats des paupières.

—Eh bien… c'est formidable.

Je ne pense pas que Donovan ait eu de petite amie avant elle, et je ne sais pas quoi dire.

—Et qu'est-ce qui te plaît chez elle ?

—J'en sais rien, dit-il, en prenant ma question au premier degré. Je suppose qu'on s'entend bien. Ça arrive parfois, non ?

—Si, si.

Je l'observe.

—Tu veux dire que vous avez des atomes crochus.

Notre conversation n'ayant pas l'air de le déranger, j'insiste :

—J'aimerais bien faire sa connaissance.

Il lève les yeux au ciel.

—Maman, tu la rencontreras quand j'estimerai que tu peux la rencontrer.

Qu'est-ce qu'il entend par là ? Une sensation familière de brûlure d'estomac s'empare de moi. Ce gosse me tient tête sur tous les fronts.

—Et pourquoi est-ce que je ne peux pas la rencontrer ? Je déglutis en m'efforçant de garder mon calme. Peu importe. Dis-moi juste ce qui te plaît chez elle.

Donovan jette à nouveau un coup d'œil à son téléphone.

—OK. Je dirais que… qu'elle est marrante. Elle a passé une année de merde, mais ça ne l'empêche pas de rire. J'ai envie d'être tout le temps avec elle. Je me sens bien avec elle.

Sa voix se perd.

—Je l'aime, ajoute-t-il, si bas que je l'entends à peine.

Quand il relève la tête, je vois dans ses yeux qu'il est parfaitement sincère. Et je sens mes yeux à moi se remplir aussitôt de larmes, que je m'empresse de refouler. Je veux être forte.

—C'est super, Donovan. Je suis contente.

J'étire le bras pour lui prendre le coude, mais il se recule instinctivement.

—C'est tout ce que tu veux savoir ?

Je m'éclaircis la voix.

—Non, pas tout à fait, mon cœur. Je veux que tu me rendes le journal. Ça suffit maintenant. Tu as jusqu'au petit déjeuner demain matin. Apporte-le avec toi ou c'est moi qui monterai le chercher.

Et voilà. C'est comme si je venais de tracer une ligne rouge dans le sable – ou plutôt dans la neige.

Je devine un semblant d'ironie sur son visage, mais il l'efface aussitôt. Je jurerais avoir perçu une étincelle dans ses yeux tandis qu'il soutient mon regard, et j'ai l'impression de voir tourner les rouages dans son cerveau tandis qu'il réfléchit à ce qu'il va dire.

—Je suis désolé, mais c'est impossible.

Il se redresse de toute sa hauteur.

—Au fait, ils ont bientôt fini de déblayer l'allée ou ils vont y passer toute la nuit ? Pourquoi est-ce qu'ils mettent autant de temps, ces deux branques ?

—Leur déneigeuse est bloquée, Donovan. Mais tu peux aller leur donner un coup de main si le cœur t'en dit. Mais il y a quelque chose de plus urgent dont je dois vous parler à tous les deux.

J'inspire profondément.

—Il faut que vous sachiez que j'ai parlé avec vos grands-parents. Ils souhaitent vivement que vous alliez à la President's Academy l'année prochaine et j'ai accepté. Ça a l'air vraiment super. Ils ont proposé de payer vos frais de scolarité et ont envoyé un chèque. Vous commencerez mi-janvier.

Je n'avais encore jamais vu l'expression de Donovan changer aussi vite. En un battement de cils son arrogance fait place à l'incrédulité. Delilah aussi a l'air stupéfaite.

—Sérieux, maman ? murmure-t-elle.

—Non. Donovan peut à peine articuler. C'est pas vrai ?

Je tique.

—Si. Votre grand-mère m'a dit que vous aviez visité le campus ensemble l'été dernier et que vous l'aviez trouvé fabuleux.

—Mais maman, proteste Delilah, une main posée sur son estomac, comme si je lui avais provoqué un ulcère. On est allés là-bas pour faire un tour, rien de plus. Et on lui a dit que c'était fabuleux pour lui faire plaisir. Je n'ai pas envie de changer encore une fois de bahut alors que je commence seulement à me faire des amies ici. S'il te plaît ?

Je secoue la tête.

—Je ne peux pas rester ici, Del. C'est au-dessus de mes forces. J'ai l'impression que votre père est ici avec nous. Cette maison, cette ville sont trop pleines de souvenirs. J'ai déjà dit à mamie et papy de mettre la maison en vente. Je vais probablement m'installer dans le Maine pour être plus près d'eux, et essayer de convaincre Lisa de venir.

—Mais maman.

Les larmes lui montent aux yeux. Elle prend une inspiration tremblante puis se ressaisit.

—OK, OK, je comprends Tu as besoin de changement. Mais, je préfère encore…

Elle bat l'air de ses mains, incapable de trouver ses mots.

—Maman, je ne te l'ai pas dit, mais grand-maman m'a aussi demandé si je voulais partir passer l'année prochaine en Allemagne, chez Jannick. Ce serait une année d'études à l'étranger en quelque sorte. Qu'est-ce que tu en penses ?

—Comment ?

Je tombe des nues.

Une année en Allemagne ? Mais qu'est-ce qu'elle raconte ? Retourner dans le Connecticut est une chose, mais elle veut partir vivre un an en Europe ?

Pourquoi est-ce que la mère de Peter aurait suggéré une chose pareille, et sans m'en parler par-dessus le marché ?

Il est probablement trop tard de toute façon, puisque Judith a déjà réglé les frais d'inscription à l'internat. Je devrais peut-être l'appeler et en parler avec elle…

—Non.

La voix de Donovan interrompt le fil de mes pensées.

—C'EST ABSOLUMENT HORS DE QUESTION. Comment est-ce que tu as pu la laisser faire une chose pareille sans nous en parler avant ?

—Je ne voulais pas, mon cœur. L'idée n'est pas de moi. Mais je pense qu'elle a raison. Vous avez besoin d'être davantage cadrés. Et soutenus.

Donovan n'a pas l'air de comprendre que ça m'a brisé le cœur quand la mère de Peter a suggéré l'internat.

—Elle m'a dit qu'elle vous en avait parlé. Elle ne vous a rien dit ?

—Si, répond Delilah, mais on ne l'a pas prise au sérieux. On n'a fait que hocher la tête pour lui faire plaisir, pendant qu'elle parlait.

—Mais votre grand-mère a peut-être raison. Peut-être que je ne suis pas à la hauteur et que vous avez besoin de davantage d'autorité.

Le silence se fait pendant que les jumeaux réfléchissent. Je remarque qu'ils ne s'empressent pas de me contredire quand je dis que je ne suis pas à la hauteur.

—Non.

Donovan tremble de rage, sans presque bouger, comme si j'étais un animal sauvage prêt à lui sauter à la gorge.

—Non, non, non. Je ne quitte pas Manchester.

—Mais je ne serai plus là, Donovan. Tu n'aimes pas cette ville. C'est toi-même qui l'as dit. Tu ne voulais pas quitter le Connecticut, et maintenant, tu ne veux plus y retourner. Tu n'arrêtes pas de te plaindre de cette maison. Dans la vie, il faut avancer. L'Academy est une opportunité en or, mon cœur. C'est une excellente école. Vous avez de la chance que grand-maman ait des relations et qu'elle ait réussi à vous inscrire là-bas en pleine année scolaire.

J'ai beau dire, je vois bien que je n'arriverai pas à les convaincre.

—Écoutez, on en reste là pour ce soir et on en reparlera demain. Et, Donovan, s'il te plaît, apporte le journal de ton père demain matin quand tu descendras déjeuner. Je te promets que Delilah et toi pourrez le lire, mais il s'agit du journal intime de votre père et je pense que je devrais y jeter un coup d'œil d'abord pour m'assurer qu'il ne contient rien de choquant. Après quoi, on pourra le lire tous ensemble. D'accord ?

Il pose sur moi un regard stupéfait. Il pense clairement que j'ai complètement perdu la boule.

—Je reste à Manchester.

Il secoue la tête et ajoute :

—Tu sais, si c'était l'inverse qui était arrivé, jamais papa ne nous aurait envoyés en internat.

Je le regarde monter l'escalier et j'ai une folle envie de pleurer.

—Tu as raison. Ton père était parfait ! lancé-je, au bord de l'hystérie. Il aurait trouvé un moyen de tout prendre en main. Manque de chance, c'est lui qui est mort et pas moi. JE T'AI ENTENDU.

Je ne voulais pas dire ça. Je comprends que je suis allée trop loin. Mais il est trop tard pour me rattraper.

Donovan hésite un instant, le pied posé sur une marche. Il tourne légèrement la tête et ouvre la bouche comme pour dire quelque chose. Mais il change d'avis et continue de monter. Et de s'éloigner de moi.

—Maman.

Delilah essaie de sourire mais ne parvient qu'à faire une grimace anxieuse.

—On t'aime, tu sais. Mais pourquoi vendre la maison pour partir je ne sais où ? Il faut qu'on en parle tous ensemble et qu'on décide tous ensemble. Mais pour ce soir, il vaut mieux en rester là… OK ?

—OK, ma chérie. Je suis désolée de vous avoir tout balancé d'un coup, comme ça.

Je pose une main sur mon front. Je me sens plus légère maintenant que j'ai craché le morceau à propos de l'internat. Je savais qu'ils allaient regimber, quoi que je puisse leur dire, mais je suis déçue par ma propre attitude.

—Monte te coucher, maintenant, ma chérie.

Delilah incline la tête et me scrute du regard. Sans doute pèse-t-elle le pour et le contre.

—OK, on en reparle demain, dit-elle avant de remonter à l'étage.

—Oui, à demain, dis-je, même si je ne vois pas ce que ça va changer.

À ce stade, je ne vois vraiment pas ce qui pourrait me faire changer d'avis. Je sais que Donovan est furieux contre moi et que ce qui est fait ne peut pas être défait.

Non seulement je suis passée à côté des symptômes de Peter, mais je n'étais pas à la maison quand il est mort.

Une chaude nuit d'été

Luna

Je suis roulée en boule dans un coin du canapé, aussi immobile et silencieuse qu'une petite souris. Je n'aime pas entendre les humains se disputer. Il y a une expression de défaite dans les yeux d'Annika et ses épaules sont affaissées.

Je sais qu'elle se fait du souci pour les enfants. Et moi aussi, je me fais du souci.

Je sais ce qu'ils ont vécu. Une chose terrible, insupportable. Je l'ai vécue moi-même. Je revis la nuit où Peter est mort encore et encore. Et je n'arrête pas de penser à ce que j'aurais pu faire.

Peter a toujours souffert d'un sommeil léger. Il y a des nuits où il se tourne et se retourne et finit par se lever, à demi-somnolent, pour aller cahin-caha boire un verre d'eau à la cuisine. Il se laisse tomber sur le canapé en soupirant, sans même se donner la peine d'allumer. Parfois, il respire de façon irrégulière quand il est couché, mais ça ne le réveille pas. Parfois, il se redresse d'un bond, en aspirant l'air à grandes goulées, une main sur la poitrine.

Ces épisodes ne réveillent pas Annika, ni les enfants, qui dorment tous d'un sommeil de plomb. Je suis la seule à constater les problèmes de Peter étant donné que je passe presque toute la nuit éveillée. Quand Peter sort faire quelques pas autour de la maison, je l'accompagne. Une fois qu'il est de nouveau bien en sécurité dans son lit, je me blottis sous son aisselle. Parfois, le matin, il a l'air groggy, avec des cernes noirs sous les yeux, et c'est à peine s'il arrive à avaler une bouchée de son petit déjeuner. Mais il ne se plaint pas de ses problèmes de sommeil.

Peter est mort par une chaude nuit d'été. Il est tout seul dans le lit et ronfle comme un sonneur. Ça me réveille et je sors chasser les criquets dehors. Quand je reviens, je saute sur le lit pour m'assurer que tout va bien. Son front est luisant de transpiration et il a la bouche entrouverte. Il est allongé sur le dos, si bien que je grimpe sur sa poitrine, comme je le fais toujours. Une brise légère entre par la fenêtre ouverte et Peter prend une inspiration. Je sens sa poitrine se gonfler sous mes pattes, mais il n'arrive pas à remplir complètement ses poumons et sa cage thoracique s'affaisse à nouveau. Peu après, je sens son cœur devenir silencieux sous mes pattes. Son rythme cardiaque s'étiole et la vie le quitte tout doucement.

Je sais ce qui est en train de se passer – je l'ai compris ! C'est un homme en bonne santé, un homme dans la fleur de l'âge, et je sens que la mort est imminente. Mais je ne fais rien. Je suis naïve.

Quelques minutes plus tard, son cœur s'arrête complètement de battre. Et voilà.

Une mort silencieuse et tranquille.

J'aurais dû m'en douter, moi qui suis ici, assise sur sa poitrine.

Sur le coup, je me dis que ce n'est pas grave. Il en va ainsi avec la nature. J'ai croisé des écureuils, des campagnols et même des chevreuils morts dans la forêt. J'ai tué une multitude d'oiseaux, par instinct, juste pour jouer.

Et j'ai entendu Peter parler du paradis. À l'en croire, la vie d'après n'a rien de triste. De sorte que je ne saisis pas d'emblée la gravité de la mort de Peter, et comment elle va affecter nos vies.

Le clair de lune se répand à travers la baie vitrée. La chambre de Peter et Annika ouvre sur le porche qui court tout le long de la façade et donne sur l'océan. J'adore m'y prélasser dans la brise de l'après-midi. Parfois, quand le clair de lune tombe sur le visage de Peter, au beau milieu de la nuit, il se retourne instinctivement de l'autre côté, là où il fait plus sombre et plus frais. Mais cette fois, quand le rayon de lumière blanche éclabousse ses traits en leur conférant une teinte grisâtre, il ne bat pas d'un cil. Je m'assieds de tout mon poids sur sa poitrine et il ne bouge pas.

Plus tard, je comprends que j'aurais dû me mettre à miauler et lui labourer les joues avec mes griffes pour le réveiller. Ou bien courir jusqu'à la chambre de Delilah et sauter sur elle pour la tirer du sommeil. Mais à la place, je suis restée assise sur le corps de Peter pour essayer de lui tenir chaud.

Quelle idiote ! Le matin venu, il est froid comme un caillou.

Après cela, tout s'embrouille. Delilah se réveille la première et, n'ayant pas trouvé son père à la cuisine, passe la tête par la porte de sa chambre. Elle entre, mais Peter ne réagit pas. D'une voix grave et paniquée, elle appelle son frère et j'entends résonner ses pas quand elle longe le couloir en courant pour aller réveiller Donovan. Il revient avec elle dans la chambre en se frottant les yeux. Delilah lui ordonne d'appeler quelqu'un au téléphone, ce qu'il fait, en écarquillant de plus en plus les yeux à mesure qu'il prend conscience de la gravité de la situation. Ils grimpent tous les deux sur le lit de Peter, comme s'il y avait quelque chose qu'ils puissent faire. Mais je sais bien que c'est trop tard.

Donovan appuie avec force plusieurs fois sur la poitrine de son père pour essayer de remettre son cœur en route, mais il y a trop longtemps qu'il s'est arrêté de battre. Un hurlement de sirène retentit et des étrangers se ruent à l'intérieur de la maison avec tout un tas d'instruments. Je cours me cacher pour les éviter.

Une fois le corps emporté – inutile et sans vie, mais précieux pour Donovan, qui s'agrippe à la main de son père et Delilah, qui lui caresse le visage, une femme et un homme restent dans la maison.

Ils sont dans le séjour, avec Delilah, qui a les traits défaits et les joues creuses, et j'entends la femme dire :

—Quel âge avez-vous ?

—Quinze ans. Mon frère et moi avons presque quinze ans.

—Où est votre maman ?

—En déplacement, répond Delilah d'une voix pleine d'assurance, malgré son teint livide. Elle est en voyage d'affaires. Au nord de l'État de New York. À Cornell.

—En déplacement ?

Il y a une longue pause, durant laquelle l'homme et la femme échangent un regard.

—Vous avez de la famille ou des amis dans le voisinage ?

—Oui, bien sûr, dit Delilah en agitant sa main devant elle, comme si elle était engourdie. Oui, je peux appeler la meilleure amie de maman. Nos grands-parents sont à environ quarante-cinq minutes d'ici. Du côté de Hartford. Ils viendront tout de suite si je les appelle. Et nos autres grands-parents vivent dans le Massachusetts.

—Très bien. On peut rester ici et passer des coups de fil avec vous ?

—Bien sûr.

Delilah jette un coup d'œil distrait en direction de la cuisine. Elle a l'air soucieuse. Mais elle se tient bien droite, les épaules rejetées en arrière, et parle calmement, parce qu'elle sait que Donovan a besoin d'elle. Il a besoin qu'elle prenne les choses en main.

—Oui, j'ai tous les numéros sur mon portable. Il faut aussi que j'appelle le patron de mon père.

—Bonne idée.

Ils s'asseyent tous ensemble dans le vaste séjour tout blanc. La maison est complètement silencieuse – à part une longue plainte qui s'élève puis retombe sur l'arrière de la maison, comme le cri d'un animal pris dans un piège. Je me rends à pas de velours à la cuisine où la porte vitrée est grande ouverte.

Quand je sors sur le porche, le plancher me brûle les pattes, mais la brise océane est fraîche. J'entends les vagues se briser sur la grève. Donovan est à genoux, courbé en deux, avec les mains posées à plat sur les planches. Il sanglote, suffoque et pleure à chaudes larmes, le front appuyé contre le porche.

Je frotte ma fourrure contre la hanche et le bras de Donovan, car je ne peux rien faire d'autre pour le consoler. Il a déjà crié aux autres de le laisser tranquille. Une mouette lâche son cri dans le ciel, témoin de notre chagrin.

J'essaie de lui dire, *Allons, tu as fait tout ce que tu pouvais pour essayer de le sauver, simplement il était trop tard.*

Donovan pleure jusqu'à l'épuisement. La chaleur du soleil devient insupportable et l'humidité aussi, mais je reste avec lui. Une fois que les étrangers sont partis, d'autres adultes arrivent. Donovan suit le conseil de Delilah et monte se reposer dans sa chambre plongée dans l'obscurité. Quand Annika rentre enfin, il s'est replié sur lui-même et c'est à peine s'il lui dit deux mots. Quand il a besoin de quelque chose, c'est à sa sœur qu'il s'adresse, la seule personne sur laquelle il pense qu'il peut compter.

Durant les jours qui suivent la mort de Peter, j'entends les gens dire que Peter aurait pu être sauvé si seulement quelqu'un avait su qu'il souffrait d'apnée du sommeil. Les gens disent des choses étranges à ma maîtresse, comme :

Il est mort paisiblement.

On ne savait pas. Personne ne savait !

L'important, c'est qu'il n'ait pas souffert.

Il est parti de la meilleure façon qui soit : dans son sommeil.

Mais est-ce vraiment ainsi que les choses se sont passées ? Peter ne dormait pas bien. Il était souvent fatigué et de mauvais poil et pas paisible du tout. Quelqu'un savait qu'il avait des troubles du sommeil – moi – mais je ne savais pas quoi y faire. À mon avis, il a souffert – pendant de nombreuses nuits quand nous étions tous les deux seuls avec la lune et nos pensées. Est-ce là la meilleure façon de mourir ?

Je suppose que ces gens voulaient dire qu'au moment précis où il est mort, Peter était tranquillement allongé dans son lit, avec son chat préféré assis sur sa poitrine. Il n'a pas pu nous dire au revoir, mais nous ne l'avons pas vu souffrir.

Je m'en veux encore de n'avoir rien fait pour sauver Peter. Mais je crois que ce que son fantôme m'a dit est vrai ; je ne peux pas passer le reste de ma vie à m'en vouloir. Ça ne fera que me gâcher l'existence et ce n'est pas ce que Peter aurait voulu pour moi. Je vis au jour le jour, j'attends mon prochain repas, ma prochaine toilette, mon prochain somme. Parfois, il faut savoir lâcher prise et cueillir les plaisirs du jour.

Peter l'incomparable

Luna

— Qu'est-ce que tu as fait aujourd'hui ?

La voix de Donovan est douce et grave.

Il est assis sur son lit, adossé au mur, son téléphone collé à l'oreille. Je l'épie depuis le couloir.

Donovan avait plein de posters sur les murs de sa chambre dans notre ancienne maison : des surfeurs sur des plages de sable doré, des flots bleu clair, des motos de trials aux pneus couverts de boue. Mais ici, ses murs sont noir et blanc. Comme s'il avait laissé sa vieille vie derrière lui et avait oublié ce qui l'intéresse.

Mais il y a un cahier à croquis et un gros crayon à papier posés à côté de lui sur le lit. Il a travaillé dur, pendant une semaine, sur ce dessin. On dirait une jolie fille aux courbes sensuelles allongée sur un sofa. Il a plusieurs croquis de la même fille, dans différentes tenues. Et quelques-uns sur lesquels elle ne porte rien du tout.

—Tu as vu tout ce qui est tombé comme neige ? C'est excitant, non ? Je me demande combien de jours d'école on va manquer.

Ce ton caressant et grave, il ne l'utilise que lorsqu'il est au téléphone.

—Tu me manques aussi.

Il soupire et l'expression de son visage est sereine tandis qu'il étudie son dessin.

—Au fait, il faut que je te dise que ma mère a concocté un plan diabolique qui consiste à nous expédier dans un internat, Del et moi, dans le Connecticut. Les frais de scolarité sont déjà payés.

Il y a une longue pause, puis :

—Non, t'inquiète, je lui ai dit que je n'irai pas. Plutôt me jeter du haut d'une falaise que d'aller là-bas.

Il se tait, écoute.

—Je sais, tu me manques toi aussi J'aimerais tellement que tu sois ici avec moi, bloquée par la tempête de neige.

Il s'affale sur le lit et laisse courir le bout de ses doigts sur les bords sur croquis.

—J'en sais rien mais si jamais elle m'expédie dans le Connecticut, je reviendrai par le prochain bus.

Il rit.

—Si, si, je le ferai.

Il a l'air plus calme. Je décide de le laisser tranquille et je descends au rez-de-chaussée, où Annika est pelotonnée sur le vieux canapé, devant la fenêtre panoramique, un roman sur les genoux. Je m'installe à côté d'elle, mais je n'arrive pas à me détendre. J'entends rugir le moteur du camion qui fait une marche arrière tandis que les hommes vocifèrent. Je me lève à plusieurs reprises, les oreilles dressées, pour essayer de déchiffrer les bruits qui me parviennent.

Des accords de musique résonnent à l'étage. Delilah est en train de jouer de la guitare.

Pour finir, les feux du camion s'éteignent et tout devient noir à l'extérieur. Ça n'est pas bon signe.

Une bourrasque secoue la maison et je vois la neige tourbillonner dans le faisceau lumineux du détecteur de mouvement au-dessus de la baie vitrée. Des formes humaines apparaissent à l'extérieur. Quand la porte s'ouvre en grand, un courant d'air glacé balaie la pièce. Danny entre le premier, arrache son bonnet, ses gants, son manteau, ses galoches et son pantalon de protection et les jette sur le paillasson dans l'entrée. Son visage est dépourvu d'expression. J'ai l'impression qu'il bout intérieurement. Je suppose qu'ils n'ont pas réussi à sortir la déneigeuse de l'ornière dans laquelle elle est bloquée.

Annika se lève et s'approche prudemment.

—Je vais mettre vos vêtements mouillés sur des cintres. Ou peut-être les passer au sèche-linge. Donnez-moi vos affaires.

Danny soupire bruyamment, mais il se baisse pour ramasser son chapeau et ses gants dans la pile de vêtements. Sam ôte lentement son bonnet et ses gants et les dépose directement dans les mains d'Annika, l'air gêné, comme s'il avait fait quelque chose qu'il n'aurait pas dû.

Danny suit Annika quand elle se dirige vers la cuisine et je leur emboîte le pas. Quelque chose me dit qu'il ne la suit pas pour lui dire à quelle température régler le sèche-linge.

—Il vous reste encore du vin ? demande-t-il, la face rougie par le froid.

—À votre avis ? répond-elle. Je suppose que vous n'en voulez pas.

Je prends place sur le petit paillasson en caoutchouc devant le poêle et j'observe les humains. Le sèche-linge se trouve dans le placard de la cuisine. Annika balance toutes les affaires dans la machine et tourne le bouton. Quand elle se retourne, Danny est déjà en train de s'emparer de son verre.

—Santé ! dit-il en choquant délicatement son verre contre sa tasse de café.

—Vous êtes sûr que c'est raisonnable de boire autant ? Vous n'avez pas d'autres allées à déblayer ce soir ?

Son regard se porte vers le couloir, elle attend sans doute que Sam paraisse.

—Oui, sûr.

Sam entre dans la cuisine et son visage s'illumine quand il voit Annika poser des tasses sur le comptoir.

—J'ai préparé d'autre café. Il est bien chaud.

—Merci, dit-il tandis qu'Annika le sert. J'ai le dos en comporte et les mains gelées. Je serais incapable de tenir une pelle.

Il lève la main pour la lui montrer : ses doigts sont recourbés comme s'il tenait une balle de tennis.

Annika prend doucement sa main dans la sienne.

—Ta main à toi est brûlante, dit-il.

—Et c'est bien ou c'est mal ?

Il a l'air surpris.

—C'est bien.

Annika sourit et les épaules de Sam se détendent.

—Regarde ça, dit-il en s'approchant légèrement d'elle. Je n'arrive même pas à bouger ces deux doigts.

Elle inspecte sa main, fascinée, même si, en ce qui me concerne, je ne lui trouve rien de spécial.

—Au fait, comment ça va avec la déblayeuse ? Vous l'avez dégagée ?

Je sais que la déneigeuse est toujours bloquée. Mais personne n'a dit le contraire. J'observe les humains tour à tour et attends de voir jaillir la vérité.

—Tu as le dos en compote, Sam ? lance Danny d'une voix forte. Ça tombe mal, parce que tu vas devoir creuser pour dégager ce fichu camion de son ornière demain matin à l'aube.

—Demain matin ?

Annika lâche la main de Sam.

—OK, j'ai foiré, dit Sam en se retournant brusquement vers son frère aîné.

Son nez et ses joues brillent tandis que son corps commence à se réchauffer.

—Mais on est pris dans le blizzard, Dan. Qu'est-ce que tu veux que j'y fasse ?

Danny prend une lampée de vin et secoue la tête. Il se tourne vers Annika.

—Sous l'effet du vent la neige s'entasse en formant des congères. Impossible de déblayer à la pelle parce que la congère se reforme aussitôt. Et comme Sam n'a rien trouvé de mieux que de rouler sur un rocher ou je ne sais quoi…

—Je n'avais aucune visibilité.

Danny pose une main sur l'épaule de Sam.

—Je te l'ai déjà dit cent fois, Sam. Ne prends pas le volant. C'est mon job. Tu n'es pas fichu de conduire cette déblayeuse. Mais tu n'en fais qu'à ta tête. Tu ne changeras jamais.

Sam fusille son frère du regard.

—Je suis venu exprès pour te donner un coup de main et tu te paies le culot de rouspéter. J'ai quitté mon boulot – un boulot que j'aimais en plus – pour venir ici.

—Je ne t'ai jamais demandé de plaquer ton boulot, dit Danny en écarquillant les yeux.

Il fait un geste de la main en direction de l'allée où le camion est bloqué.

—C'EST PAPA QUI TE L'A DEMANDÉ. C'est lui qui a insisté pour que tu viennes, pas moi.

Sam fait la grimace comme s'il venait d'avaler un truc amer.

—Parce qu'il pense clairement que tu as besoin d'aide. S'il m'a appelé pour me demander de venir, c'est qu'il avait UNE BONNE RAISON. Je sais que les finances sont catastrophiques…

Il s'arrête net et lance un coup d'œil rapide en direction d'Annika.

Je me lève et vais m'asseoir sous une chaise dans la salle à manger. Je n'aime pas quand les gens haussent le ton. Ça me stresse et me hérisse les poils.

Danny pose une main à plat sur le comptoir de la cuisine.

—Tout ça, c'est la faute de papa. On a déjà Trung et Hien, comme associés. ON N'A PAS BESOIN DE TOI. J'aurais mille fois préféré que tu ne démissionnes pas de ton ancien boulot. Et je te signale que la déneigeuse est toute neuve. J'espère que tu ne l'as pas trop bousillée parce qu'on n'a pas les moyens de la faire réparer.

Il sort son téléphone de sa poche arrière.

—J'ai appelé Trung pour lui dire qu'il pouvait rentrer dormir quelques heures chez lui et lui donner la liste de tous les clients qui ne seront pas accessibles ce soir. Si on perd des clients à cause de ce fiasco, ce sera entièrement ta faute.

—Calmez-vous, dit Annika en levant une main en signe d'apaisement. Mes gosses vont se demander ce qui se passe ici.

Sam baisse la voix.

—On ne va pas perdre de clients. Trung travaille vite. Et je suis désolé qu'on soit embourbés. Je pense qu'on a juste besoin d'un pneu neuf, et en tout état de cause, c'était un accident. Je n'ai pas vu de rocher. Peut-être que j'ai roulé sur un truc enfoui sous la neige. Comment savoir, vu que l'allée est complètement enneigée.

J'avoue que j'ai un peu de mal à suivre la conversation. J'ai la cervelle embrouillée avec tout ce remue-ménage. Mais qu'est-ce qui se passe au juste dans cette maison ? S'ils ne peuvent pas dégager le camion avant demain matin, ils vont faire quoi… ?

Non, sérieusement ?

Annika se racle la gorge.

—Vous ne pouvez rien faire ce soir ?

Ils baissent les yeux. Danny prend une serviette en papier sur le présentoir et s'essuie la bouche.

—Non, Annie, concède Sam d'une voix douce en lui décochant un regard penaud. En règle générale, quand la météo fait des siennes, comme ce soir, on pique un petit roupillon. Sauf qu'on ne peut pas rentrer chez nous. Est-ce qu'on pourrait passer la nuit ici ? On va se lever hyper tôt demain matin. On ne vous réveillera pas. Promis.

Mon cœur se serre. Évidemment. Ils espèrent passer la nuit ici. Et Sam pense qu'Annika va dire oui parce qu'ils se connaissent depuis très longtemps.

En tout cas, il a demandé gentiment.

—Bien sûr, acquiesce Annika, sans quitter Sam des yeux. Pas de problème. Vous devez être claqués.

—Pardon, je voulais dire Annika, dit Sam en se tournant vers Danny. Plus personne ne l'appelle Annie de nos jours.

—Ah, je vois.

Danny penche la tête de côté et la scrute du regard.

—Très bien, ce sera Annika, donc. Je n'ai pas envie de contrarier la charmante dame qui m'a servi ce vin délicieux.

Sam dit qu'il doit passer un petit coup de fil et se retranche dans la salle à manger. Il se laisse tomber tout doucement sur une chaise en grimaçant de douleur et secoue ses mains avant de se servir de son téléphone.

Annika l'observe un moment puis propose :

—Tu veux venir t'asseoir un moment dans le bureau quand tu auras fini ?

Il se retourne vers elle, l'air surpris.

—Oui, volontiers. Laisse-moi juste une minute.

Je me lève et suis Annika dans le bureau, qui est plein de livres posés sur des rayonnages autour d'une cheminée. La poussière me fait éternuer. La plupart des meubles qui sont ici ne nous appartiennent pas ; ils étaient là quand on est arrivés. Le canapé est bleu foncé et les coussins sont blancs à motifs d'étoiles de mer. Il y a une collection de coquillages sur le manteau de la cheminée : une conche, des palourdes et un oursin de mer desséché. Danny entre à notre suite. Je m'assieds sur les briques froides du socle de la cheminée.

—Sam appelle sa femme ? demande Annika en s'asseyant sur le canapé.

—Sa femme ? répond distraitement Danny en regardant autour de lui, comme s'il cherchait quelque chose. Non, probablement sa fille.

—Oh.

Annika lève la main et se mordille un instant le pouce, perdue dans ses pensées.

Danny repère une grosse bouteille dans un tiroir du bureau.

—Hum, votre père s'y connaît en whisky, dit-il en dévissant le bouchon et en prenant une rasade à même le goulot comme Donovan quand il boit du lait chocolaté.

—Qu'est-ce que vous faites ?

Il s'essuie la bouche d'un revers de main.

—Ça vous dérange ? Je croyais que vous ne buviez pas. Je la range. Vous savez, j'ai bien connu votre père. Il était mon coach de basket.

Elle hausse un sourcil sceptique.

—Oh, je vois. Dans ce cas, faites comme chez vous. Ne vous gênez surtout pas. Je crois que mon père a laissé quelques billets dans le tiroir du bas.

Danny ricane et se laisse tomber dans le vieux fauteuil en denim qui s'effiloche à l'endroit des coutures. Il semble trop grand pour le fauteuil avec ses jambes étirées devant lui.

—Et donc. Votre mari n'est pas là ? Vous êtes mariée, je suppose ? Ou est-ce que vous êtes revenue vivre à Manchester suite à un divorce ?

Annika tire sur sa jupe qui s'est légèrement relevée quand elle s'est assise.

—Mon mari est décédé, dit-elle d'un ton égal, comme si ce n'était pas important. Dans son sommeil. De façon complètement inattendue.

—Oh, désolé. C'est un sacré coup dur, dites donc.

Danny a toujours la bouteille dans les mains.

—C'est arrivé quand ?

Mes moustaches frémissent quand je regarde Danny. Il ne donne pas l'impression d'être malade. Il n'est ni maigre ni chétif. Au contraire, il a l'air costaud et sûr de lui. Mais je suis sûre d'avoir senti quelque chose quand il m'a prise dans ses bras. Il est malade. Mais je n'arrive pas à le cerner.

—Il y a un an et demi à peu près. Apnée du sommeil. Il est allé se coucher un soir et il ne s'est jamais réveillé.

—Waouh ! C'est terrible. Je suis vraiment désolé, dit Danny en se passant une main dans les cheveux, l'air sincèrement troublé.

Il est rare qu'un être humain meure aussi jeune, de façon subite et sans raison apparente, et je suppose que Danny se demande : est-ce que ça pourrait m'arriver à moi aussi ?

Et pour tout dire, je ne serais pas étonnée si c'était le cas.

—Comment est-ce que vous vous étiez rencontrés ?

Annika baisse les yeux sur ses mains.

—Peter et moi avons fait connaissance en terminale, quand Peter s'est retrouvé au lycée de Manchester. Avant ça, il était…

Le parquet craque lorsque quelqu'un entre dans la pièce.

—Vous êtes en train de parler de Peter ?

Sam s'approche d'un pas rapide et Danny se redresse quand il voit l'expression de son frère.

—Oui, mon mari, Peter.

—Peter. Attends… le Peter du bahut ?

—Oui, celui-là. Le seul et unique.

Elle se tourne à nouveau vers Danny et poursuit :

—Comme je le disais, avant cela il était en Allemagne.

—Tu l'as connu, Sam ?

Danny incline la tête.

—C'est un tout petit lycée. Tu l'as forcément connu.

Sam ne répond pas. Il a l'air suspicieux, comme si Annika était en train de se payer sa tête.

Annika prend une profonde inspiration. Comme elle le faisait quand elle s'efforçait de retenir ses larmes quand Peter est mort.

—Il était avec nous dans la voiture au moment de l'accident, dit Sam tout bas sans quitter des yeux ma maîtresse.

Il croise les bras et fronce les sourcils, l'air interloqué.

La mâchoire de Danny s'affaisse.

—C'est lui ? Le gars qui a perdu une jambe ? Ouah. Et finalement vous l'avez épousé ?

—Oui. Mes parents ont annoncé nos noces dans le journal, mais je suppose que vous n'avez pas vu l'entrefilet. On ne s'est pas mariés ici. Peter et moi sommes partis vivre dans le Connecticut après la fac, parce que j'ai obtenu un poste à l'université de New York.

—Dans le Connecticut ?

Danny a une grimace incrédule.

—Avec tous les fans des Yankees. Je ne sais pas comment vous avez tenu le coup ?

Annika essaie de sourire mais ses lèvres ne lui obéissent pas.

—J'ignorais tout de ton mariage, dit Sam en se raidissant.

—Tu ne pouvais pas le savoir. À l'époque, il n'y avait ni téléphones portables, ni ordinateurs, ni réseaux sociaux. Il était facile de couper les ponts et de disparaître. Elle déglutit. Comme tu l'as fait. Tu as disparu.

Sam pince ses lèvres.

On entend un bruit de pas à l'étage. Les enfants ne sont toujours pas couchés.

—C'est vrai, reconnaît Sam au bout d'un moment. Après la fac, je suis resté longtemps en Californie. J'ai perdu la trace de tous mes anciens amis. Je pensais que plus personne ici n'aurait envie de me revoir.

Sam se frotte la joue, comme s'il venait de recevoir une gifle.

—Mais… je n'en reviens pas que tu aies épousé Peter.

Annika fait un geste de la main, comme pour écarter cette pensée.

—En fait, je ne savais pas que Peter et moi, on finirait ensemble quand on s'est retrouvés à la fac à Boston…

—Mais cet été-là, l'interrompt Sam, d'une voix un peu plus forte. C'est cet été-là, après le bac, que vous avez commencé à sortir ensemble ?

Danny regarde Sam.

—Du calme, mon pote.

Sa voix est ferme et calme quand il joue le rôle du grand frère raisonnable et patient.

Sam plisse les yeux et balaie la pièce d'un regard circulaire, comme s'il s'attendait à voir Peter tapi dans un recoin sombre.

—Tu… tu l'as épousé ? Quand je t'ai dit *prends soin de lui*, Annie, ce n'était pas ce que j'avais en tête.

—Sam.

Danny se lève.

—Bon sang. IL EST MORT. Alors ferme-la avant de dire une connerie que tu vas regretter ensuite.

Il faut un moment à Sam pour comprendre ce que Danny vient de dire. Il dit, ahuri :

—Quoi ?

—Chut. Mes enfants sont là-haut, dit Annika en se levant. Oui, il est mort. Écoute, je suis désolée que tu n'apprécies pas que je l'aie épousé, Sam. Mais ce qui est fait est fait. Il est inutile de ressasser les choses du passé.

Nous nous figeons tous quand les lumières recommencent à vaciller. Je lève la tête.

Sam pose une main sur sa poitrine comme pour s'assurer que son cœur bat toujours. Je saute sur mes quatre pattes. Est-ce qu'il se sent bien ?

—Attends, dit-il. Juste une minute.

Il se tourne vers son frère :

—Dan, tu peux nous laisser seuls une minute ? Tu pourrais appeler papa ?

—Je l'ai déjà appelé… Mais tu sais quoi ? Je pourrais appeler maman. Si vous voulez bien m'excuser.

Annika et Sam le regardent sortir. On entend un bruit de pas à l'étage, qui semble indiquer que Delilah est en train de marcher dans le couloir en direction de la chambre de Donovan.

Le silence se fait. Puis Sam contourne le canapé pour venir s'asseoir à côté d'Annika. Il fixe l'âtre d'un regard vitreux. Annika y a empilé des bûches, mais n'a pas allumé de feu depuis une semaine ou deux et il y a des petits tas de cendre dans les coins.

—Je suis désolé, dit Sam en joignant les mains comme s'il allait se mettre à prier.

Il parle d'une voix douce, en choisissant soigneusement chaque mot.

—Je ne savais pas que tu étais mariée avec lui, et je ne savais pas qu'il était mort.

—Ne t'en fais pas, Sam. J'aurais dû en parler plus tôt, dit Annika en se renversant sur le canapé.

—Il y a longtemps qu'il est mort ?

—Un an et demi environ. Il est mort dans son sommeil. Il souffrait d'apnée du sommeil.

—Mince alors. J'imagine le choc quand tu t'es réveillée à côté de lui le lendemain matin.

—Non, non, non. Je n'étais même pas à la maison quand c'est arrivé, mais je n'ai pas envie d'en parler. Pas maintenant.

Annika se masse le front d'une main tremblante.

—Je suis une loque, Sam. Un vrai désastre. Mais s'il te plaît, parle-moi d'autre chose. De n'importe quoi.

Elle relève le menton.

—Parle-moi de toi.

Il inspire et lui adresse un sourire timide.

—Moi, je n'ai pas grand-chose à raconter. On est tous des loques. Tu n'es pas la seule.

Il passe sa langue sur sa lèvre inférieure, l'air pensif.

—La vie n'est jamais parfaite. Je ne travaille avec Danny que depuis six mois, mais mon ancien boulot me manque. Je regrette que mon père m'ait demandé de revenir.

—Je suis désolée pour toi.

—Bah, c'est pas grave. Je suis content de te voir en tout cas.

Le visage de Sam s'illumine.

—Si mon père ne m'avait pas demandé de venir lui donner un coup de main, je ne t'aurais peut-être jamais revue. Mais maintenant que tu es là, ce patelin me semble moins moche.

Elle sourit. Puis rit.

Il poursuit, enthousiaste :

—Je n'arrive pas à croire que tu es ici, dans cette maison. Et que tu as deux super gamins.

—Et pourtant, dit-elle. Danny m'a dit que tu avais une fille. Mais tu n'es pas marié ?

—Non. J’ai vécu longtemps en couple, mais on ne s’est jamais mariés. Ma fille et moi, on vit chez mes parents pour l’instant. Comme je le disais, la vie n’est pas parfaite, mais ça va.

—Ne te sens pas obligé de dire que ça va si ce n’est pas vrai, souffle Annika dans un murmure. Je ne suis pas faite pour élever seule des enfants. Un vrai désastre. La pire mère de l’histoire de l’humanité.

—Sérieux ?

Sam rit.

—Oui, bon, je suis sûr que ce n’est pas vrai. Tu as toujours été la meilleure en tout.

Il l’observe.

—Et tu n’as pas changé. Tu es superbe. Comme si le temps n’avait pas de prise sur toi.

Annika secoue la tête. Elle rougit légèrement et ses yeux luisent.

—Ce n’est pas vrai. Mais merci tout de même. C’est gentil de ta part.

Elle soupire.

—J’aimerais tellement ne pas me sentir tout le temps fatiguée. Est-ce que tu ressens la même chose ?

—Et comment ? J’ai un genou qui flanche. Le dos en compote. Mais vieillir n’a pas que des mauvais côtés. Je suis moins stressé quand tout ne va pas comme je veux. J’encaisse mieux les problèmes. Je sais prendre du recul.

Sam penche la tête.

—Tu sais que j’étais vraiment fou de toi ? J’en veux terriblement à mon père de m’avoir expédié en

Californie après l'accident. Je suppose que c'était la meilleure solution. Mais ça m'a fait un mal de chien.

Mes moustaches frémissent. Je commence à bien aimer Sam. Au début, il m'a fait l'effet d'un hobbit mal léché. Mais il ne manque pas de charme tout compte fait. Et puis j'apprécie le fait qu'il admire ma maîtresse. Peut-être que le vilain crapaud va se transformer en prince charmant.

J'ai parfaitement conscience d'avoir une imagination débordante.

Annika le regarde.

—Beaucoup d'eau a passé sous les ponts entre-temps. Le moment est venu pour toi de pardonner à ton père.

—Je sais mais…

Il marque une pause, regarde les mains d'Annika où scintille une bague en diamants.

—Ça m'a brisé le cœur de te quitter. Je n'ai jamais cessé de penser à toi.

—Sam?

Il l'observe un moment sans rien dire.

Elle l'observe à son tour.

Quand il se penche vers elle, elle attend qu'il s'approche et le prend dans ses bras. Le soulagement se lit sur son visage et elle rayonne. Ils restent ainsi enlacés pendant une bonne minute, pendant que la tempête continue de souffler et de faire trembler la maison et qu'un courant d'air froid s'engouffre dans la cheminée. Les lattes du plancher craquent au-dessus de nos têtes tandis que les jumeaux vont et viennent d'une chambre à l'autre. L'instant d'après, Sam tourne la tête et ses lèvres sont si proches des siennes que je crois qu'il va l'embrasser.

Quoi ? Ma queue frémit de surprise.

Je suppose que c'est ainsi qu'un crapaud se transforme en prince charmant. Grâce à un baiser.

—Attends, attends.

Elle pose une main sur son épaule.

—Annie.

—Tu m'as quittée.

—Non, mon père m'a obligé à partir.

—À cause de ce que tu as fait.

—Je sais. Ma douce, crois-moi, j'y ai souvent pensé.

Il lui caresse les cheveux et elle le laisse faire, même si elle a l'air nerveuse, comme un oiseau qui s'apprête à s'envoler.

—Sam, c'était horrible. Je suis soulagée que tu m'aies pardonné. Tu n'as pas idée à quel point, mais…

—Ne t'en fais pas pour ça. Si tu as besoin de moi, je suis là. Si tu as besoin de parler. Il n'y a pas de raison pour que tu te sentes seule.

Elle secoue la tête.

—Ce n'est pas juste, murmure-t-elle. Ce que tu as fait.

Mes moustaches frémissent à nouveau. Mais qu'est-ce qu'il a bien pu faire ?

—Je suis désolé. Tu crois qu'on pourrait…

Il soupire.

—Qu'on pourrait reprendre là où on s'est arrêtés ?

Elle se dégage de son étreinte, il ne cherche pas à la retenir.

—Non, Sam. Peter vient de mourir.

—Il y a un an et demi.

—Oui, mais… je ne compte pas rester à Manchester. Les enfants et moi, on a besoin de bouger. Je ne pense pas rester plus d'un mois ou deux.

—Pas plus ?

Il fronce les sourcils.

—Non, il faut rester un peu. Tu n'es pas heureuse ici ?

—Je ne sais pas, dit Annika en aspirant l'air brièvement.

Elle se lève, l'air ahurie comme quelqu'un qui émerge brutalement d'un sommeil profond.

—Sam, je ne peux pas. Après tout ce qui est arrivé.

—Mais, ma chérie, je voulais…

—Ne m'appelle pas comme ça. Mes enfants risquent de t'entendre et…

Elle tourne la tête de droite à gauche, comme pour s'assurer qu'on ne l'observe pas.

—Je dois monter me coucher. Toi et Danny n'aurez qu'à vous installer sur les canapés. Il y a des couvertures empilées sur le repose-pied dans le salon. Bonne nuit.

Allons bon ! Elle bat en retraite et je lui emboîte le pas, contente qu'elle ait retrouvé ses esprits.

Annika va trouver chacun des jumeaux l'un après l'autre pour leur expliquer que les hommes sont coincés ici et qu'ils vont devoir dormir en bas. Donovan accueille la nouvelle avec stoïcisme, puis se tourne face au mur. Delilah a l'air de trouver la chose excitante et ses yeux se mettent à briller comme s'il s'agissait d'une grande aventure.

Lorsqu'elle se met au lit, Annika prend une photo de Peter sur la table de nuit et l'embrasse. Le soir, Peter avait l'habitude d'ôter sa prothèse puis de se rouler en boule à côté d'elle en la prenant dans ses bras.

Je me blottis contre son genou. On aimait Peter et il nous manque. Je vais faire de mon mieux pour tenir chaud à Annika, mais je sais que ce ne sera pas suffisant.

Février 1987

Annika

Quand Sam s'est fait arrêter pour la deuxième fois, je n'ai pas compris à quel point il allait en baver. De même que je ne m'attendais pas à ce qu'il perde son sang-froid, comme ça arrive parfois, quand on fonce tête baissée vers l'amour.

—Il neige !

Dana rapplique à toutes jambes à l'heure de la récré et se met à tourner en rond.

Je parie qu'elle est gelée, mais elle adore porter la petite veste en jean verte que sa mère lui a achetée même si elle n'est pas doublée. Elle a tout de même enfilé les moufles que je lui ai offertes pour son anniversaire – à rayures roses et orange, ses couleurs préférées.

Moi, j'ai mis des baskets montantes. Il reste dix bons centimètres de neige sur la pelouse, mais le personnel d'entretien a déblayé et sablé le macadam. N'empêche que si j'avais su qu'il allait se remettre à neiger et qu'on allait se faire virer de la cantine, j'aurais mis des bottes.

On s'est fait virer parce que notre classe a chahuté.

Il fait un froid de canard dehors et la plupart des élèves, qui attendent de savoir s'ils seront admis à l'université, sont survoltés. On allait se lancer dans une bataille de réfectoire, avec des sachets de ketchup et de moutarde, quand le proviseur nous a ordonné de sortir vingt minutes dehors « pour calmer les esprits ».

Dana rit.

—J'adore la neige.

Elle a un grain de beauté sur sa joue gauche, qui ressort sur son teint pâle et s'accorde parfaitement avec ses cheveux noirs brillants. Comme nous tous, elle a l'air plus mûre cette année. Son visage a pris une expression plus grave maintenant qu'elle a perdu ses rondeurs enfantines et qu'elle n'a plus d'acné. Et elle est devenue une aguicheuse de première.

Au même instant, le nouveau aux cheveux blonds passe à côté de nous et Dana agite frénétiquement sa main vers lui en criant :

—Peter ! *Guten tag !*

Il sourit et s'approche. J'ai remarqué que Peter avait un sourire craquant, éclatant et légèrement de biais. Et quand je dis que j'ai *remarqué*, ce n'est pas parce que je m'amuse à noter ce genre de détails dans un journal ou autre. En fait, ces derniers mois, j'en suis venue à comprendre que j'aimais bien quand Peter souriait. C'est comme s'il gardait précieusement un secret qu'il n'était pas prêt à partager.

—Salut, Dana. Salut, Annika.

Il garde ses mains profondément enfoncées dans les poches de son blouson d'hiver hors de prix.

—*Guten tag.*

Dana et moi nous esclaffons. On adore son accent authentique quand il parle allemand. On ne connaît pas bien Peter, parce qu'il est nouveau et qu'on traîne le plus souvent avec nos anciens camarades. Dans d'autres circonstances, on aurait appris à mieux le connaître.

Mais je sais que Peter est un gars sympa. En cours de dessin, lui et moi sommes censés réaliser nos portraits respectifs. Peter m'a dit qu'il était particulièrement nul en portrait et qu'il allait donc essayer autre chose. Il m'a demandé de me mettre de dos et s'est appliqué à reproduire fidèlement mes tresses. Contre toute attente, j'ai adoré le résultat et je lui ai demandé si je pouvais le garder.

—J'ai montré le portrait que tu as fait de moi à ma mère. Elle l'a trouvé tellement chouette qu'elle a décidé de le faire encadrer.

—Sérieusement ? Ouah !

Il baisse les yeux comme s'il inspectait mes baskets, puis les relève, et à la façon dont il me regarde, je vois bien qu'il joue la comédie. Parce que ce n'est pas quelqu'un de timide.

—Tu dessines mieux que tu ne le prétends, dis-je. Tu m'as fait croire que tu étais nul.

—Je ne suis vraiment pas doué, fait-il en haussant les épaules. Mais disons que j'ai eu de la chance ce jour-là.

—Non, c'est vraiment excellent.

—C'est vrai ! renchérit Dana qui sautille d'un pied sur l'autre, folle d'enthousiasme. Ce dessin est excellent.

—Merci, dit Peter en portant à nouveau son regard sur moi. Mais ça aide d'avoir un beau modèle.

Je ris.

—Peter ! S'il te plaît. Ce n'est pas vrai. Si je me fais des nattes, c'est uniquement parce que je n'ai pas envie de ressembler à un épouvantail et d'avoir les cheveux dans la figure.

En disant cela, je m'aperçois que je n'ai jamais su accepter un compliment.

Il me sourit.

—Je peux faire un nouveau portrait de toi, si ça te dit. On pourrait se retrouver dans la salle de dessin, ou ailleurs, et…

—Annie ! crie une voix.

On se retourne.

Sam vient juste de sortir de cours.

Au même instant, un groupe de garçons appelle Peter depuis le court de tennis. Il secoue la tête pour écarter la frange qui lui tombe dans les yeux et dit :

—Désolé, les filles, mais il faut que j'y aille.

Il me regarde, salue Dana de la tête.

—*Tschüss.*

—*Auf wiedersehen*, claironne Dana avant d'ajouter à mon adresse : Je l'imagine bien en moniteur de ski dans le Vermont, pas toi ?

Je ris.

—Oui, peut-être.

—Reviens ! J'ai envie de *tschüsser* avec toi, lui crie-t-elle, mais il est hors de portée de voix, Dieu merci.

Je me retourne quand Sam approche, un gobelet à la main. Sam a échangé son éternel blouson de sport contre un caban bleu marine qu'il a hérité de son frère aîné. Il lui manque un bouton et je dois faire un gros effort pour résister à l'envie de tirer sur le fil défait.

—Je t'ai pris un chocolat chaud à la cantine. Comme c'est la Saint-Valentin, les femmes de service distribuent des boissons gratos.

—Merci.

Je saisis le gobelet entre mes moufles en prenant garde de ne pas le laisser glisser.

—J'adore les hommes qui font des cadeaux, dit Dana.

Elle pose une main sur sa hanche et demande :

—Où est le mien, Sam ?

Il hausse les épaules, l'air confus.

—On n'a droit qu'à une seule boisson par personne.

J'ôte le couvercle du gobelet et la vapeur se répand dans l'air froid. Quand le délicieux parfum du chocolat se mêle à l'odeur de la neige fraîche, je me pâme de bonheur.

—Ça sent trop bon. Merci !

Sam hoche la tête. Il m'observe, la main tendue au cas où j'aurais besoin d'aide pour tenir le gobelet en équilibre.

Dana me regarde, puis regarde Sam et secoue la tête.

—Bon, ben, je vais aller chercher mon chocolat chaud. À toute.

J'ai beau lui dire que ça n'arrivera jamais, parce que Sam doit me prendre pour une geek, Dana est persuadée qu'il va me demander incessamment de sortir avec lui – raison pour laquelle elle nous a laissés en tête-à-tête.

Cela étant, je ne peux pas nier que Sam se montre particulièrement attentionné avec moi. Mais peut-être est-ce simplement parce qu'il est plus mûr maintenant qu'il est en terminale.

Il n'est pas seulement plus grand. Il est aussi bien bâti. Et c'est vrai qu'il a une bouche sensuelle, comme ma sœur se plaît à le souligner.

Je n'ai pas spécialement envie de l'embrasser, mais disons que ça ne me gênerait pas si ça arrivait, et que ce serait même fantastique, à condition qu'il fasse le premier pas.

—Je t'ai apporté quelque chose, me dit-il dès que Dana a tourné les talons.

Il sort une cassette audio de sa poche.

—Je sais que tu détestes la pop-rock. Mais ceux-là sont des classiques, mes préférés. Je les ai enregistrés à la radio. Peut-être qu'en les écoutant tu changeras d'avis.

Je fais passer ma tasse de chocolat maladroitement dans ma main gauche pour pouvoir saisir la cassette dans la droite. Je commence à regretter d'avoir mis ces moufles.

—Ça ne marchera pas, dis-je. Tu n'arriveras pas à me faire changer d'avis, sauf s'il y a les B-52's sur cette bande.

Il bat une fois des paupières, lentement. Un flocon de neige atterrit sur ses cils et il secoue la tête.

—Écoute. Sur cette cassette, il y a Kansas, Boston, les Rolling Stones, AC/DC et d'autres merveilles qu'une fille cultivée comme toi devrait connaître.

J'éloigne un tantinet la cassette de moi, comme si elle était contaminée.

—OK. Ça a l'air… intéressant.

Je ne suis pas convaincue, mais je suis prête à faire un effort.

—Au fait, comment va ton père ?

Sam hausse une épaule.

—Ça va, mais il n'a pas encore repris le boulot. Ma mère passe tout son temps à s'occuper de lui, alors ils sont un peu stressés, tous les deux, si tu vois ce que je veux dire.

—Et tes frères et sœurs ? Ils n'aident pas ?

Il chasse un flocon de neige de sa joue.

—Pas des masses. Danny est à l'université. Notre frère aîné a pas mal de soucis de son côté. Et ma sœur Andi vit à la maison, en ce moment, mais elle va se marier cet été. Tout le monde est très occupé et je suis un boulet pour mes parents. Je crois qu'ils aimeraient bien se débarrasser de moi.

Il danse d'un pied sur l'autre avant d'ajouter :

—Mon père pense que je suis un bon à rien. Ils avaient déjà deux garçons et deux filles quand je suis né. Je crois qu'ils ne m'ont pas désiré. Ils n'avaient clairement pas les moyens de nourrir une bouche de plus.

—Oh.

Je n'avais encore jamais entendu Sam tenir ce genre de propos. Je suppose qu'il doit se sentir seul, même s'il fait partie d'une famille nombreuse.

—Tu as besoin d'un câlin ? demandé-je.

Un sourire s'épanouit sur ses lèvres.

—Je crois que oui.

Je ne m'attendais pas à cette réponse.

—Attends.

Je pose mon gobelet par terre avec la cassette audio en équilibre dessus. Quand je me redresse, Sam étire les bras et m'attire contre lui. Et voilà que je me retrouve entre les bras de Sam Parsons, en plein milieu de la cour du bahut, dans un tourbillon de neige, le jour de la Saint-Valentin. C'est très romantique et j'espère que je ne suis pas en train de faire une connerie. Il me serre tout contre lui tandis que je m'efforce de lui donner une accolade de potes en lui tapotant l'omoplate. Je reste un moment agrippée à lui et j'ai l'impression que mes entrailles se liquéfient. Il relève la tête et me fixe droit dans les yeux, et BON SANG, personne ne m'a jamais regardée comme ça, avec une telle tendresse.

Dana revient juste à ce moment-là et se racle la gorge.

—Salut, vous deux ! lance-t-elle en regardant ailleurs.

—Salut !

Je me baisse pour prendre mon gobelet et la cassette audio.

—Annie, je… on se voit plus tard, me dit Sam en s'éloignant pour aller retrouver ses potes.

—Eh bien, c'est ce qu'on appelle un départ précipité. J'ai cru qu'il allait t'embrasser. Désolée, si je l'ai fait fuir, dit Dana en sirotant son chocolat. Ouch, que c'est chaud. Je me suis brûlé la langue.

—Ce n'est pas toi qui l'as chassé. Et je suis désolée que tu te sois brûlé la langue.

Je n'ai même pas encore goûté au mien et je sens la chaleur du gobelet irradier à travers mes moufles.

Elle regarde ce que je tiens à la main.

—Est-ce que je crois ? Il t'a enregistré une compile ?

Je hoche la tête. Je sais ce qu'elle va dire.

—C'est de la pop-rock. Pas des chansons d'amour, si c'est ce que tu imagines.

—Je ne vois pas ce que ça change, dit-elle, écartant une mèche de cheveux de sa figure pour la replacer derrière son oreille. Il te l'a donnée le jour de la Saint-Valentin. Après quoi, vous êtes tombés dans les bras l'un de l'autre. Oh, oh, oh, c'est chaud ! glousse-t-elle. Bientôt vous allez vous rouler des patins.

—Arrête, dis-je en riant.

Au même instant, j'aperçois Lisa qui arrive dans notre direction. Elle a remonté sa capuche bordée de fourrure. Alors que moi, comme une idiote, je suis restée tête nue sous la neige. Je vais avoir l'air d'un rat crevé si je ne remonte pas ma capuche.

—Salut, Lisa.

—C'était Sam ? dit-elle en regardant par-dessus mon épaule. Pourquoi est-ce qu'il te serrait dans ses bras ?

Une forte odeur de tabac m'assaille et je m'aperçois qu'elle revient du coin des fumeurs.

—Pas de raison particulière. C'est juste que son père est tombé malade.

—Ouais, je sais que son père est malade. Mais c'est pas une raison pour lui tomber dans les bras…

Elle repère la cassette :

—C'est quoi ?

—Ça? dis-je en la fourrant dans ma poche. C'est l'enregistrement du concert de Mark Tindall, que j'ai loupé. Enfin, bref, je l'écouterai peut-être.

—Mais pourquoi est-ce que c'est Sam qui te l'a donné ?

Bonne question. Pour une fois, Lisa se montre perspicace. Heureusement, Dana vole à mon secours.

—Il lui a apporté la cassette de la part de Mark, parce que Mark est en répétition et qu'il est trop occupé, déclare Dana sur un ton qui ne laisse aucune place à la discussion.

—Super. Mark est bête comme ses pieds.

Lisa hausse les épaules puis se tourne vers moi :

—Qu'est-ce que tu dirais d'aller au bal de promo avec Mark et moi avec Sam ? On rigolerait bien.

Je hoche la tête.

—Ouais, on rigolerait bien, dis-je en jetant des coups d'œil embarrassés autour de moi.

Je n'aime pas mentir à Lisa au sujet de Sam… Mais j'ai l'impression qu'elle cherche à me tirer les vers du nez, et ça n'est vraiment pas agréable.

—En voilà une drôle d'idée, fait remarquer Dana à Lisa.

—Sam est un gars super. En tout cas avec moi, pas comme les autres demeurés de sa classe. Et si personne ne se dévoue pour accompagner Mark au bal, il va se retrouver seul.

Dana et moi échangeons un regard. Je n'ai jamais rien entendu d'aussi stupide. Mark est un garçon adorable. Il a plein d'amis.

—Quoi ? dit Lisa en nous éclatant de rire au nez. Ça serait super. Même si j'ai l'impression que Sam va inviter Patty.

J'ose à peine demander :

—Pourquoi ?

Elle hausse les épaules.

—Parce qu'ils sont sortis ensemble. À la fête de Cheryl, samedi soir, j'ai entendu dire que Sam et Craig avaient emmené Michelle et Patty au ciné. Enfin, c'est des rumeurs tout ça.

Samedi soir, Lisa a appris qu'une des pom-pom girls donnait une soirée après le match de basket. Lisa a dit à mes parents qu'elle allait dormir chez une copine après le match alors qu'en réalité, elle est allée à la fête avec la voiture de ma mère et a dormi ensuite sur le parking parce qu'elle était complètement bourrée.

J'ai ressenti une pointe de jalousie. Lisa ne m'avait pas dit qu'il y avait une soirée. Alors non seulement elle a menti à ma mère et à mon père, mais elle m'a menti à moi aussi.

—Je pourrais proposer à Peter Kuhn de m'accompagner, dit Dana en jetant un regard autour d'elle comme si elle le cherchait. Il doit avoir de l'allure en smoking.

J'écarquille les yeux.

—Sérieux ? Tu vas lui proposer ?

Lisa se tapote les lèvres du bout de l'index.

—Pourquoi pas ? Mais tu as intérêt à te dépêcher, parce qu'il va y avoir de la concurrence. Mais tel que je le connais, il n'osera pas refuser.

Dana fusille Lisa du regard. Parfois Lisa est odieuse.

—Vous savez quoi ? dis-je pour essayer d'amener la conversation sur un autre terrain. On n'a fait aucune blague de groupe depuis Noël.

—C'est vrai ! reconnaît Dana, dont les yeux se mettent à pétiller de malice. On devrait tous aller au terrain de golf de l'autre côté de la colline pour faire des bonshommes de neige !

Je ris. Sa suggestion est tellement inoffensive et gentillette.

Elle retrousse ses lèvres.

—Je suppose que ça vaudrait le coup, ne serait-ce que pour voir la tête de M. Galanes.

—Oui, confirme Dana, qui se recule et commence à scruter la cour du regard, prête à battre le rappel. Ça lui apprendra à nous faire sortir sous la neige.

La capuche de Lisa dissimule une grande partie de son visage, mais je vois qu'elle fait la moue.

—Je ne peux vraiment pas risquer un blâme de plus. Encore un et je serai recalée.

—T'inquiète, Galanes va nous retrouver en cinq minutes, la rassuré-je.

Dana acquiesce.

—Moi, je trouve que c'est une excellente blague. On y va !

Je commence à emboîter le pas à Dana puis m'arrête net en voyant que Lisa ne suit pas.

—Lisa, s'il te plaît, viens. L'union fait la force ! Rah-rah-rah !

Elle regarde ses chaussures.

—J'ai les pieds gelés. Je ne sens plus mes orteils.

—Roooh ! Qu'est-ce que je devrais dire, je n'ai même pas de bottes !

Mais Lisa ne veut rien savoir. Elle fait demi-tour et se dirige vers le préau. Je suis déçue. Furieuse. Je me sens abandonnée.

Tant pis, on ira sans elle.

Mais au dernier moment, je me mets à courir pour la rattraper.

—Tiens, prends mon chocolat chaud. Je n'y ai même pas touché.

Elle me le prend des mains puis continue d'avancer en direction du préau.

Dana réussit à rameuter presque tout le monde, soit environ trente-cinq personnes ; les autres étant soit malades ou à la bibliothèque, soit en répétition ou en retenue. Ça fait pas mal de monde pour une blague de groupe. Je regarde si j'aperçois Sam. Et bien sûr, il est là et il m'attend.

Sérieusement, je n'arrive pas à croire qu'il s'intéresse à Patty.

Je ne l'ai jamais vu lui faire un câlin.

En tout cas pas à la Saint-Valentin dans un tourbillon de neige.

—Allez, go ! crie Dana en désignant la colline.

On traverse le terrain de foot aussi vite qu'on le peut dans dix centimètres de neige. On avance sans bruit, comme un seul homme, nos pieds s'enfonçant dans la poudreuse. C'est l'euphorie générale. Dana et moi ricanons et chuchotons, serrées l'une contre l'autre.

Une fois au sommet, les garçons éclatent de rire et se laissent rouler au pied de la pente, sur l'autre versant du coteau. Il n'y a personne sur le terrain de golf. Quelqu'un jette une boule de neige et la bataille commence, chacun pour soi. Du givre se forme sous mon pantalon, au niveau des chevilles, et ça me brûle la peau. Mais je m'en fiche, parce que je m'amuse comme une folle. Sam me lance une grosse boule de neige qui m'atteint en plein dos.

Il rit.

—Désolé. Je ne voulais pas te toucher. Tu étais censée courir.

—Merci, Sam, je sais ce que je suis censée faire.

Je sens une main qui me frotte le dos. Je me retourne, c'est Peter.

—C'est bon. J'ai ôté la neige.

Je me sens légèrement rougir.

—Oh, merci.

—De rien. J'aime bien tes moufles.

Je ne sais que répondre à cela. Personne ne m'a jamais complimentée sur mes moufles maison.

Je saute quand Peter s'écrie :

—Attention !

Il se baisse, rit et se met à détaler. C'est alors que je comprends que Sam lui a lancé une boule de neige. À en juger par son expression, Sam n'a pas l'air de plaisanter.

Je réussis à toucher quelques autres camarades. Et c'est alors que j'aperçois une voiture de police au sommet de la colline, à la hauteur du cinquième trou du golf. Je me fige et me tourne vers Dana. La voiture se gare et éteint ses gyrophares. Un flic sort côté passager et un autre côté conducteur.

Je retiens mon souffle.

—Eh, quelle heure il est ?

—Je sais pas.

Dana pivote pour voir ce qui a attiré mon attention.

—Oh, non ! dit-elle en lâchant la grosse boule de neige qu'elle tient à la main. Je suppose qu'on n'a pas vu le temps passer.

Mon cœur se met à battre à tout rompre.

—HEP ! VOUS TOUS !

La voix de Dana fend soudain l'air comme un couteau.

Le silence se fait. Les autres ont cessé de courir et de parler. On est comme des chevreuils pris dans la ligne de mire d'un chasseur. Tout le monde lève les yeux vers les flics au sommet de la colline.

Et pendant ce temps, la neige continue de tomber. Le sang court dans mes veines comme un courant électrique. Et quand je me tourne vers Sam, mon esprit s'en revient au moment où nous étions dans les bras l'un de l'autre. Je n'arrive à penser à rien d'autre qu'à Sam me tendant un gobelet de chocolat chaud et au plus beau câlin que j'aie jamais échangé avec quelqu'un. Et tandis que nous nous regardons l'un l'autre, je songe que la neige est encore plus romantique que les étoiles filantes ou qu'une pluie de météores ou qu'un feu d'artifice. Et je m'aperçois que je ne désire rien d'autre que de serrer Sam dans mes bras, de le toucher et de sentir son odeur. Je veux l'embrasser pour de vrai. Ce qui revient à dire que je suis amoureuse – ou quelque chose comme ça. Je ne suis pas certaine de ce que veut dire être amoureuse.

Mais je prends conscience que je n'ai pas juste le béguin pour Sam. Un béguin est une chose idiote, frivole et sans lendemain.

Ce que je ressens pour Sam est différent, plus profond et plus puissant. Mais je ne saurais pas mettre un nom dessus. Du désir, peut-être ? Non, le désir est trop adulte, trop intimidant.

Peut-être que ce câlin m'a donné bêtement l'impression d'être invincible. Ce que je ne suis pas. Je suis juste une gamine idiote. Et à cause de moi, tout le monde va se retrouver dans le pétrin.

Sam fait un pas dans ma direction.

—Annie. Tout va bien. Ne t'inquiète pas.

—Mais…

—C'est Galanes qui nous a fichus à la porte. Alors on est sortis. On n'a rien fait de plus que lui obéir.

—Pas vraiment, Sam.

Je déglutis, j'ai la gorge sèche. J'ai perdu la notion du temps. Ça craint.

Il secoue la tête.

—Non, non. Rassemble les autres et retournez au bahut. Je me charge de parler aux flics. Je vais leur expliquer que c'est juste une blague de groupe.

Craig est à côté de nous. Sam le regarde.

—Retournez au lycée, et si Galanes vous demande des comptes, dites-lui que c'était mon idée. D'accord ?

—Tu es sûr ? demande Craig.

—Oui, oui. Y a pas de quoi fouetter un chat.

—On pourrait dire que c'était notre idée à tous, suggéré-je.

Je n'ai pas envie que Sam se retrouve tout seul dans le pétrin.

—Bon, dit Craig en enfonçant son bonnet de ski jusqu'aux yeux. On y va. Il faut se grouiller.

Je fixe Sam du regard, j'ai envie d'insister mais il a l'air tellement sûr de lui. Il n'a pas l'air d'avoir peur du tout, alors que moi je suis paniquée. Brusquement, je ressens la morsure du froid sur mes joues. J'ai les mains et les pieds gelés, si bien que j'emboîte le pas à Craig.

Nous avançons en meute vers le lycée. Je jette un coup d'œil par-dessus mon épaule. Sam est en train de suivre les flics à travers le terrain de golf ; une silhouette bleu marine qui s'éloigne lentement en laissant des traces de pas dans la neige. Je sens la distance entre nous et mon cœur se glace.

Quand nous arrivons au lycée, Galanes est là qui nous attend. Nous écopons tous d'une retenue demain à l'heure du déjeuner. Il n'a pas l'air furieux, juste contrarié, et même un peu inquiet, comme s'il venait seulement de se rendre compte qu'on pouvait partir, comme ça, sans rien dire, et disparaître. Et pour être tout à fait franche, je ne pensais pas non plus que nous en étions capables.

Mon cœur se serre quand Craig arrive en courant, en fin d'après-midi, alors que Dana et moi sommes en train de ranger nos affaires dans nos casiers.

—Eh, vous êtes au courant ?

À voir sa tête, je comprends que ce ne sont pas de bonnes nouvelles.

—Non, qu'est-ce qui se passe ?

—Sam s'est battu avec les flics.

—Quoi ? Mais pourquoi ?

Je lâche mon sac qui tombe en vrac sur le sol.

—Il a dû craquer, se mettre à les insulter… Et ils l'ont emmené au poste. C'est ce que Mme Rollo a dit aux autres profs. J'ai peur qu'il se fasse virer.

Les épaules de Dana s'affaissent et je fais claquer la porte de mon casier.

—Mais enfin, pourquoi est-ce qu'il a fait ça ?

Je me masse le front.

—Il bosse quatre soirs par semaine à la boucherie parce que son père ne peut plus travailler. Tu es au courant, j'imagine ? Et sa mère n'arrête pas de lui crier dessus. Il doit avoir les nerfs à vif. Tu ne le savais pas ? Je croyais que vous étiez amis.

Je soupire.

—Je ne le savais pas…

Il ne me parle jamais de ces choses-là. Craig pose une main sur mon épaule.

—T'inquiète, Karlsson. C'est peut-être aussi bien pour lui qu'il se fasse exclure quelques jours. Comme ça, il pourra souffler un peu.

Et comme il fallait s'y attendre, Sam a été exclu le mercredi et le jeudi. J'aimerais bien essayer d'appeler chez lui, mais après toute cette histoire ses parents ne vont sûrement pas l'autoriser à me parler. Et puis je n'ai pas envie d'embêter son père s'il est gravement malade.

Le jour où Sam est censé réintégrer le lycée, il n'est pas dans le bus et je commence à me faire du souci. Il est déjà au bahut quand j'arrive et je cours aussitôt le retrouver devant son casier.

—Salut, Sam. Comment…

—Tranquille, Karlsson.

Il me serre brièvement dans ses bras ; puis sa main saisit la mienne et il dit :

—Je t'ai couverte.

—Je sais mais…

—Annie. Mon père est furax. Il est persuadé que je suis un bon à rien. Je n'ai jamais été renvoyé jusqu'ici. J'ai juste écopé d'heures de colle. Et cette fois, je me suis mis dans le pétrin à cause des flics.

—Je suis vraiment désolée que toute cette histoire ait viré au désastre. J'aurais dû aller parler aux flics.

—Non. Je voulais le faire de toute façon.

Il se rapproche et je retiens mon souffle. Je peux sentir les battements de son pouls dans le creux de sa main. Sa poitrine se soulève et s'abaisse tandis qu'il essaie de calmer sa respiration. Il a envie de m'embrasser. Ses yeux le trahissent.

Mais il flanche et me lâche la main.

—Il faut que j'y aille.

À regret, Sam tourne les talons et s'éloigne.

Après cela, nous n'échangeons pas un mot durant deux semaines. Je n'arrive pas à savoir si je suis gênée, déçue ou en colère ou tout ça à la fois.

J'ai entendu dire que le père de Sam l'avait autorisé à prendre son pick-up pendant qu'il était en chimiothérapie. C'est plutôt une bonne nouvelle, dans la mesure où, pour aller travailler à la boucherie, il n'est pas obligé de pédaler dans la neige. La mauvaise nouvelle, c'est que Sam vient au lycée par ses propres moyens, de sorte que je le vois encore moins qu'avant. Heureusement que Dana prend le bus avec moi.

Non seulement Sam ne m'adresse plus la parole, mais il n'adresse plus la parole à personne. Dana ne me taquine plus à son sujet et je m'efforce de me concentrer sur d'autres choses. J'essaie de convaincre Lisa de venir faire de la luge ou du patin avec moi, histoire de me changer les idées. Mais elle refuse. Elle se contente de grommeler « non » et referme la porte de sa chambre. Nous sommes les pires sœurs qui soient.

Parfois, je regarde Sam pendant le cours de maths et je l'imagine en train de m'embrasser dans une tempête de neige. Mais j'ai bien peur que ça n'arrive jamais.

Deux semaines plus tard, autrement dit une éternité, quelqu'un vient frapper chez nous un dimanche après-midi. Je suis dans ma chambre, en train de lire, mais je me dévoue pour aller répondre. Quand j'ouvre la porte, je trouve Sam debout sur le seuil, les mains dans les poches et une expression que je ne lui connaissais pas sur le visage. Il a l'air… triste, déboussolé, et en même temps plein d'espoir.

—Salut, Karlsson. J'ai besoin du cours de sciences.

Je bats des paupières, comme si je n'en croyais pas mes yeux. Il est la dernière personne que je m'attendais à trouver sur le pas de la porte. Mon cœur se gonfle dans ma poitrine.

Le visage de Sam est sombre, couvert d'une barbe naissante, et je comprends qu'il n'a pas dû se raser de toute la semaine.

Et soudain, je pense : Sam se rase chaque matin, comme mon père ? Mon estomac se noue. C'est un homme, alors que je me sens encore comme une petite fille.

Je dois avoir l'air d'un épouvantail avec mon tee-shirt trop grand et mon pantalon de jogging. Heureusement, je porte au moins le bracelet vert et rose que Dana a tressé pour moi. Je baisse les yeux sur mon poignet pour m'assurer qu'il est bien là, unique détail un peu pimpant qui rehausse mon allure générale.

Immédiatement, je sens la colère monter.

—Comment ça, tu as besoin du cours de sciences ?

Je le foudroie du regard.

—La prof nous l'a donné vendredi.

—Je sais, mais je ne l'ai pas. Je l'ai perdu.

—Pourquoi faut-il que tu perdes toujours tout ? C'est si difficile que ça de ne pas égarer un polycopié ?

Je regrette mes paroles dès qu'elles sortent de ma bouche. Je ne comprends pas ce qui m'a mise dans cet état, si ce n'est que je viens de passer deux semaines horribles. Sam me manque tellement que ça me crève le cœur.

—On dirait ma mère.

Je vois tressauter le coin de sa bouche.

—Tu as fait quoi à tes cheveux ?

Je porte instantanément ma main à ma tête. Mes cheveux ? Oh, mais oui, bien sûr.

—Je me suis fait des tresses. Et alors ?

Il lève un sourcil.

—Comme dans… *La Guerre des étoiles* ?

—Oui.

Je me redresse. Un bon point pour lui, il a remarqué ma coiffure. Bref, je n'ai pas à lui donner d'explications. Je me fais souvent des tresses, simplement, aujourd'hui je les porte en couronne.

Je ne remarque pas que Lisa s'est approchée jusqu'à ce qu'elle vienne se planter juste derrière moi.

—Salut, Samuel, dit-elle avec un grand sourire. Qu'est-ce que tu fais là ?

Il me désigne du menton.

—La princesse Leia détient les polycopiés du cours de sciences dont j'en ai besoin.

—Entre, dit-elle en le prenant par le bras et en le tirant à l'intérieur.

Il se laisse faire en me décochant un regard contrit.

Je vais chercher les polycopiés pendant que Lisa lui fait la conversation, puis je reviens et les lui tends d'un geste brusque.

—Tiens. Tu n'auras qu'à recopier les questions puis à remettre le tout dans ma boîte aux lettres… J'ai déjà tout fait… tu n'auras qu'à ignorer les réponses.

—Ou les pomper, suggère Lisa, comme si cela allait de soi.

Mais ce n'est pas le genre de Sam.

—Merci, dit Sam. Ça me dépanne bien. Je les remettrai sans faute dans ta boîte aux lettres.

Je refuse de le regarder. Même si j'en meurs d'envie.

—Parfait.

—Karlsson, s'il te plaît, ne te fâche pas. J'ai bossé comme un dingue. Mon père m'a dit que je devais me concentrer sur mes études et rien d'autre.

Je fais volte-face. J'ai une folle envie de le pousser dehors.

—Je ne suis pas fâchée ! Pourquoi le serais-je ?

Il ouvre la bouche mais Lisa fait claquer sa langue avant qu'il ait pu dire un mot.

—Oooh, vous êtes brouillés tous les deux ? J'étais pas au courant. C'est quoi le problème ?

—Rien, dis-je en la suppliant du regard de ne pas insister.

Il fait une tentative :

—Au fait, tu as aimé la cassette ? Je n'ai pas eu le temps de te demander.

—Sans blague ? On se voit pourtant tous les jours au bahut, Sam. Tu aurais pu essayer de m'adresser la parole.

Sam secoue légèrement la tête et je sais qu'il aimerait en dire plus, mais il tourne les talons.

—On se voit demain… Merci.

Lisa s'adosse à la porte après son départ et pousse un gros soupir dramatique.

—Les tourtereaux se prennent le bec.

—Qu'est-ce que tu racontes, c'est toi-même qui m'as dit qu'il sortait avec Patty. Et d'ailleurs on ne se prend pas le bec.

Je croise mes bras sur ma poitrine.

—Je ne vois pas comment on pourrait se chamailler alors qu'on ne se parle même pas.

—Annika. S'il te plaît. D'abord, tu ne devrais pas t'en faire quand Sam se referme sur lui-même. Ça n'a jamais été quelqu'un de bavard. La moitié des mecs de terminale sont comme lui. Secundo, ce n'est pas parce qu'il est sorti avec Patty qu'il est amoureux. À l'évidence, c'est pour toi qu'il en pince.

Elle retrousse sa lèvre supérieure et ajoute, l'air moqueur :

—Je savais que c'était lui qui t'avait fait cette compile. Et puis il suffit de voir la façon dont il te regarde. Franchement, gémit-elle, ça m'écœure.

—Surtout, ne tombe pas malade.

—Je suis jalouse. Je te hais.

Je me fige. Lisa ne m'avait encore jamais parlé de la sorte. C'est vrai, il lui est déjà arrivé de me dire *je te hais*, sur le coup de l'émotion.

Mais *jalouse* ? Depuis quand ?

—Ne sois pas jalouse. Il n'y a absolument rien entre Sam et moi.

Et il n'y aura jamais rien. Malheureusement. Tristement.

Lisa s'écarte de la porte, secoue la tête et pose ses mains sur ses hanches.

—C'est bien ce qu'il me semblait.

Elle sourit tandis que son regard s'attarde sur mes tresses.

—Sam est un mec normal, mais toi, tu es complètement fêlée. S'il sortait avec toi, ce serait la fin de sa vie sociale, et il l'a compris.

Chère vieille Lisa. Merci mille fois.

Je fonce dans ma chambre pour pouvoir pleurer en paix sur Sam.

Ce que Sam ignore, c'est que j'ai suivi les conseils de Lisa et demandé à Mark Tindall de m'accompagner au bal de promo. Mark et moi sommes amis depuis la primaire. Il n'y a pas l'ombre d'une attirance entre nous, et cela fait déjà plusieurs mois qu'on envisage d'aller ensemble au bal si on ne trouve personne d'autre. Alors, forcément, Mark a dit oui et Sam ne va pas tarder à l'apprendre.

Le blizzard, les hommes, la déneigeuse

Luna

Parfois, la nuit, la maison devient complètement silencieuse. Les bouches de soufflage cessent de pulser de l'air chaud et on n'entend plus un bruit.

Le matin, je me réveille à mon endroit habituel, au pied du lit, et je replie douillettement mes pattes sous moi. La fenêtre laisse passer un courant d'air froid et j'ai le nez gelé.

Le fantôme de Peter se tient à côté d'Annika, de sorte que je suppose qu'elle est en train de rêver de lui. Il a l'air calme mais soucieux, comme s'il avait envie de lui dire quelque chose. Pour finir, il s'allonge et l'enveloppe de son corps, comme s'il cherchait à lui tenir chaud. Ce n'est sans doute pas possible dès lors qu'il ne peut pas vraiment la toucher, mais c'est tout de même une attention délicate.

Elle lève la tête quand quelqu'un frappe doucement à la porte. Le fantôme de Peter scintille puis disparaît.

—Annika, souffle Sam d'une voix basse et râpeuse. Je peux te parler une minute ?

À en juger par la faible lueur qui entre par la fenêtre, il doit être tôt. Le soleil commence à se lever et je vois à travers les stores qu'il continue de neiger.

Je roule sur le côté et m'étire. Annika ouvre subitement les yeux et tout lui revient d'un coup : La tempête de neige. Les hommes. La déneigeuse. L'annonce aux jumeaux qu'ils vont aller en internat. Sa dispute avec Donovan. Sa conversation avec Sam.

Et puis la dernière tuile : il fait un froid de canard dans la maison.

—Une seconde ! dit Annika en sortant du lit et en glissant ses pieds dans ses pantoufles fourrées.

Elle attrape le sweat-shirt rouge de Peter dans la penderie et l'enfile par-dessus sa longue chemise de nuit en flanelle, puis repousse ses cheveux en arrière et entrouvre la porte d'un poil.

Sam se tient sur le seuil dans son manteau d'hiver.

—Pas de chauffage ?

Il fait non de la tête.

—Où se trouve la chaudière ?

—Dans la maison.

Annika descend l'escalier à pas de loup à la suite de Sam. Et je ferme la marche. Danny les attend dans le vestibule.

—Vous vous y connaissez en chaudières ?

Danny souffle sur ses mains livides de froid.

—C'est peut-être un truc tout bête, comme la veilleuse qui s'est éteinte pour une raison ou une autre.

Annika les mène jusqu'à la chaudière qui se trouve dans un petit placard. Ils y jettent un coup d'œil l'un après l'autre après avoir ôté le capot de protection. Sam s'agenouille et essaie, sans succès, de rallumer la veilleuse avec le briquet que lui a passé Danny.

—Je crois que c'est l'arrivée du gaz. L'alimentation électrique fonctionne en tout cas.

Annika s'enveloppe de ses bras.

—Bon, c'est déjà ça, dit-elle, même si elle n'a pas l'air particulièrement réjouie.

Sam danse d'un pied sur l'autre.

—Il est arrivé la même chose chez nos parents, il y a quelques années. Tu te souviens, Dan?

Danny hoche la tête.

—Ouais. Le vent a secoué le tuyau d'évacuation des gaz et la soupape de sûreté s'est fermée.

—Et donc… demande Annika en se mordillant la joue. Comment est-ce que vous avez fait?

Elle se tourne vers Danny, impatiente d'entendre sa réponse.

Mais il ferme les yeux et secoue la tête.

—Mes parents ont dû faire venir un chauffagiste. Je ne me souviens plus comment ils l'ont remise en route. Ce n'était pas en actionnant un bouton en tout cas.

Je plaque ma figure contre la jambe d'Annika. Si seulement je pouvais me rendre utile. Elle sort son téléphone de sa poche de sweat-shirt et consulte l'écran.

—Hum. Ma sœur Lisa m'a envoyé un SMS ce matin tôt. Elle n'a ni chauffage ni électricité.

Sam fronce les sourcils.

—Elle est de l'autre côté de la rue ?

—Oui.

Elle plaque le téléphone sur son oreille, puis conclut :

—Mais elle ne répond pas. Elle n'a peut-être plus de batterie.

—On devrait aller la chercher, propose Sam. Ça fait un bail que je n'ai pas vu Lisa. Ça pourrait être sympa.

—Oui, bien sûr. Faisons ça. En espérant qu'on va pouvoir grimper cette fichue côte. Il neige toujours, tu sais.

Danny pose ses mains sur ses hanches et déclare :

—Bonne idée. Pendant que vous allez chercher Lisa, je vais essayer de dégager la déneigeuse.

Sam frissonne.

—Tu ne veux pas attendre que je revienne ?

—Nan, répond Danny, d'un ton soudain cassant. Va donc faire la causette. J'aime mieux pas que tu t'approches de ma déneigeuse. Tu l'as déjà suffisamment esquintée comme ça.

—Va te faire foutre.

—La ferme. C'est moi qui commande.

Je fais un bond en arrière, le poil hérissé. Je hais ces éclats de voix.

Voyant l'expression d'Annika, Dan s'excuse.

—Pardon. J'ai mal dormi. J'ai froid. Et j'ai faim. Et j'ai arrêté de fumer il y a trois mois. Alors je suis un peu irritable. Je vais me servir un verre d'eau.

Il se dirige vers la cuisine.

Sam et Annika se retrouvent seuls dans le vestibule. Elle pose une main sur son bras.

—Tu peux me rendre un service, Sam ?

—Bien sûr.

Son visage se détend et il a l'air tout disposé à se mettre en quatre. Il y a chez Sam quelque chose que j'apprécie. Il est à l'écoute, contrairement à la plupart des humains, qui préfèrent parler.

—Je vais tâcher de convaincre les enfants de venir avec nous. Quand on reviendra, est-ce que tu pourrais essayer de les tenir occupés à l'extérieur pour que j'aie le temps de rentrer vite fait à la maison et reprendre un journal intime qui se trouve dans la chambre de Donovan ?

Il se penche vers elle, intrigué :

—Reprendre un journal intime ? Dans la chambre de ton fils ?

Elle s'éclaircit la voix.

—Ce n'est pas le sien. C'est lui qui me l'a volé. C'était le journal de Peter. Je n'ai pas envie qu'il le lise. Et je pense que Donovan l'a caché dans sa chambre.

Sam hausse un sourcil.

—Et tu lui as déjà demandé de te le rendre ?

—Oui, plusieurs fois. S'il te plaît, implore-t-elle. Il faut que je le récupère. Il contient des choses que je ne veux pas qu'il lise. Notamment de l'époque du lycée.

—De l'époque du lycée ? Le journal remonte aussi loin ?

Elle hoche la tête.

—C'est quand il était au lycée que Peter a commencé à le tenir. Il l'a mis de côté pendant des années, ensuite, et puis il l'a repris, je ne sais pas exactement quand. Mais…

Sam regarde ses pieds.

—Je comprends. Tu ne veux pas qu'il sache pour l'accident.

—Oui, entre autres choses. Je ne sais pas ce qu'il a écrit. Il s'efforçait toujours de faire bonne figure, mais je sais qu'il était profondément traumatisé par la perte de sa jambe et il se peut que cela se sente dans son journal. Les enfants risquent d'être traumatisés eux aussi. En particulier Donovan, qui ne va pas très fort ces temps-ci. Je ne vais pas bien fort moi-même, remarque. Mais je n'ai pas envie d'aggraver les choses. Et puis… il y a ce que tu sais.

—Oui, je comprends. Je vais t'aider.

Il regarde ma maîtresse comme s'il était prêt à courir un marathon sur les mains si elle le lui demandait.

—Je me suis sentie tellement coupable pendant toutes ces années.

Il hoche la tête.

—Moi aussi.

—Ce que je redoute le plus, c'est que les parents de Peter découvrent la vérité, Sam.

Elle frissonne à cette pensée.

—La mère de Peter m'a clairement laissé entendre que…

Danny se racle la gorge, ce qui les fait sursauter. Sam et Annika s'écartent l'un de l'autre. Une odeur de pain brûlé me chatouille les narines.

—Désolé de vous interrompre, mais vous devriez manger un petit quelque chose et vous secouer.

Il désigne la porte d'entrée.

—Il y a des gens qui comptent sur nous pour déblayer leur allée. Et des gens malades qui doivent pouvoir se rendre à l'hôpital en cas de besoin.

Annika hoche la tête.

—Oui, bien sûr.

—Des nouvelles de Trung ? demande Sam.

Danny se redresse.

—Ouais, il a travaillé quasi non-stop. Il abat un boulot phénoménal. Mais ça serait bien si on pouvait aller lui donner un coup de main. Il n'a dormi que quatre heures la nuit dernière.

—OK, dit Annika en se dirigeant vers la cuisine. Vous allez peut-être réussir à dégager la déneigeuse maintenant qu'il fait jour ?

Je la suis. Je la regarde verser des croquettes dans ma gamelle, puis je me retourne vers Danny. Je ne peux pas m'empêcher de me faire du souci pour lui.

—Pas faim ? me demande-t-elle.

Non, je n'ai pas faim.

Les humains découpent des bananes en rondelles qu'ils posent sur des bols de céréales. Sam et Danny dévorent férocement, comme si mastiquer les aidait à se réchauffer. Annika se frictionne les bras et avale son café brûlant.

Danny disparaît puis revient avec une bouteille de whisky. Il verse un peu de liquide ambré dans son verre puis en offre aux autres.

—Sam ? Pour te tenir chaud.

Mais Sam refuse. Il observe attentivement Annika, qui est si fragile qu'elle semble prête à se briser en mille morceaux.

C'est drôle, parce qu'il fut un temps où Annika avait une grande force. Mais ces derniers mois, elle les a passés enfermée ici sans voir personne. J'espérais qu'elle finirait par redevenir la femme travailleuse, sans cesse sur la brèche et débordante d'énergie qu'elle était avant. Je suppose qu'elle fait une longue pause et qu'ensuite, elle émergera du chagrin.

Comme pour apporter de l'eau à mon moulin, elle gratifie Sam d'un hochement de tête volontaire.

—Je vais chercher les jumeaux.

Elle passe vite fait sa tasse sous le robinet et la pose dans l'évier, puis se dirige aussitôt vers le pied de l'escalier, moi à sa suite.

—Les enfants? Del! Donovan ! Réveillez-vous. RÉVEILLEZ-VOUS.

J'entends grincer un sommier, puis des pieds qui se posent sur le plancher.

—Descendez, les enfants. Tante Lisa a besoin de nous. Je veux que vous veniez la chercher avec moi.

Elle met ses mains en porte-voix :

—EH OH. J'AI BESOIN DE VOUS…

Elle sursaute quand Donovan dégringole en courant l'escalier, suivi par Delilah.

—On va chez tante Lisa? demande Donovan en rassemblant ses cheveux en queue-de-cheval. Super, j'ai envie de la voir.

La mâchoire d'Annika s'affaisse.

—Vraiment?

—Oui, confirme Delilah.

Elle porte des pantoufles en fourrure rose et un grand peignoir blanc qui appartenait à Peter.

—Je viens, moi aussi. Il faut absolument qu'on lui parle.

Annika semble interloquée.

Moi aussi. Je pensais que les enfants allaient vouloir faire la grasse matinée dès lors qu'ils n'ont pas école. Mais ils ont l'air pressés de se mettre en route.

Curieux.

—Eh, bien tant mieux, dit Annika. Montez vous habiller chaudement. Très chaudement.

Elle croise les bras et demande à Donovan :

—Tu n'as pas apporté le journal ? Je t'avais dit de me le rendre ce matin. Mais bon, j'aurais dû m'y attendre.

Le visage de Donovan s'allonge.

—Tu ne comprends rien, décidément.

Il secoue la tête.

—Tu t'imagines que tu es la seule que ça concerne. Que tu es la seule qui souffre. La seule à te languir de papa. Et tu veux tout garder intact dans ton sanctuaire.

—Quoi ? Mais de quoi parles-tu ? Je n'ai jamais…

—C'est bon, intervient Delilah, en foudroyant son frère du regard. Donovan veut simplement dire que le journal contient un tas de trucs fascinants. Des trucs qu'on ignorait. Comme le passage où papa raconte le récital de piano auquel il a assisté quand il vivait en Allemagne.

Les mots se bousculent hors de la bouche de Delilah, exactement comme sa mère quand elle est mal à l'aise.

—Et quand on l'a lu hier soir, on avait l'impression d'être là-bas avec lui. Tu comprends ? Alors on n'est pas encore prêts à le rendre. On monte se préparer, on en a pour une minute.

Delilah saisit son frère par le bras et l'entraîne à l'étage.

Donc, si j'ai bien compris, ce n'est plus *Donovan* qui lit le journal, mais *On* lit le journal. Ce qui n'augure rien de bon, parce qu'une fois que Delilah a décidé de faire front avec son frère, rien ni personne ne pourra les séparer. Et Annika le sait.

Sam arrive du vestibule.

—Il y a un problème ?

Dannika tapote sa bouche avec son index.

—Je ne sais pas. Ils ont l'air tout excités d'aller là-bas. Tu me laisses cinq minutes, Sam ?

Elle monte dans sa chambre.

Danny arrive à son tour et, posant une main sur l'épaule de Sam, l'entraîne vers le salon, sur le devant de la maison. Il parle à voix basse.

—Si la neige continue de tomber aujourd'hui, je le fais. Il faut le faire avant que la route ne soit dégagée par les services municipaux. Je vais aller jeter un coup d'œil dans le garage de Rich pour voir si je trouve quelque chose…

Sam se rembrunit.

—Non, tu ne peux pas faire ça avec tous ces gens autour. Laisse tomber, on va chercher un autre moyen.

—Sam, s'il te plaît. Quel autre moyen ? On n'a pas le choix.

Sam secoue la tête.

—C'est une très mauvaise idée. Et tu le sais.

Mes moustaches se dressent, en alerte. Je n'aime pas quand ces deux-là se mettent à comploter. Ma queue frétille. Je me tiens prêt à détaler le cas échéant.

—Écoute.

Danny baisse la tête.

—Il y a quelque chose que je dois te dire.

Sam a une grimace, comme si quelque chose de pointu l'avait touché au côté.

—Comment ça ?

Danny regarde son frère et hésite.

—En fait, papa ne t'a pas demandé de revenir que pour lui. Moi aussi je l'ai.

—Tu as quoi ?

—Le cancer.

Danny pointe son doigt sur sa poitrine.

—Cancer du poumon. Pas de panique, ce n'est que le premier stade. Mais je n'ai pas commencé le traitement parce que je n'ai pas d'argent.

Ah ! Je savais qu'il y avait quelque chose qui clochait chez lui.

Je m'approche et frotte mon museau contre la galoche de Danny. Ça sent le feu de bois, une odeur agréable.

Je ne connais pas ce mot, *cancer*, mais je suppose qu'il désigne la maladie de Danny.

Danny n'a rien à craindre si sa maladie est mortelle. J'ai entendu Peter dire aux jumeaux que Mme la Mort était belle et bienveillante, un ange étincelant qui escorte les âmes jusqu'au paradis. Ce sont exactement les mots de Peter.

Ce sont ceux qui restent qui souffrent. Je suis bien placé pour le savoir.

—Premier stade ? dit Sam en s'approchant du canapé et en s'asseyant à côté du poêle.

Il saisit le coussin à côté de lui et le presse contre sa poitrine.

—Danny, pourquoi est-ce que tu ne m'as rien dit ? Papa est au courant mais pas moi ?

—Oui, papa est au courant. Et j'avais l'intention de t'en parler, mais je ne voulais pas t'affoler. Tu as déjà bien assez de soucis comme ça.

—Je ne comprends pas.

La voix de Sam est étouffée car il a enfoui sa tête dans le coussin.

—Tu es en pleine forme. Tu travailles dans le bâtiment et dans le déneigement.

—Je suis désolé. C'est pour ça que papa t'a demandé de lâcher ton boulot, Sam. Pour que tu viennes lui donner un coup de main, au cas où j'aurais besoin de lever le pied.

—Vous m'avez menti tous les deux.

Danny se laisse choir à côté de Sam sur le canapé.

—C'est justement pour ça que je dois débarrasser papa de cette nouvelle maison. On a besoin de fric. Pas seulement pour les soins médicaux, mais pour les filles. Je sais que tu es contre. Alors je vais m'en charger tout seul. Toi tu restes ici et tu t'occupes d'Annika.

Sam se frotte les yeux.

—Je m'occupe d'elle comment ?

—Tu sais comment, soupire Danny. C'est ton ex-petite amie Elle est seule. Et toi aussi.

Danny jette un coup d'œil du côté de l'escalier.

—Tu as besoin de quelqu'un comme elle dans ta vie. Tu devrais raccrocher les wagons avec elle. Jusqu'ici, tu t'es plutôt bien débrouillé. Continue de lui parler.

Ça c'est vrai ! Sam a déjà commencé de raccrocher les wagons. Mais quant à savoir où cela pourrait les mener, c'est une autre histoire.

Après tout, Danny a raison. Annika est seule. Raison pour laquelle elle pourrait faire une bêtise. Je me demande ce que Danny mijote.

—Je ne veux pas impliquer Annika dans cette histoire, dit Sam. De quelque façon que ce soit.

Danny balaie son objection d'un revers de main.

—Elle ne sera pas impliquée. Elle n'en saura rien.

Danny s'apprête à se lever, puis se rassied.

—Au fait, tu as parlé de Peter avec Annika ? Je veux dire, elle l'a vraiment épousé ? Qu'est-ce qui s'est passé au juste ? J'aimerais bien savoir.

Il fait claquer sa langue.

—Ou peut-être pas. Ça a dû te faire un choc quand tu l'as su.

Sam serre les mâchoires.

—Je vais bien. S'il te plaît, ne remets pas Peter sur le tapis, d'accord ? Si elle l'a épousé quand je suis parti, ça ne me regarde pas. Je suis content en fait. Ce mec méritait d'être heureux. Et Annika a raison, j'ai pris la poudre d'escampette et c'est entièrement ma faute.

Danny lance un regard apitoyé à son petit frère.

—De l'eau a coulé sous les ponts, depuis. Tu étais jeune. Ça aurait pu arriver à n'importe qui. Il faut arrêter de te torturer avec ça.

Je m'approche sans bruit de la baie vitrée et saute sur la banquette qui lui fait face. Je crois bien que Sam a tué la déneigeuse. Elle est à demi enfouie dans la neige, comme une carcasse silencieuse. Je me demande bien comment ils vont réussir à la tirer de là.

Quelques minutes plus tard, Annika est de retour, comme promis. Elle porte un sweat orange, des leggings et des grosses chaussettes, et deux tresses.

Les hommes suivent ses instructions et ramassent leurs affaires tandis qu'Annika enfile un surpantalon de ski noir.

—Euh, demande Danny en se raclant la gorge. T'aurais pas une pelle dans ce placard ?

Annika hésite.

—Non, mon père ne gardait pas ses pelles ici.

—Ce qui veut dire que…

Danny relève la tête et sourit.

—Les pelles de Rich sont dans le garage, tout là-bas, à l'autre bout du terrain ?

Il remonte la fermeture Éclair de son blouson d'hiver, ce qui lui donne un air de bibendum.

Annika se mordille la lèvre.

—Oui.

—Dommage qu'on l'ait pas su hier soir. Mais pas de souci. On va se débrouiller.

Il marque une pause.

—Est-ce que je peux aller jeter un coup d'œil dans le garage pour voir s'il n'y aurait pas autre chose qui pourrait me servir, en plus d'une pelle, un balai, par exemple ?

Danny et Sam échangent un rapide coup d'œil.

—Oui, bien sûr ? Mais où sont passées vos pelles ? demande Annika, les mains sur les hanches.

Sam hausse les sourcils. Il est assis par terre, en train d'enfiler une galoche.

—On les a laissées dans la déneigeuse. On n'avait pas les idées claires hier soir.

—Ouais, concède Danny en tapotant la jambe de son frère de la pointe du pied. On était trop occupés à faire du plat à son ex-petite amie, hein ?

Sam se dépêche de lacer sa chaussure. Il grommelle quelque chose d'incompréhensible sans regarder son frère.

—Bref… le garage est ouvert ? demande Danny en enfilant son bonnet. Ton père a peut-être laissé une provision de sable, de sel ou autre.

Annika hausse les épaules.

—Oui, il faut passer par l'arrière.

—Super ! Danny donne une tape à Sam. Prêt ?

—Presque, marmonne Sam qui a maille à partir avec une de ses galoches.

Rooooh ! Minute !

Je bondis et donne un petit coup de patte à Danny, sur la jambe. Je veux lui dire qu'il doit rester à l'intérieur et laisser Sam se charger des grosses corvées. Danny porte encore sur lui l'odeur d'un stress intense. Sortir creuser la neige par ce froid glacial n'est pas une bonne idée.

Sam est d'accord. Je le vois à la façon dont il plisse le front tandis que son frère se baisse et me caresse la tête.

—Tu vas me manquer, toi aussi, la miauleuse. Je reviendrai peut-être si la déneigeuse refuse de bouger.

Il ne m'écoute pas. Je plante mes yeux dans ses yeux verts. *MIAOUIAOU-ROOOOH. Ne sois pas stupide. Reste ici.*

—Oui, je sais, ça caille dehors. Mais je n'y peux rien. Tu as de la chance d'avoir de la fourrure.

Danny ouvre la porte d'entrée et une bouffée d'air polaire s'engouffre dans la maison. Mais ça fait du bien, parce qu'à l'intérieur ça commence à sentir le renfermé. La maison est trop silencieuse sans le *woooousha* de la chaudière.

Danny rit et jure en s'obligeant à sortir et à fendre le monticule de neige fraîche que le vent a déposé jusque devant la porte. Il s'y enfonce jusqu'à la taille, mais après quelques pas elle ne lui arrive plus que jusqu'à mi-cuisses. Annika referme la porte derrière lui.

—Tu as tout ce qu'il te faut ? lui demande Sam, concerné. Bonnet, capuche, moufles ?

—Oui, bien sûr. J'ai grandi ici, je te signale, tout comme toi. J'ai l'habitude du froid.

Annika s'agenouille à côté de lui sur le carrelage et agite des petits paquets orange sous son nez.

—J'ai des bouillottes chauffe-main.

La mâchoire de Sam s'affaisse.

—Oooh. Génial. Tu es bien équipée.

Même si je trouve que les yeux marron de Sam ne sont pas aussi flashy que les yeux verts de Danny, je l'aime bien. Annika lui propose de l'aider à enfiler sa galoche récalcitrante et il sourit quand elle le regarde.

Je me demande si Sam est le genre de personne dont Annika pourrait tomber amoureuse, comme Peter ? Peut-être que Sam pourrait l'aider à vaincre sa solitude ? Si c'était le cas, est-ce que nous aurions à nouveau une maison chaleureuse, pleine de rires, de bavardages, de repas de famille et autres activités auxquelles se livrent les humains quand ils sont heureux ?

Mais comment savoir si Sam et son frère ne sont pas en train de préparer un mauvais coup ? Je ne sais rien de Sam en dehors du fait qu'Annika l'a bien connu il y a longtemps. Il a peut-être changé depuis.

De toute façon, j'ai entendu Annika dire à Sam hier soir : *On ne va pas rester à Manchester.*

Tout ce que je veux, c'est qu'Annika soit apaisée. C'est ce que Peter aurait voulu.

Et c'est alors que je sens la présence de Peter derrière moi. Quand je tourne la tête, il se tient debout devant la baie vitrée du salon et regarde le poêle à bois, comme s'il se demandait si Annika avait rentré suffisamment de bois de chauffage. Le poêle est éteint pour l'instant, mais elle va en avoir besoin cette nuit, pour ne pas mourir de froid.

Quand mon regard rencontre celui de Peter, il hoche la tête. *Tout ira bien*, me rassure-t-il. *Il y a plein de bois dans la réserve.*

Mes moustaches se déploient. *Peter, elle est en train de penser à toi ?*

Peter se tourne vers Annika et Sam qui s'apprêtent à sortir. Il les observe avec intérêt.

Elle se fait trop de soucis, pour les enfants, pour l'avenir. Elle pense au passé.

Elle a l'air de bien aimer Sam. Tu n'es pas jaloux qu'il soit là ?

Il réfléchit. *Non. C'est moi qu'elle a épousé, pas lui. Elle et moi on a vécu des années ensemble. Et j'ai été comblé.* Peter marque une pause. *J'ai envie qu'elle connaisse à nouveau le bonheur. Mais elle a l'air de penser qu'elle ne le mérite pas.*

Les enfants arrivent en courant de l'étage et enfilent leurs grands pantalons de ski imperméables et les doudounes, puis extirpent leurs bottes de neige du placard. La porte d'entrée s'ouvre d'un coup et tous s'engouffrent dans la blancheur éclatante du jardin.

Je reste seule avec Peter. Je n'arrive pas à m'habituer au fait qu'il peut se tenir sur une seule jambe sans s'aider de sa béquille. Tandis qu'il se tient entre ce monde-ci et l'autre, son aura se met à scintiller. Nous échangeons un regard.

Qu'est-ce que tu attends ?

Rien, explique-t-il. *Annika ne veut pas me laisser partir. Sa culpabilité me retient prisonnier ici. Il faut qu'elle arrive à comprendre que je lui ai pardonné. D'ailleurs, il n'y a rien à pardonner. Je ne pourrai pas partir tant qu'elle me retiendra.*

Oh ! *Lui pardonner quoi ?*

Mais il ne répond pas.

Peter, tu veux t'en aller ?

Je dois m'en aller. Et il faut qu'elle sache que j'ai été heureux. Il faut qu'elle en soit intimement convaincue. Il m'observe attentivement. *Tu crois que tu peux m'aider ?*

Moi ? Bien sûr. Dis-moi ce que je dois faire.

Il m'expose son plan. Puis disparaît peu à peu à mesure qu'Annika s'éloigne de la maison.

Toi

Annika

La neige pleut sur nous comme des confettis un soir de Nouvel An. Les enfants marchent devant, Sam et moi à la traîne. Se frayer un chemin dans la neige est plus difficile que je ne me l'étais imaginé. Nos pas sont lourds et on a l'impression d'avancer dans un cours d'eau rapide à contre-courant.

Lorsque nous avons traversé la route pas encore déblayée, nous levons la tête. La maison de Lisa se trouve au sommet de la colline. Nous décidons de grimper la pente plutôt que de suivre la route en lacets.

—Eh ! Attendez ! nous crie Danny.

Il traîne une longue luge rouge derrière lui.

—J'ai trouvé ça dans le garage.

Il est hors d'haleine quand il nous rejoint.

—Les gosses auront peut-être envie de faire de la luge sur l'autre versant du coteau.

—Bonne idée, dis-je en feignant l'enthousiasme car je suis épuisée.

C'est exactement ce qu'il faut pour tenir les jumeaux occupés lorsque je partirai à la recherche du journal, tout à l'heure.

Danny, qui a grandi ici, sait qu'il y a une pente raide qui débouche sur une prairie derrière la maison de Lisa. Mes voisins y gardent deux chevaux. Ils sont certainement à l'écurie. Delilah prend la corde jaune des mains de Danny et commence à tirer la luge.

Je garde la tête baissée pour empêcher la neige de m'entrer dans les yeux. Sam a mis sa cagoule, et moi j'ai une écharpe sur la bouche. Le vent s'est calmé, mais le froid humide me pique les yeux. Une fois que nous avons atteint les arbres, la neige tombe moins dru. Mais gravir cette pente raide est une gageure. Il y a des rochers, des fourrés et des ronces sous la neige et nous devons zigzaguer entre les obstacles. Parfois, un de mes pieds s'enfonce plus profondément que je ne m'y attendais, ou bien il bute sur quelque chose juste à la surface et Sam me tend la main pour m'aider à retrouver mon équilibre. Il fait une halte devant un gros rocher plat. Il s'y adosse et me fait signe de l'imiter.

—Vous manquez d'entraînement, nous lance Delilah, qui est presque arrivée au sommet, Donovan à sa suite.

—Allez donc faire quelques tours de luge, leur criéje. On se retrouve là-haut.

Sam et moi les regardons s'éloigner.

—Je suis désolé, me dit Sam dès que les enfants ont disparu. J'ai mal réagi, hier, quand tu m'as dit que tu avais épousé Peter. Je ne voulais pas te faire de peine. C'est juste que ça m'a fait un choc. Je ne m'y attendais pas du tout.

—N'en parlons plus, Sam, dis-je en abaissant mon écharpe. Tu ne vas pas passer ta vie à te répandre en excuses.

—Si. Ça faisait tellement longtemps que je n'avais plus de nouvelles. J'ai eu du mal à admettre que tu t'es mariée avec Peter après tout ce qui est arrivé.

Il jette un coup d'œil à la maison de Lisa, puis se tourne à nouveau vers moi.

—Je suis désolé qu'il soit mort.

J'avale ma salive et m'efforce de prendre un ton léger :

—N'y pense plus. Peter et moi sommes devenus de bons amis après que tu es parti. Il m'a demandé de le conduire à ses séances de rééducation parce que ses parents le rendaient fou. Sa mère peut-être très lourdingue parfois. Judith est très envahissante. Et ensuite, on est allés ensemble à la fac à Boston. Ce sont des choses qui arrivent.

Parfois on tombe amoureux sans même s'en rendre compte.

Sam hoche la tête.

Quand il me regarde, quelque chose en moi s'échauffe comme si mon cœur faisait des nœuds. Et je me demande soudain pourquoi je n'ai pas laissé Sam m'embrasser hier soir.

En fait, j'ai plein de raisons pour cela. Primo, j'ai l'intention de quitter Manchester ; secundo, tout ceci me semble un peu précipité. Seize mois, c'est trop ou pas assez ? Et d'ailleurs, ai-je envie de me remettre en couple un jour ? Et qu'en penseraient les enfants ? Sans parler de Judith. Elle y verrait sans doute une preuve supplémentaire de mon incapacité à assumer mon rôle de parent isolé.

La forêt semble comme figée, hormis la valse des flocons qui tombent sur les branches des sapins au-dessus de nos têtes. C'est drôle comme la neige est silencieuse. Quand elle tombe, il n'y a pas un bruit d'oiseau ou d'insecte. La nature se tait complètement. Mais ce n'est qu'une façade. La vie est tapie sous la glace prête à ressurgir au printemps.

Sam arrache son bonnet de laine et me regarde droit dans les yeux.

—Et… quel genre de couple étiez-vous ? Vous étiez heureux ?

Je tiens à lui donner une réponse honnête.

—Oui.

—Je me souviens que Peter adorait la musique.

Les lèvres de Sam sont gercées par le froid et son nez est tout rose.

—Il est devenu musicien ?

Je lève la main pour dégager une tresse coincée sous le col de ma doudoune.

—Non, ses parents ne voulaient pas qu'il fasse carrière dans la musique. Ils ont insisté pour qu'il fasse des études de commerce. Et il a fini par céder. Il ne voulait pas vivre comme l'oiseau sur la branche, tu comprends ? Il voulait gagner de l'argent, comme son père. Il était très doué pour les affaires. Il parlait deux langues ; il avait du charisme. Et ça lui permettait de travailler depuis la maison, ce qui était idéal parce qu'il avait un peu de mal à se déplacer. Je sais qu'il souffrait, mais je ne saurais pas dire à quel point parce que nous en parlions rarement.

J'avale ma salive. J'ai chaud au corps, dans ma doudoune, mais mes joues sont glacées.

—Et donc, il n'a pas poursuivi son rêve pour pouvoir nourrir sa famille. Quant à savoir si c'est une vie gâchée ou réussie…

Je ne suis pas certaine de détenir la réponse. J'ai récolté les bénéfices des choix de carrière de Peter. Il avait de l'argent et n'avait pas besoin de compter. Il a choisi une maison avec vue sur l'océan, on avait de belles voitures et des meubles haut de gamme. Personnellement, je n'attachais pas beaucoup d'importance à ce genre de choses, mais Peter, si. Ça le rendait heureux.

—Ce n'est pas une vie gâchée, déclare Sam avec une véhémence à laquelle je ne m'attendais pas. Il a eu raison de faire passer sa famille avant tout le reste.

—Je suis contente que tu le penses, mais je n'en suis pas absolument certaine. Peut-être qu'il avait des regrets quand il est mort. Peut-être que sa vie était vide sans musique.

Sam secoue la tête.

—Non, il faisait probablement de la musique quand il avait du temps libre, j'imagine ? Il est mort en sachant qu'il s'était bien occupé de vous. C'est sans doute la chose qui comptait le plus pour lui. Je sais bien que tu n'as besoin de personne pour s'occuper de toi. Mais Peter a certainement fait ce qu'il fallait. Je comprends mieux à présent pourquoi lui et toi étiez faits pour être ensemble. Cela s'appelle le destin, je crois.

—Vraiment? Moi, je ne pense pas que nous nous sommes retrouvés mariés grâce à une quelconque intervention divine.

—Peut-être que si.

Il lève un sourcil.

—C'était le gars qu'il te fallait. Le mari parfait.

—C'était un homme merveilleux, mais personne n'est parfait, Sam.

Sam secoue la tête.

—Dans ce cas, cite-moi une chose en quoi il n'était pas parfait.

Il croise les bras et attend de voir si je vais relever le défi.

—OK. Eh bien…

—Et je veux dire : quelque chose qui compte. Pas un truc du style il laissait traîner ses chaussettes. Parce que tous les mecs font ça.

Je baisse la tête et réfléchis.

—Ce n'était pas sa faute, mais il y avait une femme avec qui il travaillait qui était amoureuse de lui.

L'attention de Sam est captée.

—Vraiment? Comment le sais-tu?

J'écarte les mains, puis me mets à faire des gestes en parlant, une chose que je ne fais plus guère ces temps-ci.

—Peter était en télétravail la plupart du temps, mais deux fois par mois, il se rendait au siège de la compagnie, à Boston. Là-bas, il y avait une équipe avec qui il travaillait depuis des années. J'ai trouvé des notes dans un carnet qu'il gardait sur son bureau. Rien de très personnel, juste des petits mots et des cartes qui lui étaient adressés par la femme en question. À l'évidence, elle l'adorait. Et franchement, je la comprends.

Sam se mordille l'intérieur de la joue.

—Hum. Tu penses qu'ils ont eu une aventure ?

—Non. Je ne pense pas. Peter était quelqu'un de très… je sais que ça peut paraître vieux jeu de dire ça, mais il était très loyal. Et puis il n'aurait pas supporté le stress d'une relation extraconjugale. Il en avait déjà suffisamment bavé comme ça. Comme je te l'ai dit, il consacrait sa vie à sa famille.

Sam soupire, visiblement satisfait.

—Tu as certainement raison. Il me faisait l'effet d'un mec bien, pour autant que je m'en souvienne.

—Mais je ne lui en aurais pas voulu, tu sais.

—Quoi ?

Je lève les mains en l'air.

—Eh bien, j'en suis venue à la conclusion que je n'étais pas assez à l'écoute. Donovan m'a fait remarquer que je ne prêtais pas attention à Peter quand il évoquait les symptômes de son apnée du sommeil.

Je hausse les épaules.

—Je ne serais pas étonnée s'il avait cherché quelqu'un avec qui parler. C'est une des raisons pour lesquelles je veux récupérer ce fichu journal. À supposer que Peter ait été malheureux, au fond, et qu'il l'ait consigné dans son journal.

—Je ne pense pas que…

—Sam. Il est tout à fait possible qu'il ait eu des regrets à propos de la musique, ou d'avoir fondé une famille. Peut-être qu'il se sentait seul quand j'étais en déplacement, et qu'il pensait à cette autre femme. Et peut-être qu'il m'en voulait de ne pas prendre ses problèmes de santé au sérieux. Imagine que tout cela soit mentionné dans son journal ?

Sam me tapote le bras.

—C'est du délire pur. S'il te plaît, arrête. Je suis sûr qu'il était heureux. Cesse de ressasser tout ça et de te dire qu'il est mort par ta faute. Tu ne savais pas qu'il était malade.

—OK.

Je préfère abdiquer et changer de sujet.

—Et toi ?

—Quoi, moi ?

—Pourquoi est-ce que tu n'as pas épousé ta compagne ?

Sam lève instinctivement les mains, comme pour dire : *On arrête là.*

—Parce que. Je suis tombé amoureux de la fille qu'il ne fallait pas. J'ai choisi l'entreprise qu'il ne fallait pas. Des mauvaises décisions, j'en ai pris beaucoup dans ma vie.

Il m'adresse un sourire penaud.

—À cause de moi ? Parce que nous avons rompu ?

—Non, bien sûr que non. J'avais décroché une bourse à UCLA, de toute façon, tu sais bien.

—Oui, mais…

—J'ai rencontré les gens qu'il ne fallait pas. C'est entièrement ma faute. Los Angeles n'est pas le meilleur choix pour un gars originaire de la Nouvelle-Angleterre. Il y a trop de distractions. Il fait beau tout le temps. L'air est embaumé toute l'année.

Je ne peux m'empêcher de sourire.

—Et Danny ? Il est marié ?

—Divorcé. Trois filles.

Sam se gratte la tête.

—Et il n'est pas en bonne santé. Il vient juste d'apprendre qu'il est malade.

—Oh ?

—Il a un cancer, dit Sam lentement, comme s'il disait ces mots pour la première fois et qu'il n'était pas certain de les prononcer correctement. Un cancer du poumon.

—Sam, je suis désolée. C'est horrible.

Je secoue la tête.

—Je me souviens quand ton père a appris qu'il avait un cancer, quand on était au bahut.

—Oui. Il faut croire que c'est héréditaire. Mais mon père a eu de la chance de vivre aussi longtemps. Peut-être que Dan va s'en sortir, lui aussi.

On se tient face à face et Sam me fixe du regard.

—Au fait, tu ne m'as pas cité une seule chose qui n'était pas parfaite chez Peter.

Il a l'air sincèrement déçu.

—La femme qui était amoureuse de lui, ça ne compte pas.

—Tu as raison.

Je remonte mon écharpe sur mon menton et la resserre.

—Il était plutôt parfait.

Sam me donne un petit coup de coude.

—Je le savais.

Il prend une de mes tresses dans sa main, la tire doucement, puis fait courir ses doigts sur toute sa longueur.

—Je me souviens que tu portais tes tresses comme ça au lycée, dit-il. Je ne sais pas si je te l'ai dit, mais j'adorais ça.

Je comprends que ce n'est pas un hasard si je me suis coiffée comme ça ce matin.

—Je sais, dis-je à travers mon écharpe. Ou plutôt, je le savais. Je savais tout te concernant, Sam.

Il tourne la tête vers la pâle lumière qui filtre entre les arbres. Sa peau est olivâtre, exactement comme dans mes souvenirs, mais avec des taches plus foncées sur le pourtour des joues et des ridules aux coins des yeux. Ses épaules sont plus épaisses et plus larges, et ses cheveux, moins épais et sombres. Il n'est plus le jeune garçon aux yeux marron, mais son regard est toujours aussi lumineux et attentif.

Je sens qu'il a envie de dire quelque chose. Mais je me souviens que Sam est quelqu'un qui prend son temps pour tout, et je n'ai d'autre choix que d'attendre.

—Tu as l'impression que tu commences à faire ton deuil ? finit-il par demander.

—Un peu. J'essaie d'apprécier les petites choses de la vie. Comme l'odeur de l'ail dans une poêlée de légumes. Ou le poids d'une boule de neige dans ma main. Ou une douche bien chaude. Peter ne profitera plus jamais de ces choses et ça me fait de la peine. Je pense à lui tout le temps.

Sam hoche la tête, observant un silence respectueux.

Ce que je ne dis pas, c'est que six mois d'antidépresseurs m'ont aidée, jusqu'à ce que ça ne fasse plus effet. Delilah a été suivie par un psy pendant un an. Comme elle adore parler, elle ressortait revigorée de ses séances. Donovan a essayé une fois, puis a refusé d'y retourner. Chacun fait son deuil à sa façon. Donovan a passé beaucoup de temps à s'exercer seul à jouer au foot l'été dernier.

J'ai lu plusieurs articles sur le deuil. Le choc, l'angoisse, le sentiment de perte, la culpabilité, les regrets. Ce n'est pas simple.

—Je pourrais peut-être te donner un coup de main, dit Sam. Réparer des trucs dans la maison. Faire des courses. Voiturer tes gamins, en cas de besoin.

—Mais je te l'ai dit. On ne va pas rester à Manchester.

—Annie, soupire Sam, comme quand on avait dix-huit ans.

Et quelque chose en moi s'émeut. Est-il possible de changer d'avis en l'espace d'un instant, simplement parce que quelqu'un vous regarde d'une certaine façon ? Sam me donne envie de rester.

C'est pourquoi il faut que nous bougions. Vite.

Je lui tapote le bras.

—Allons chercher Lisa.

Sam renfile son bonnet et nous reprenons notre marche, un pas après l'autre. Arrivée presque en haut de la colline, je m'agrippe à une branche pour me hisser au sommet. J'aperçois un mouvement derrière la vitre et un soupçon de chevelure auburn. Dès que nous grimpons sur le seuil, Lisa ouvre la porte.

—Eh ! Salut ! s'écrie-t-elle. Vous êtes venus à mon secours. Mais je vais bien. J'aurais pu descendre chez toi, tu sais ?

—J'ai reçu ton texto. J'ai essayé de t'appeler. Tu n'as plus de connexion ?

Elle nous observe tour à tour : d'abord moi. Puis Sam. Puis moi à nouveau. La confusion envahit ses traits. Puis elle se ressaisit et relève le menton. Elle n'a pas du tout l'air ravie de voir Sam.

J'attends qu'elle réponde à ma question, tout en suant à grosses gouttes dans ma doudoune. Comme elle ne dit pas un mot, je lance :

—Tu as de l'électricité ? Du chauffage ?

Je remarque que la maison est plongée dans la pénombre. Aucune lampe n'est allumée.

Elle passe une main dans sa luxuriante chevelure qui retombe sur ses épaules.

—Sam et Annika.

Elle pose une main sur la poignée de la porte.

—Ouah. À nouveau ensemble. Vous avez l'air d'un vieux couple tous les deux. Vous formiez un couple charmant au bahut.

Ça n'a pas l'air de l'enchanter.

Je soupire. J'aurais dû me douter qu'elle allait avoir ce genre de réaction.

—Je peux entrer ?

—Bien sûr, et toi aussi, Samuel. Ça fait un bail que je ne t'ai pas vu.

Lisa l'attrape par le bras pour le tirer à l'intérieur et je la revois faisant le même geste quand on était au lycée.

Dès que j'entre dans le vestibule, je remarque qu'il fait froid dans la maison. Mais nous sommes au moins au sec et à l'abri de la neige.

Sam referme la porte derrière lui et tout devient sombre. La seule source de lumière est la fenêtre du salon. Lisa porte un cardigan blanc noué à la taille, mais elle n'a pas l'air de claquer des dents. Elle se tient sans bouger, comme si elle attendait une explication.

Je me force à lui poser la question qui m'amène ici.

—Tu veux venir à la maison jusqu'à ce que le courant soit rétabli ?

Elle a un sourire amer.

—Mince alors, je vous revois, Sam dans sa tenue de foot, et toi avec tes horribles moufles à rayures. Les bons vieux jours, quoi. Je me souviens que vous passiez un temps fou sur le banc au pied de l'escalier de la bibliothèque.

Je ne sais pas quoi répondre à cela. Sam et moi passions effectivement beaucoup de temps ensemble sur ce banc. Je sais que Lisa était jalouse, mais je ne l'ai vraiment compris que lorsqu'il était trop tard.

—Comment le sais-tu ? Tu passais ton temps à faire le mur, rétorqué-je malgré moi.

On dirait une ado qui règle ses comptes.

—On était sûrement en train de réviser nos cours, dit Sam calmement en ôtant ses gants. Ou de bavarder.

Lisa fait courir ses doigts sur son gros collier de pierres bleues puis se tourne vers Sam.

—Et toi, qu'est-ce que tu deviens ?

—Je vis chez mes parents pour l'instant. J'aide mon père. Il a une entreprise de bâtiment, paysagisme, déblayage. Ça fait six mois que je suis ici.

Lisa pince ses lèvres.

—Tu as une femme ? Des gosses ?

—Pas de femme. Une fille. Elle va au lycée. Elle est en seconde.

Cette remarque me donne le vertige. La fille de Sam va au même lycée que nous ? Celui où j'ai inscrit mes propres enfants ? Bien sûr, cela tombe sous le sens. Mais j'ai dû mal à le saisir.

Je me demande si la fille de Sam s'assied elle aussi sur le banc sous l'escalier avec un beau gosse.

Je me demande si elle s'assied sur ce banc avec un garçon aux yeux marron et lui fait promettre de se mettre dans son groupe de débat quand ils iront en cours d'anglais. Je me demande si le garçon accepte immédiatement parce qu'il est trop honnête et trop amoureux pour refuser. Je me demande si elle s'éloigne en marchant sur un petit nuage, surprise par sa propre audace et toute-puissante.

Je me demande si le banc existe toujours. Je crois me souvenir d'y avoir gravé mes initiales.

—Ta fille est aussi bonne en maths que toi ? demande Lisa. Je crois me rappeler que c'était ta matière préférée. Comme Annika.

—Hum.

Sam frappe du pied par terre et des paquets de neige se détachent de sa galoche et tombent sur le paillasson.

—Oui, je crois. Elle aime les maths. Elle est autiste, de sorte que… qu'on ne sait jamais quel est son niveau par rapport aux autres gosses de son âge. Mais oui, ses résultats en maths sont excellents.

Lisa se penche en avant et pose une main sur le bras de Sam.

—Je suis sûre que tu ne pourrais pas trouver meilleur lycée que celui de Manchester. Il paraît que les profs sont excellents.

—Merci, dit Sam, que ces paroles ont l'air de réconforter.

La gravité du ton de Lisa me surprend. Contre toute attente, cette bonne vieille Lisa a changé avec le temps.

J'aimerais trouver quelque chose à dire à Sam. Et j'aimerais savoir en quoi consiste exactement l'autisme, mais ce n'est pas le cas.

—Comment s'appelle ta fille? demandé-je enfin, la bouche sèche.

—Brianna.

Le fait que Sam ait une fille au lycée dont je ne connais absolument rien me déstabilise. Tant de choses se sont passées depuis la dernière fois que nous nous sommes vus. Je prends soudain conscience de ce que Sam a pu ressentir quand je lui ai dit que j'avais épousé Peter.

Nous restons un moment sans rien dire dans cette maison froide et qui sent le renfermé. La chaudière ne ronronne pas, le ventilateur de plafond ne brasse pas l'air, aucun néon ne grésille. Je suis prise d'une brusque envie d'ouvrir la porte et de sortir respirer l'air froid et pur du dehors.

Sam doit ressentir la même chose. Il se balance d'une jambe sur l'autre et frappe à nouveau son soulier contre le paillasson.

—Si tu viens avec nous, Lisa, il faut que tu laisses très légèrement couler tes robinets pour que les canalisations ne gèlent pas.

—OK.

—Et puis couvre-toi au maximum. On n'a plus de chauffage. Mais on a du courant pour faire à manger.

—On ?

Ses yeux s'étrécissent.

—Parce que tu vis chez Annika maintenant ?

—Euh... Juste la nuit dernière. Je veux dire... ce n'est pas ce que tu imagines. C'est moi et mon frère Danny. Notre déneigeuse est embourbée.

—Sans blague ?

Sam pique un fard.

—Oui. Mais... bref. Tu ferais bien de prendre des provisions aussi. Une miche de pain, un pot de beurre de cacahuète, ce genre de chose. On va être nombreux, et on va avoir besoin de réserves.

—OK. Je reviens tout de suite.

Dès que Lisa disparaît au fond du couloir, je ferme les yeux. L'époque où Sam et moi nous asseyions sur le banc sous l'escalier et où tout était simple et facile me manque soudain terriblement. Aujourd'hui, Sam est un homme entre deux âges avec une fille adolescente que je n'ai jamais rencontrée.

La vie est bizarre parfois. Pour ne pas dire décevante. Sam est ici à côté de moi. Il me donne une chance de renouer avec lui. Pourquoi est-ce que j'hésite ?

Quand on était au lycée, je lui ai promis que tout irait bien. Mais ça n'a pas été le cas.

Sam m'avait dit qu'il m'aimait et je lui ai dit que je l'aimais. Mais nous n'avons pas eu le temps de savourer notre amour. L'accident de voiture a tout coupé net.

Je comprends soudain que ce n'est pas la vie qui est décevante, mais moi. Après le départ de Sam, nous ne sommes pas restés en contact. En fait, je venais de dire à Sam que je l'aimais. Et puis il était à peine parti que je suis tombée amoureuse de Peter. Il y a de quoi se sentir trahi, non ?

Lisa a emballé toutes ses affaires et nous sommes sur le point de braver à nouveau la tempête quand les enfants font irruption. Ils sont couverts de neige et ils ont les joues rouges.

—Tante Lisa ! s'écrie Donovan, sa queue-de-cheval dépassant de son bonnet de ski noir. Tu savais que maman nous a inscrits à la President's Academy ?

—Ouais ! lance Delilah en époussetant énergiquement la neige sur ses bras et en rejetant la capuche bordée de fourrure de sa doudoune rose. Tu le savais et tu ne nous en as rien dit ?

Lisa lève un doigt.

—Je vous demande pardon ? Depuis quand est-ce que vous jouez les inquisiteurs ? Je me retrouve coincée chez moi à cause du blizzard, mais ça n'a pas l'air de vous préoccuper.

Je me sens devenir livide. J'ai parlé d'envoyer les enfants en internat à Lisa, mais sans lui dire que ma décision était prise.

Donovan fronce les sourcils.

—Elle nous a déjà inscrits et notre grand-mère a déjà payé les frais d'inscription.

Sam fait un pas en arrière.

—Je ferais peut-être mieux d'y aller…

—Non, dit Lisa. Reste. Vous êtes venus pour me secourir, tu te souviens ?

Elle étrécit ses yeux.

—De quel internat est-ce que vous parlez ?

—Celui… qui se trouve près de chez les parents de Peter. Dans le Connecticut.

Je serre mes poings dans mes moufles.

—C'est une formidable opportunité.

Elle fait la grimace.

—Au Connecticut ? Mais tu en viens. Nous avons de très bonnes écoles privées ici, dans le Massachusetts, si tu tiens à gaspiller tes sous.

—C'est une excellente école, rétorqué-je. Et on n'y entre pas comme ça. Ils proposent des cours de très haut niveau et toutes les activités parascolaires possibles et imaginables. Judith et Franck ont dû faire jouer leurs relations pour les faire admettre. Et ils proposent de payer les frais de scolarité pour tous les deux. Une fortune.

Lisa croise les bras.

—Autrement dit, une école hors de prix. Tu parles d'une opportunité. Je suis censée être impressionnée ?

Je sens mon cœur s'emballer dans ma poitrine. J'ai besoin qu'elle prenne ma défense – j'avais espéré qu'elle m'aiderait à convaincre les jumeaux.

—Tante Lisa, est-ce que je peux venir vivre chez toi ? Je ne veux pas aller en internat, implore Donovan.

Il est plus grand qu'elle, mais il y a quelque chose d'enfantin dans son regard.

—Est-ce qu'on peut rester tous les deux à Manchester avec toi ? On serait avec toi quand il y a du blizzard. Tu ne serais pas aussi seule.

—Désolée, maman, plaide Del en se tournant vers moi. Mais je veux rester aussi.

Je ferme les yeux. Je n'arrive pas à croire que mes enfants sont en train d'essayer de saboter mes plans.

Donovan a de toute évidence persuadé Delilah de se ranger de son côté, ce qui rend les choses encore plus compliquées.

—Eh bien…

Lisa met ses mains sur ses hanches.

—Pour une nouvelle, c'est une nouvelle. Vous savez que je ne suis que locataire ici. Qu'est-ce que vous allez faire de la maison ?

—La maison ?

—Oh, euh.

Je m'éclaircis la voix. Lisa attend ma réponse et je m'aperçois que Sam attend lui aussi.

—J'ai prévu d'aller vivre ailleurs pour que maman et papa puissent la vendre.

Lisa hoche la tête.

—Je vois. On pourrait trouver un compromis. Je serais ravie de m'installer dans la maison avec les enfants. Tu sais que j'ai toujours rêvé d'habiter là-bas. J'avais l'intention d'y faire mon nid quand maman et papa sont partis vivre dans le Maine, mais tu m'as coupé l'herbe sous le pied.

—Quoi ? Je l'ignorais.

—Vraiment ?

J'essaie de me souvenir – Lisa a-t-elle une fois mentionné qu'elle voulait s'installer dans la maison quand nos parents seraient partis ? Oui, peut-être, une fois ou deux. Mais après la mort de Peter, j'avoue que c'était le cadet de mes soucis.

Delilah essaie de sourire, sans succès. Je vois bien qu'elle est aussi abasourdie que moi.

—OK. Vous savez quoi ? Je propose qu'on en parle quand on sera à la maison.

Elle ouvre la porte.

Sam s'empare du sac de Lisa puis l'aide à faire le premier pas dans la neige, qui est très profonde. Quand je sors à mon tour, Sam referme la porte derrière nous et je reste un instant sur le seuil, éblouie par la lumière du soleil qui se réverbère sur la neige.

—Eh ! s'exclame Lisa, stupéfaite, en voyant la luge posée contre le mur. C'est notre vieille luge rouge !

—Ouais ! Tu veux en faire avec Delilah ? suggéré-je.

—Oh, oui ! s'écrie Delilah, les joues rouges de froid mais malgré tout partante.

Lisa la suit à l'arrière de la maison.

Manque de chance, Donovan reprend le chemin de la maison. J'avais espéré le retarder quelques minutes pour pouvoir chercher le journal de Peter.

Mais j'hésite à dévaler tête baissée la pente pour pouvoir prendre Donovan de vitesse, car je n'ai pas envie de me fracasser le crâne sur les rochers.

—Une marche à la fois, dit Sam pour m'aider à descendre les marches du perron.

Je m'agrippe à lui tandis que nous commençons à descendre la colline. Quand Donovan tourne la tête dans ma direction, je lâche la main de Sam mais il nous a vus et me lance un regard mécontent.

Sur le coup, je suis gênée. Puis, je sens la colère monter d'un coup. Je continue de descendre lentement en réfléchissant à l'attitude à adopter, et pour finir j'arrive la dernière au pied de la colline. Sam m'attend sur le bord de la route. Je resserre mon écharpe autour de mon cou. J'ai les orteils engourdis et mes oreilles me lancent à cause du froid.

—Désolée d'être à la traîne.

Sam hausse les épaules.

—Rien ne presse. C'est dommage qu'on n'ait pas la luge. J'aurais pu te tirer, comme un chien de traîneau.

Je souris.

—Ah ah. Merci, mais je vais y arriver.

—Allons, encore un effort. On y est presque.

Il me tend la main et je la saisis à nouveau. Il hausse un sourcil.

—Lisa n'a pas vraiment changé, hein ?

Je suis prise de court par sa remarque et je ris.

—Hum, non, pas vraiment. C'est toujours cette bonne vieille Lisa.

Par chance, Donovan est allé rejoindre Danny et Danny lui demande de monter sur le capot de la déneigeuse et d'ôter la neige qui se trouve sur le toit.

Super. C'est le moment ou jamais.

—Débrouille-toi pour le tenir occupé une minute, dis-je à Sam.

Il jette un coup d'œil du côté de Donovan.

—Ne t'inquiète pas. Fais ce que tu as à faire.

—Merci, Sam. Je savais que je pouvais compter sur toi.

Les mots sont sortis tout seuls de ma bouche et je suis gênée quand je m'aperçois de ce que je viens de dire.

Mais je ne me dédis pas pour autant. Car c'est la pure vérité. Je me dépêche de rentrer dans la maison.

La machine à écrire de Peter

Luna

Je suis en train de dormir sur le tapis de la cuisine quand j'entends quelqu'un entrer dans la maison et monter à l'étage.

Un bruit de pas me parvient depuis la chambre de Donovan, mais ce ne sont pas ceux des jumeaux. Les jumeaux ont un pas lourd et ils courent partout, tandis qu'Annika marche d'un pied léger, sans se presser. Quand j'entre dans la chambre, Annika est en train d'ouvrir les tiroirs et de regarder sous le lit. Ma maîtresse porte toujours sa tenue d'extérieur, même si elle a ôté ses chaussures, et je vois ses grosses chaussettes de laine. Des particules de poussière se mettent à tourbillonner dans l'air à la faible lumière du jour qui entre par la fenêtre bordée de neige. La chambre est simplement meublée, mais sens dessus dessous. Il y a des vêtements sales et des papiers éparpillés sur le plancher qu'Annika est obligée d'enjamber.

Elle tire quelque chose de dessous l'oreiller de Donovan – son cahier de dessin. Elle se fige, intriguée, comme si elle avait envie de l'ouvrir et d'y jeter un coup d'œil. Mais elle est pressée et remet en vitesse le cahier à sa place.

Je m'approche d'elle et frotte ma tête contre sa jambe. Dès qu'elle me regarde, je plonge sous le lit et me tapis tout au fond.

MIAOU ! Viens me chercher !

Dès qu'elle s'agenouille, je me recule jusqu'à ce que je me retrouve coincée par la machine à écrire de Peter. Annika se baisse, m'aperçoit et fronce les sourcils.

—Attention ! dit-elle en saisissant la poignée du boîtier.

Je suis le boîtier tandis que des paquets de poussière s'accrochent à ma fourrure. Tant pis, je ferai ma toilette plus tard.

Elle ouvre la serrure.

—Hum, fait-elle en contemplant la vieille machine. Tu crois qu'il y a quelque chose là-dedans, Luna ?

Il y a une épaisse liasse de feuilles tenues ensemble par un élastique, qu'elle sort du boîtier et pose sur le tapis. Je m'approche à pas de velours et flaire le papier.

Peter.

Il y a une présence qui flotte au-dessus de nous.

Je tends le cou pour le regarder. Le fantôme de Peter se tient penché au-dessus de la machine à écrire et il sourit.

Il y a longtemps que j'attends qu'elle déniche cette machine.

Annika enfonce une touche, puis une autre. *Clac ! Clic ! Clac !*

Je revois Peter tapant sur ce clavier. Il aimait jouer avec quand il avait du temps libre. Il s'asseyait dans un fauteuil, renversé en arrière avec les bras croisés, et réfléchissait. Puis ses doigts se mettaient à pianoter, et quand il avait fini, il faisait glisser la page hors du rouleau.

Elle ôte délicatement l'élastique qui retient les feuillets et les déplie. Ses yeux parcourent rapidement les lignes et soudain une expression choquée se peint sur son visage.

Annika lit pendant quelques minutes, incapable de détacher ses yeux du papier. Le boîtier est refermé puis glissé à nouveau sous le lit et Annika emporte la liasse au rez-de-chaussée.

Qu'est-ce que c'est ? demandé-je à Peter. *Ce n'est pas ton journal, n'est-ce pas ?*

Non, ce n'est pas mon journal. Il me fait un grand sourire. *Mais c'est quelque chose qu'elle cherchait depuis longtemps. Merci de l'avoir guidée. Cela va peut-être atténuer son chagrin, au moins un petit peu.*

Je m'approche de sa jambe pour essayer d'y imprimer mon odeur, mais je trébuche et tombe dans le vide, à ma grande honte.

Vas-y, me dit-il. *Va voir ce qu'elle a trouvé.*

Mars 1987

Annika

Je m'approche de la baie vitrée, l'épaisse liasse de feuilles serrée contre ma poitrine. J'ai l'impression de tenir un être vivant. Les pensées et les sentiments de Peter. Je ferme les yeux et j'ai l'impression de sentir la présence de Peter.

Mais quand je les rouvre, je vois Sam, Danny et Donovan dans l'allée. Sam est en train d'expliquer à Donovan comment faire pour sauter du toit du camion et Danny dit quelque chose qui les fait rire tous les trois.

Tandis que j'attends qu'ils regagnent la maison, je me mets à penser à la troisième fois où Sam a été interrogé par la police. Encore pour quelque chose qu'il n'avait pas fait. Mais je commence à deviner pourquoi il se comporte ainsi, même si je ne sais qu'en penser ni comment y mettre fin.

Je suis la seule à être encore éveillée quand j'entends s'ouvrir la porte d'entrée dans un *woooush.* Il est tard,

Lisa est sortie avec une amie et nos parents dorment déjà. J'ai la flemme d'aller saluer Lisa, parce que je suis en train de regarder une comédie à la télé dans la salle de jeux.

Mais à la dernière minute, je décide de proposer à Lisa de se joindre à moi au lieu de monter se coucher directement.

Je longe le couloir, puis reste interdite en voyant deux silhouettes dans l'ombre du vestibule. L'une des deux me regarde. C'est Sam, son visage éclairé par la lueur ambrée d'une lampe du salon. Il est avec Lisa.

—Annika! me chuchote-t-il d'une voix appuyée. À l'aide!

Mais je ne bouge pas.

Sam et Lisa étaient sortis ensemble? Il est une heure du matin. Il n'a fait que la raccompagner en voiture? Il a un bras passé autour d'elle?

Je sens mon estomac se nouer.

—Sam, marmonne Lisa d'une voix traînante. J'ai envie de vomir.

Je me tire de ma rêverie et me précipite vers eux.

—Elle a bu?

Sam a un bras passé autour de sa taille et son autre bras autour de son cou.

—Vite, où est la salle de bains?

—Par ici.

Je les précède et nous nous entassons à trois dans la salle de bains. Lisa tombe à genoux et se penche au-dessus des toilettes.

—Tiens-moi les cheveux, m'ordonne-t-elle, et je prends ses cheveux à deux mains et les tire doucement en arrière.

—Où est-ce que vous étiez? demandé-je au bout d'un moment.

—À une soirée. Les parents de Craig ne sont pas là ce soir. Quand je suis arrivé, ta sœur s'était lancée dans un concours de bière. Après quoi, elle s'est enfilé des shots à la cuisine. Elle est complètement schlasse.

Lisa est prise d'un violent haut-le-cœur, puis j'entends la chasse d'eau. L'odeur de vomi atteint mes narines et me donne envie de vomir. Je détourne la tête. Sam commence à faire des grimaces pour détendre l'atmosphère et je souris malgré moi. Tout cela est parfaitement répugnant, mais Sam n'est pas du genre à vous faire la morale ou à prendre ses jambes à son cou et à vous laisser vous débrouiller seule. Ce que j'apprécie.

Je brûle d'envie de lui demander comment était la soirée et pourquoi personne ne m'a mise au courant, et ce qu'ils ont fait là-bas, mais je m'abstiens. Je garde ma dignité et fais mine de m'en ficher.

Après quelques minutes, Lisa tire la chasse et déclare qu'elle a fini.

—Je ne me sens pas bien.

—Tu veux qu'on l'allonge sur le canapé? me demande Sam.

Je regarde ma sœur, toujours à quatre pattes sur le carrelage.

—Non, il vaut mieux la mettre au lit.

—Tes parents sont couchés.

—Oui, depuis un bon bout de temps.

Sam et moi aidons Lisa à se relever et nous l'accompagnons au bout du couloir.

—Je t'attends ici, me dit Sam tandis que Lisa monte péniblement les marches, moi à sa suite.

—Tu n'es pas obligé, Sam. Mais merci de l'avoir ramenée en tout cas. Je suppose que je vais devoir aller récupérer la voiture de maman demain matin.

—Je vais rester un peu pour m'assurer que tout va bien. Au cas où tu aurais besoin de quelque chose.

Je le fixe un instant du regard. Il est tellement mignon, et j'ai tellement envie de lui parler.

—OK.

Je demande à Lisa si elle veut se laver la figure ou se brosser les dents, mais elle secoue la tête. Tout ce qu'elle veut, c'est que je l'aide à se mettre au lit. Elle s'endort presque aussitôt – à moins qu'elle n'ait perdu connaissance. Je vais remplir un petit gobelet d'eau et le pose sur sa table de chevet.

Puis je redescends sans bruit au rez-de-chaussée. Sam se tient devant la porte d'entrée. Il m'attend.

—Merci, dis-je.

Il hausse les épaules.

—J'ai préféré la raccompagner plutôt que la laisser prendre le volant et se retrouver… Dieu sait où.

La maison est silencieuse, mis à part le bourdonnement de la télé dans la salle de jeux. Je ne suis jamais allée à une soirée où il y avait de l'alcool. Et je ne sais pas ce que fait Sam quand il n'est pas au lycée, à part travailler comme un dingue.

—Je n'ai bu qu'une bière, dit-il, contrairement à ta sœur.

Je joue avec l'ourlet de mon tee-shirt.

—Tu l'as déjà vue boire ?

—Oui, quelques fois.

Sam se rapproche un peu de moi.

—Et j'ai entendu dire des choses. Mais je sais que tu vas t'occuper d'elle.

Comme il se tait et ne semble pas décidé à partir, je me pose des questions. Est-ce que Sam s'est proposé pour ramener Lisa parce qu'il avait envie de me voir ? Il semble attendre que je prenne la parole, mais je ne sais pas quoi dire.

—Lisa veut que tu sois son cavalier au bal de fin d'année, lancé-je de but en blanc.

Je n'arrive pas à croire que j'aie dit ça. Je n'aurais pas pu trouver mieux, franchement ?

Sam acquiesce comme s'il était déjà au courant.

—Elle a dit que tu allais y aller avec Mark quand nous étions dans la voiture. Comment se fait-il que tu aies déjà fait ton choix ?

Bonne question.

—J'ai plutôt pensé qu'il valait mieux se décider une fois pour toutes, comme ça ce serait réglé et ça ferait une chose de moins à penser.

Je sais que je parle trop vite.

—Et comme personne n'a encore proposé à Lisa de l'emmener, elle a pensé à toi. Sauf si tu as déjà choisi une cavalière, bien sûr. Comme Patty.

—Patty ? Non. Pourquoi est-ce que tu as choisi Mark ? Vous sortez ensemble ?

Il penche la tête de côté, comme s'il était sincèrement surpris. Il fait la même tête que lorsque M. Jones nous a demandé de résoudre une équation impossible, la semaine dernière. Mais je sens comme de la déception dans sa voix.

Oh, non. Il est contrarié.

Est-ce que j'ai tout gâché ?

—Oh ! Non, Mark et moi, on est juste amis. Je n'avais pas spécialement envie d'y aller avec lui, mais comme ça, au moins, l'affaire est réglée.

Je ne voulais pas me ronger les sangs parce que je ne savais pas si tu allais me proposer d'être mon cavalier. Parce que je n'avais pas envie de souffrir, parce que je suis follement amoureuse de toi.

—Bon, dans ce cas, j'irai avec Lisa. On pourrait y aller tous ensemble du reste.

J'ai une envie terrible de toucher Sam, de le prendre dans mes bras, de l'embrasser, de lui dire que je suis désolée d'avoir choisi un autre cavalier. C'est tellement violent que c'en est insupportable. Je n'arrive pas à croire qu'il est ici, dans ma maison, dans mon vestibule plongé dans l'obscurité, sanglé dans son caban – le même que celui qu'il portait à la Saint-Valentin.

Sam est comme un de ces trous noirs qu'on a étudiés en astronomie. Il m'aspire avec une telle force que je n'arrive à penser à rien.

—Oui, faisons comme ça, approuvé-je, avec un petit sourire nerveux. On pourrait danser sur *Hotel California* ou je ne sais quelle autre chanson ringarde.

Il scrute mon visage comme s'il cherchait quelque chose que je ne peux pas lui donner.

—OK, Karlsson. Marché conclu. N'oublie pas, *Hotel California*. Mais tu dois me promettre de ne pas lever les yeux au ciel quand on dansera.

—Je te le promets.

Je me tords les mains nerveusement, j'ai l'estomac noué.

—Ça ne me viendrait jamais à l'idée de faire une chose pareille.

—Non, attends, dit-il en souriant. J'ai une meilleure idée. *Stairway to Heaven.* Ce sera notre chanson. Je vais la demander au DJ. Même si je suis sûr qu'ils vont la passer de toute façon.

—Pourquoi *Stairway to Heaven*?

Il baisse les yeux un instant.

—Parce qu'elle dure huit minutes. C'est plus qu'*Hotel California.*

Il inspire profondément et me regarde à nouveau.

Je reste sans voix.

Sam plonge sa main dans sa poche et en sort son trousseau de clés. Il s'humecte les lèvres, semble hésiter.

—Bon, je ferais bien d'y aller. Salut.

Mais soudain, il m'attire à lui et me prend dans ses bras, et je ressens un immense soulagement.

Je suis tellement contente que je le serre de toutes mes forces.

—Merci, Sam. Merci d'avoir ramené Lisa à la maison.

—De rien.

Il pose sa tête sur mon épaule, et voyant qu'il ne semble pas prêt à partir, je souris malgré moi.

—Ça va aller?

—Oui.

Je ris et je me cramponne à lui comme s'il était le dernier être humain sur terre. Il irradie la chaleur et la force. Je n'ai pas envie qu'il parte.

Nous restons enlacés trop longtemps pour que ce ne soit qu'une embrassade amicale. Nous restons un temps infini dans les bras l'un de l'autre. Mais cela nous semble trop court.

Quand il se dégage de notre étreinte, je pose ma main sur sa joue. Je ne vais pas le laisser partir cette fois. Je supplie :

—Sam.

Il sait ce que je ressens pour lui, non ? Il le sait forcément.

Il m'attire de nouveau à lui et enfouit son visage dans mes cheveux.

—Ma chérie.

Enfin ! Je sais, ce n'est pas un baiser, mais rien que de l'entendre prononcer ces mots, mon cœur explose.

Je soupire :

—Sam…

Et il me serre contre lui.

—Je regrette que tu ailles au bal de fin d'année avec Mark et pas avoir moi. J'avais l'intention de te le demander.

Je soupire.

—Ce n'est pas grave. On sera ensemble de toute façon. Je te le promets.

Je refuse de le relâcher. Il ne reste que trois mois avant le bac et environ cinq avant l'entrée à l'université. Mais pour des ados, ça semble une éternité. Et je suis décidée à consacrer chaque instant à Sam. Je pose une main sur sa tête. Ses cheveux sont doux et son haleine est chaude dans mon cou. Je me sens plus vivante que je ne l'ai jamais été.

Quand nous nous séparons enfin, il garde une main sur ma taille.

—Tu veux que je passe te chercher lundi matin, plutôt que de prendre le bus ?

—Oh, oui !

—OK. Sept heures et quart tapantes. Je t'attendrai dans l'allée. Salut, lance-t-il un peu trop énergiquement en franchissant le seuil.

—Chut, dis-je en refermant la porte.

Je vais dans le salon et m'allonge sur le canapé. Je n'ai plus envie de regarder mon film après tout ça. J'ai dû en louper une bonne partie, et franchement, ça m'est complètement égal. Je serre un coussin dans mes bras et ferme les yeux. Si Sam ne m'embrasse pas bientôt, je vais mourir. Mon cœur va s'arrêter et je vais mourir, littéralement.

Pour finir, je monte à l'étage et m'assure que Lisa va bien. Elle respire bizarrement comme si elle sifflait. Comment peut-elle dormir, comme ça, sur le ventre ? Je prends une brosse et coiffe délicatement ses cheveux en arrière. Il y a un flacon de lotion pour bébé par terre. J'en mets une goutte sur ses mains gercées et cela masque un peu l'odeur désagréable du vomi. Puis je redescends dans la salle de bains, je tire encore une fois la chasse d'eau et vaporise un coup de spray désodorisant au citron.

Quelque chose cloche avec Lisa mais mes parents n'ont pas l'air de s'en rendre compte. Mon père est immergé dans le travail et ma mère pense que « Lisa est égale à elle-même », « en pleine crise d'adolescence », ce qui, en d'autres termes, signifie qu'elle s'intéresse beaucoup aux garçons, qu'elle est un peu difficile et pas toujours très bien lunée. Rien de plus, vraiment ?

Deux semaines plus tard, Sam et moi nous attardons pour discuter dans le hall après les cours. Sam a entraînement de hockey en principe, mais le cours a été annulé parce que son prof a une réunion. Je ne me précipite pas pour attraper le bus car je suppose que Sam va me raccompagner.

Il est passé me prendre chaque matin à la maison avec le camion de son père et c'est vraiment super de ne pas avoir à attendre le car de ramassage. On n'arrête pas de se chamailler pour décider quel air passer à la radio. Il est fan de rock, alors que je penche pour la musique pop et la musique alternative. On s'amuse bien, mais le plus drôle de tout, c'est quand on arrive au bahut et que tout le monde nous voit ensemble. Pour être tout à fait franche, ça me fait me sentir spéciale. Je suis officiellement la petite amie de Sam, même si nous n'en avons jamais parlé et que nous ne nous sommes jamais embrassés.

Le préau est presque vide quand Craig rapplique en courant puis hésite quelques instants.

—Eh… vous feriez bien de venir voir ce qui se passe dehors. Annika, ta sœur est montée sur le toit.

—Quoi ? Je ne suis pas sûre d'avoir bien entendu. Notre lycée n'a pas de terrasse de toit ou autres.

—Sur le toit. Venez.

Sam et moi échangeons un regard, puis nous suivons Craig à l'extérieur du bâtiment. Dehors, le soleil brille et je suis obligée de mettre ma main en visière. C'est un beau jour de printemps et il commence à faire chaud. En général, le mois d'avril est plutôt froid dans le Massachusetts.

Les filles de l'équipe de softball passent à côté de nous. Craig pointe du doigt vers la gouttière au coin du toit.

—Elle est là-haut, dit-il. Je l'ai vu monter à l'échelle avec une bouteille. Elle m'a proposé de la rejoindre, mais…

Il cligne des yeux, ébloui par le soleil.

—J'ai un peu peur pour ta sœur, Karlsson, concède-t-il avec un rire nerveux. J'ai peur qu'elle saute et se casse une jambe ou autre.

Avec la tête, Sam désigne l'échelle appuyée contre le mur de brique.

—Viens, me dit-il. Craig, tu fais le guet pendant qu'on monte la chercher.

Il n'y a rien sur le toit. Ce bâtiment-ci n'a qu'un seul niveau et le toit est plat, noir et sans intérêt. Mais Lisa s'y trouve, assise, jambes écartées, en train de boire au goulot d'une grosse bouteille.

—Eh, Lisa, lance Sam l'air dégagé tout en s'approchant d'elle comme si tout était parfaitement normal.

—Casse-toi, SAM, dit-elle en prenant une lampée. Vous les deux tourtereaux, vous me donnez la gerbe.

—Tu as bu ? demandé-je, bien que ce soit évident.

—Ta gueule. Vous m'avez laissée prendre le bus toute seule. Allez vous faire foutre.

Je n'arrive pas à réprimer un reniflement de mépris.

—Tu n'es pas seule dans le bus. Tu peux t'asseoir à côté de Dana.

Elle secoue la tête avec véhémence.

—C'est ton amie, pas la mienne. Et d'ailleurs, tu l'as plantée là, elle aussi. Maintenant elle se retrouve seule, elle aussi.

Je fronce les sourcils. J'avoue que je n'ai pas pensé à ce que Dana allait faire dans le bus sans moi. Quand Sam arrive le matin pour me prendre, je file le retrouver. Je n'ai jamais proposé à Lisa de venir. Ou à Dana, parce que j'aime bien être seule avec Sam.

Sam et moi nous sommes retranchés dans notre petit monde. Et quand bien même ? Ce n'est pas interdit de passer quelques minutes ensemble, si ? Suis-je responsable du bonheur de la planète entière ?

Sam hausse les épaules et s'assied à côté de Lisa. Il étire le bras et Lisa lui tend la bouteille. Il la renifle et secoue la tête.

—Sérieusement ?

Il jette un coup d'œil à l'étiquette.

—Vas-y l'amoureux transi, BOIS UN COUP.

Sam sourit et, à ma surprise, rejette la tête en arrière et prend une rasade. Je le regarde ensuite s'essuyer la bouche du dos de la main.

—AH !

Lisa a l'air ravie. Ses bas résille sont déchirés et elle a les cheveux en pétard, et pourtant elle a l'air contente. Elle est contente qu'on soit là avec elle.

Elle plonge la main dans sa poche de veste et en sort un paquet de cigarettes. Elle en tend une à Sam, qui la prend, puis se penche en avant quand elle lui offre du feu.

—Qu'est-ce que tu fiches? demandé-je en lui donnant un coup de pied dans la jambe, incapable de réprimer un rire.

—Mes deux sœurs fument, dit-il. Mon frère Danny aussi.

Quand il me tend la cigarette, je la saisis et prends une taffe. Je me sens adulte pendant environ trois secondes, puis je me mets à tousser comme si j'avais de la cendre plein les poumons.

—C'est terrible, non? dit Sam en fronçant le nez quand je m'assieds à côté de lui. Je ne vois vraiment pas l'intérêt.

—Je préfère encore boire, concédé-je.

Je rends la cigarette à Lisa, puis Sam me tend la bouteille. Je prends une gorgée. Juste une. Le liquide me brûle la gorge. Je réprime un haut-le-cœur. On dirait du dissolvant pour vernis à ongles.

Et nous voilà, les trois élèves de terminale, en train de jouer aux adultes. Mais je ne suis pas certaine d'avoir envie d'être une adulte.

On reste assis là, à se prélasser au soleil. Sam me tient la main, ses doigts enlacés avec les miens, une chose qu'il n'a encore jamais faite. Sur le terrain de sport, l'équipe de softball commence l'échauffement. Je me concentre sur nos deux mains. J'ai l'impression que Sam et moi sommes soudés l'un à l'autre.

—C'est facile pour vous, dit Lisa, et je sens que son humeur est en train de changer.

—Tu te trompes, lui dit Sam. Tu sais quelle sorte de vie je mène. Mon père a un cancer. Il ne travaille pas. Mes parents sont constamment d'une humeur de chien et on est fauchés comme les blés. C'est un miracle qu'on ait de quoi manger.

—Bouh, bouh, pauvre chou. Tu n'es pas le seul dans ton cas. Tu comptes toujours aller à l'université.

—Si je ne vais pas à la fac, je me tire d'ici de toute façon.

C'est la première fois que j'entends Sam dire ça et mon estomac fait des nœuds.

—Sam, demandé-je. Où est-ce que tu comptes aller ?

Je sais qu'il a candidaté auprès de quatre facs et qu'il a été admis dans trois.

Il contemple ses genoux.

—Une seule fac m'a proposé une bourse complète. Alors j'irai là-bas. Je n'ai pas le choix. Je ne peux pas me plaindre du reste. C'est UCLA.

UCLA. Notre prof de maths, M. Jones, est un ancien de UCLA et il a écrit une lettre de recommandation en béton pour Sam. Sam m'a montré la brochure. Il a l'air de faire beau et chaud là-bas, et il y a des palmiers, comme dans les villes balnéaires. C'est une opportunité fantastique, mais c'est à pétaouchnok. Sur la côte ouest. Et les billets d'avion coûtent cher. Sam ne va jamais pouvoir revenir en visite.

—Je veux dire, je veux aller là-bas, mais…

Sa voix se perd.

Je m'aperçois qu'il essaie de me dire que notre relation ne pourra pas durer.

D'un mouvement rapide, je pose ma main libre sur la joue de Sam et je l'embrasse, pour la première fois, sur les lèvres – ses belles lèvres sensuelles. Il ferme les yeux, et allez savoir si c'est parce que c'est une belle journée de printemps et parce qu'on vient de prendre conscience qu'on n'allait pas rester longtemps ensemble, il se penche encore plus vers moi et notre baiser se transforme en un long baiser passionné qui ne s'arrête que lorsque Lisa s'écrie :

—STOP ! Bon sang, vous deux. Trouvez-vous une piaule. Mais ne venez pas ici soi-disant pour me sauver et ensuite m'ignorer complètement.

Sam me sourit et je lui souris, et je ne me suis jamais sentie aussi heureuse.

Ça ne dure pas.

Bientôt, nous entendons les pneus d'une voiture crisser sur le gravier, puis le bip-bip et les crachotements d'un talkie-walkie. Une acclamation nous parvient depuis le terrain de sport. Puis j'entends deux hommes parler en bas, devant le bâtiment, puis grimper à l'échelle. Je fais la grimace.

—Hum… Lisa. Tu as… ? Tu as fait une connerie ?

Je connais la réponse, et soudain j'ai la tête qui tourne.

—Pourquoi est-ce que tu es montée ici en vrai ?

—Ouais, j'ai fait une connerie et je me planque.

Elle plonge une main dans sa poche et en sort une liasse de billets.

—Je les ai piqués à une pom-pom girl. Elles font des trucs débiles pour lever des fonds, comme vendre des fleurs ou laver des bagnoles. Mais elles ont laissé la boîte avec le pognon sur un banc dans le gymnase.

Elles ont rien dans le crâne. Franchement, à quoi ça leur sert tout ce fric ? Tiens c'est pour toi.

Elle dépose la liasse sur les genoux de Sam, qui la regarde, stupéfait.

—Prends-le, tu meurs de faim. Et puis tu es le seul mec sympa de ce fichu bahut.

Sam baisse la tête et regarde les billets, juste un court instant.

—Non, Lisa.

Ses yeux se remplissent de larmes et je suis estomaquée par sa réaction.

—Écoute, je suis sincèrement touché. Mais… je ne peux pas accepter.

Il me lâche la main, se relève et remet soigneusement les billets en place.

Lisa tape du pied, comme une gamine.

—Je suis une délinquante. Je vais avoir un blâme et peut-être être renvoyée. À deux mois de la fin de l'année. Qu'est-ce que vous dites de ça ?

Sa voix se brise et elle fond en larmes.

—Mais enfin, qu'est-ce qui te prend ? demandé-je, furieuse et confuse.

J'ai envie de l'étrangler. J'étais tellement heureuse, et voilà qu'elle a tout gâché.

Sam prend une profonde inspiration.

—Chut, les filles.

Il se dirige vers l'échelle.

—Lisa, tu ne vas pas être renvoyée. Laisse-moi m'en occuper. Je vais aller trouver M. Galanes et lui dire qu'un camarade m'a demandé de rapporter cet argent. Je suis bon élève, il va m'écouter et il va me croire.

—Non, Sam, murmuré-je. Ce n'est pas une bonne idée du tout. S'il te plaît. Il faut que Lisa…

—Eh, toi ! lance une voix d'homme à Sam. Qu'est-ce que tu fiches là ? Descends de ce toit.

Sam regarde Lisa.

—Tu sais quoi, Lisa ? dit-il. On est venus ici pour te sauver. Et je ne t'ai jamais ignorée. Annika a raison. Essaie de te ressaisir.

Il se tourne vers moi.

Reste ici, articule-t-il, puis il se dirige vers l'échelle.

Lisa pleure toujours et je reste sur le toit avec elle, malgré ma folle envie de courir rejoindre Sam et de tout expliquer aux flics. Je comprends à présent que Sam s'est toujours occupé de veiller sur Lisa – par loyauté envers moi – parce qu'il pense que c'est ce que je veux. Alors qu'en réalité, j'ai envie de la planter là et de le protéger lui.

Je suis officiellement la pire sœur du monde.

Est-ce vraiment une bonne chose de couvrir Lisa chaque fois qu'elle dépasse les bornes ? Je ne crois pas.

Je suis aussi la pire petite amie du monde, évidemment.

Qui laisserait son petit copain payer pour les conneries de sa sœur et rajouter encore à son stress ? À supposer qu'il se fasse arrêter et que UCLA l'apprenne et rejette sa candidature ? Quelle sorte de petite amie ignorerait que son copain ne mange pas à sa faim ?

Une fois les flics partis, en emmenant Sam, je me penche et secoue Lisa. Elle est ma sœur. Je dois prendre mes responsabilités. Peut-être puis-je lui faire entendre raison.

—Pourquoi est-ce que tu l'as laissé faire ça? demandé-je quand elle cesse enfin de renifler. Sam ne peut pas plus se permettre que toi d'avoir des démêlés avec la police. Tu cherches à bousiller sa vie alors qu'il est plein d'attention pour toi ?

—Il aime ça, dit Lisa en s'essuyant le nez avec la main. Il aime veiller sur moi.

Je sens mes poings se serrer et je dois résister à l'envie de la frapper. Mais je sais qu'elle dit la vérité. Sam aime bien aider les autres, au point de se retrouver dans un pétrin inextricable. Et je ne comprends pas pourquoi.

—Je doute fort qu'il prenne plaisir à veiller sur toi. Tu gâches tout.

—C'est pas vrai, proteste-t-elle. Aïe, ne me pince pas !

Elle secoue la tête.

—Il aime ça. Il a l'impression de te faire une faveur. Il veut être ton héros.

—Je sais.

Je me couvre les yeux de la main.

—Tu as raison.

Elle essuie ses mains pleines de terre.

—Et tu sais quoi d'autre? Il aime jouer au grand frère avec moi. Ça lui donne de l'importance. Alors que chez lui, il est le petit dernier qui n'arrête pas de s'en prendre plein la gueule.

Hum, elle a peut-être raison encore une fois.

Je réussis tant bien que mal à lui faire descendre l'échelle, puis nous rentrons à la maison à pied pour qu'elle ait le temps de cuver son alcool. Je lui dis qu'elle devrait avoir honte d'avoir volé de l'argent, mais elle n'est pas d'humeur à m'écouter.

—T'inquiète, me dit-elle quand elle voit que je continue de bouillir intérieurement. Sam ferait n'importe quoi pour toi. Il t'aime. T'as de la chance. T'as pas idée à quel point.

Je ne sais pas quoi répondre à ça.

—J'ai de la chance, dis-je en croisant mes bras sur ma poitrine tandis que nous passons sous un arbre en fleur. Tu as mille fois raison.

Sam n'a pas avoué qu'il avait volé l'argent, mais il n'a pas accusé Lisa pour autant. Il a simplement dit qu'un camarade l'avait volé, puis s'était repenti et le lui avait donné pour qu'il aille le rendre. Le principal insiste pour qu'il dénonce le fautif, mais il refuse. La police l'interroge mais il n'est pas arrêté. Il écope de nouveau d'une exclusion. M. Galanes lui dit qu'il est désolé mais qu'il n'a pas le choix. Je pense que Sam n'a pas conscience des ennuis qu'il risque de s'attirer quand il agit ainsi. Encore une exclusion, et Sam sera viré pour de bon, alors qu'il n'y a plus que deux mois avant la fin du semestre.

J'ignore quel genre de punition l'attend à la maison. Sam n'en parle jamais. Mais il me tient la main avec plus de force quand nous nous retrouvons et sa paume est moite. Il me serre dans ses bras, après les cours, quand il doit aller à l'entraînement de hockey et que je dois filer attraper le bus. Sam a l'air stressé, au bord de l'effondrement, mais cette fois, au moins, il ne me fuit pas. Au contraire même, il s'élance à ma rencontre.

Je lui dis que je suis désolée qu'il se fasse réprimander à la place de Lisa, mais il balaie ma remarque d'un revers de main.

—Je me fiche d'être exclu du bahut. C'est surtout pour mon père que j'ai de la peine. Et pour toi. Le reste n'a pas d'importance.

On a pris l'habitude de passer notre temps libre ensemble. Même si on ne peut pas se voir chez lui, parce qu'il est puni, il s'arrange pour venir me retrouver à la maison, après le boulot, et on regarde la télé ensemble. Les rares fois où Lisa n'est pas là et que mes parents sont couchés, il m'embrasse. Sam ne fait jamais rien précipitamment, ce qui a pour effet pervers de me donner encore plus envie de savourer chaque minute que nous passons ensemble. Le printemps est là, les journées rallongent, plus vertes et plus chaudes, et je commence à me dire que tout va bien se passer.

Alors que je sais pertinemment qu'il n'en est rien.

Rien ne va plus

Luna

Sam entre dans la maison avec Lisa et Delilah et ils se tapent mutuellement dans le dos pour faire tomber la neige qui recouvre leurs vêtements.

J'ai toujours bien aimé Lisa. Elle a tendance à enfreindre les règles – me donne des petits morceaux de poulet ou de poisson sous la table quand personne ne regarde. Elle n'ôte pas sa grosse doudoune, mais elle retire ses chaussures trempées et enfile une paire de pantoufles fourrées qu'elle a apportées dans un grand sac. Une plume blanche s'échappe d'une petite déchirure dans sa doudoune et je me mets à la poursuivre dans le couloir.

Sam allume un feu dans la vieille cheminée en pierre et en brique de la salle de jeu. Annika jette quelques bûches dans le poêle à bois du séjour et Delilah descend un petit radiateur électrique du premier qu'elle branche dans la cuisine. Ces trois sources de chaleur rendent l'atmosphère tolérable – pas vraiment *chaude*, mais mieux qu'à l'extérieur où l'air est froid et coupant.

Plus tard, la porte d'entrée s'ouvre et Danny et Donovan entrent. Ils sont en pleine conversation. Je m'approche pour leur souhaiter la bienvenue.

—Tu ne connais pas un seul air de rock classique ?

Danny a une moue dégoûtée.

—Même pas Led Zeppelin ? Comment c'est possible ?

Il se penche pour m'ébouriffer le poil.

—Je sais pas. Ma mère en passe parfois, quand on est en voiture, mais…

—Tu connais au moins certains groupes des années quatre-vingt ? The Police ? Talking Heads ?

Donovan dézippe son blouson et soupire.

—Mon père jouait du piano classique. Il a passé presque toute son adolescence en Allemagne, et je ne sais pas ce qu'il écoutait là-bas. Tout ce que je peux te dire, c'est qu'il écoutait les Beatles. Ça compte ?

—Pas vraiment. Pas du tout même. Je te parle des groupes emblématiques des années quatre-vingt. Ma fille adore ce genre de musique.

Donovan sourit.

—Qu'est-ce que je devrais écouter alors ?

Danny jette ses gants sur le paillasson.

—Je te ferai une liste.

Annika s'approche d'eux. Elle les regarde ôter leurs bonnets et leurs moufles. Ma maîtresse a hâte de connaître les nouvelles. Elle tortille nerveusement le bout d'une de ses tresses.

—Tu as trouvé quelque chose qui peut te servir dans le garage ?

Danny, qui se tient penché sur ses galoches, balaie l'air de la main. Sans la regarder, il entreprend de défaire ses lacets couverts de glace et répond :

—À part deux pelles, rien. La provision de bois que ton père a entreposée là-bas est impressionnante.

—Je l'ai aidé à dégager la neige autour du camion, dit Donovan.

Il jette un gant trempé par terre.

—C'est bizarre, parce que le pneu avant gauche est crevé. On dirait qu'il a été perforé. Mais je n'ai vu aucun objet tranchant autour de la déneigeuse. Vous avez peut-être roulé sur un truc coupant quand vous étiez sur la route, avant de vous engager dans notre allée.

Danny hausse les épaules.

—Possible.

Il se racle la gorge et se relève au moment où Sam et Lisa débouchent au bout du couloir.

—Eh, je me souviens de toi. On était au bahut ensemble, dit Danny, ses yeux verts s'écarquillant à la vue de Lisa.

—Moi aussi, je me souviens de toi. Tu étais en terminale quand on était en seconde. Je crois me souvenir qu'on s'est retrouvés en colle ensemble une ou deux fois.

—Absolument ! dit-il en pointant un doigt sur elle. C'est ça !

Annika secoue la tête.

—Bon, dit-elle en tapotant le bras de Lisa. Voyons ce qu'on peut préparer à manger avec ce qu'on a.

Elles retournent à la cuisine et il y a un bruit de poêle qu'on extirpe du casserolier.

Danny se redresse et croise les bras.

—Le pneu est à plat, avec une grosse déchirure. Comme si quelqu'un l'avait lacéré. Tu trouves pas ça bizarre ?

—Bizarre ?

Sam a l'air perplexe. Danny se gratte le menton.

—Ouais, bizarre.

Cette fois, Sam pique un fard. Il se tortille sur place.

—Non… qu'est-ce que… qu'est-ce que tu veux dire par là ?

—Je veux dire que c'est peut-être une intervention divine. Une façon pour Dieu de nous retenir bloqués ici et de me faire comprendre que mon plan concernant la maison de papa est le bon.

Sam se crispe.

—Je ne crois pas que…

—Ou que tu as forcé le destin en lacérant le pneu toi-même.

—Hein ?

—Arrête. C'est ta façon de me donner un coup de main ?

Sam lève ses deux mains, paumes ouvertes.

—Non, mais non, Dan. Tu délires, là. Je t'ai dit que je n'aimais pas ton plan.

Il déglutit avec force.

—Et tu sais très bien que je n'irais pas saboter la nouvelle déneigeuse de papa.

Danny fixe son petit frère du regard, en faisant rouler sa langue contre l'intérieur de sa joue. La voix de Lisa me parvient depuis la cuisine, ainsi qu'un bruit de vaisselle et de couverts.

—OK, dit Danny en posant une main sur l'épaule de Sam.

—Je ne cherche absolument pas à forcer le destin.

Il repousse la main de son frère.

—Est-ce que tu te rends compte que tu empestes l'essence ? Tu ferais bien de te laver. Qu'est-ce qui te prend ? Tu ne sens rien ?

Sam tourne les talons et commence à se diriger vers la cuisine.

—Eh, je ne suis pas complètement idiot. J'ai dit à Donovan que j'avais renversé… Eh, tu m'écoutes ?

Mais Sam n'est plus là.

Danny et moi nous retrouvons seuls. Il s'accroupit et tend la main vers moi. Une odeur chimique âcre me picote les narines. Mais malgré cela, je touche ses doigts du bout du nez et l'autorise à me caresser. Je vois bien qu'il est stressé, et je sais que la maladie est en train de le ronger de l'intérieur. Sa main tremble légèrement quand il la laisse courir le long de mon échine.

Tu ferais mieux de te calmer. Il faut que tu trouves un moyen de te faire soigner.

Il secoue la tête comme s'il était d'accord avec moi.

Les jumeaux se replient au premier. Annika fait des croques au fromage pour les adultes et presque tout le pain que Lisa a apporté y passe. Les humains se blottissent autour du poêle, faisant quelques pas ou resserrant leurs doudounes autour d'eux pour se tenir chaud, et je me joins à eux. L'odeur du beurre qui fond dans le poêlon me rend folle et je me jette contre les jambes des uns et des autres.

—Tu as trouvé le journal ? glisse Sam discrètement à Annika, tandis qu'elle dépose un croque-monsieur sur une assiette.

—Non, mais j'ai trouvé quelque chose d'autre, dit-elle en désignant un paquet de feuilles posé sur le comptoir de la cuisine.

—Qu'est-ce que c'est ? demande Lisa en se penchant au-dessus des feuillets et en les parcourant du regard. Peter a écrit… C'est une histoire ?

—Oui, je crois que c'est un roman. Luna s'était cachée sous le lit de Donovan, et quand j'ai voulu l'en déloger, j'ai trouvé la vieille machine à écrire de Peter dessous, dans un coin, et ces pages se trouvaient dans le boîtier.

—Ton mari a écrit un livre ? s'enquiert Danny en s'approchant pour y jeter un coup d'œil par-dessus l'épaule de Lisa.

Lisa se retourne brusquement.

—Je ne savais pas que Peter écrivait.

Annika hausse les épaules.

—Moi non plus.

Elle fait glisser un autre croque sur une assiette et le coupe en deux. Un petit nuage de vapeur se répand dans l'air froid.

Lisa est sidérée.

—Mince alors !

Ses lèvres remuent légèrement tandis qu'elle lit.

—C'est comme de trouver un trésor caché sous les lattes du plancher.

—Je n'arrive pas à croire qu'il écrivait un roman.

Lisa retrousse ses lèvres et scrute sa sœur.

—Qu'est-ce que ça a de si étonnant? Il était musicien. C'était un créatif.

Elle tourne la première page et commence à lire la suivante.

—C'est pas mal du tout. Tu as lu la première page? C'est captivant. Il y a de l'action.

Mes oreilles frétillent. Peter était un excellent conteur!

Peter! Tu es là!

Je promène mon regard autour de moi. Ah… le voilà. Il est debout à côté du frigo et il écoute.

—Je ne crois pas que je sois capable de le lire, dit Annika en se mordillant l'intérieur de la joue. Je sais qu'il aimait bien jeter des notes sur le papier de temps en temps. Mais écrire un roman? Pourquoi est-ce qu'il ne me l'a jamais dit? Il voulait attendre de l'avoir fini avant de me le montrer?

Elle martèle la table des doigts, puis se mordille le pouce.

—Non, vraiment, je ne suis pas sûre de pouvoir le lire. J'ai peur d'avoir trop de peine. Ça ne parle pas du roi Arthur au moins? Il adorait le Moyen Âge et…

Ses yeux s'emplissent de larmes et elle n'arrive pas à finir.

Sam lui tend un verre d'eau, qu'elle prend avec gratitude.

Lisa continue de lire. Soudain elle lève un doigt.

—On dirait que c'est une histoire de chevalier – de sexe féminin en l'occurrence – qui s'est embarqué sur un navire en quête d'aventure.

—Oooh, soupire ma maîtresse. Un chevalier. J'en étais sûre.

Lisa poursuit.

—Il y a aussi un jeune marin qui accompagne l'héroïne.

Elle prend un verre de citronnade et le lève comme pour trinquer.

—Probablement son prétendant.

Annika demande :

—Lisa, tu veux bien le lire pour moi ? Le lire en entier et me raconter l'histoire ensuite ? Moi, je ne m'en sens pas capable.

—Bien sûr. Je suis sûre que c'est une histoire palpitante.

Elle tient toujours son verre levé et je regarde flotter la pulpe de citron.

—Je suis déjà fan de l'héroïne. Elle combat un serpent de mer géant en pleine tempête, et ce n'est que la page deux.

Oooh – une bataille avec un serpent de mer ! Je me souviens d'avoir entendu Peter raconter mille fois cette histoire aux enfants.

Annika a l'air d'un fantôme. Oh, pas un vrai fantôme comme celui de Peter. Mais elle est toute pâle. Elle a entendu Peter raconter cette histoire aux jumeaux quand elle était dans la salle de bains en train de se brosser les dents.

Sam s'approche du poêle et jette un coup d'œil dans une marmite en fonte noire. Je remarque que ma maîtresse le regarde par-dessus son épaule tandis qu'il s'empare d'une cuillère en bois pour touiller la soupe.

Sam lui fait l'effet d'un aimant. Annika ne peut pas s'empêcher de le regarder.

—Ça m'a l'air prêt, dit Sam.

Plus tôt, je l'ai vu verser plusieurs boîtes de soupe à la tomate dans la marmite. Il l'a mise à chauffer sur le dessus du poêle et la bonne odeur me chatouille les narines. Avec une louche, il commence à remplir plusieurs bols de soupe. Lisa en emporte deux à table et Sam emporte les deux autres.

Annika s'approche du pied de l'escalier et appelle les enfants. Leurs croques attendent sur une assiette et ils commencent à refroidir.

—MAINTENANT, crie-t-elle.

—On arrive, lui répond Delilah.

Une fois tous les adultes assis autour de la table de la cuisine, on se sentirait presque dans un cocon douillet. Annika bâille.

Mais c'est alors qu'il se passe quelque chose. La maison est soudain plongée dans l'obscurité.

Lisa sursaute.

—Est-ce que… c'est une panne de courant ?

Danny se retourne. Le radiateur électrique a cessé de tourner. L'horloge digitale du four s'est éteinte. La lampe aussi.

—Oui.

Il se tourne vers Annika et demande :

—Tu as des bougies ?

—Bien sûr.

Ma maîtresse se lève en frissonnant et ouvre un tiroir du buffet. Elle en sort plusieurs grosses bougies et une boîte d'allumettes.

Je me lève aussi.

Peter ? Où es-tu ?

Je l'aperçois. Il est toujours dans la cuisine. Il regarde Annika placer une petite bougie dans un bocal en verre.

Bien que Peter soit en tee-shirt et en bermuda, les affaires qu'il portait quand il est mort, il ne grelotte pas et ne se frictionne pas les bras pour se réchauffer. Son visage est calme et ses yeux, d'un bleu éclatant.

Pas de panique, me dit-il. *Il y a plein de gens dans cette maison, ils sauront quoi faire pour l'électricité. Je suis content qu'Annika ne soit pas seule avec les enfants.*

Il a raison, bien sûr.

À quoi pense Annika en ce moment ? Je suis habituée à parler avec le fantôme de Peter et m'approche aussitôt de lui. *Est-ce qu'elle pense à toi ?*

Elle aimerait lire mon livre, mais elle a peur que ce soit trop pénible. J'aimerais bien qu'elle le lise. C'est un roman d'aventures, et une histoire d'amour. Je pensais que ça lui ferait plaisir de voir que j'étais heureux.

Il fronce les sourcils, dépité.

Tout le monde engloutit sa soupe. Je suppose qu'ils ont peur qu'elle refroidisse. Ils cessent de parler et se concentrent sur la nourriture.

Quand ils ont fini, Annika lave les bols. À en juger par la vapeur qui monte de l'évier, nous avons encore de l'eau chaude. Mais c'est à peu près tout ce qui nous reste en termes de confort moderne. Annika s'affaire à la lueur des bougies car la lumière du jour est en train de décliner.

—Mettez tous vos téléphones en veille, suggère Danny en prenant une cuillère des mains d'Annika pour l'essuyer. On ne va pas pouvoir les recharger quand on n'aura plus de batterie.

Sam va dans la salle de jeu pour s'assurer que le feu brûle toujours et rajoute un tas de bûches dans la cheminée qu'il tisonne jusqu'à ce que les flammes se mettent à rugir. Je m'approche pour essayer de me réchauffer un peu. Dehors, la neige continue de tomber.

Danny entre et s'approche de Sam. Je m'assieds à leurs pieds, et je tends le cou pour les observer.

—Tout a l'air de marcher comme sur des roulettes. J'ai trouvé tout ce dont j'avais besoin dans le garage.

Sam ne répond pas. Il a l'air soucieux. Il frotte ses index l'un contre l'autre.

—Écoute, je suis désolé pour le pneu crevé. Je ne sais pas comment c'est arrivé, mais je vais en acheter un neuf.

—Oui, oui. T'inquiète pas pour ça. C'est le cadet de mes soucis pour l'instant.

Danny se retourne pour jeter un coup d'œil à la cuisine, puis murmure :

—J'ai parlé avec Trung. Apparemment, les déneigeuses de la ville n'arrivent pas à dégager les artères principales. Il y a trop de neige. Il ne pense pas qu'il sera possible d'amener un camion dans ce secteur avant ce soir tard ou demain. Alors pour moi, c'est maintenant ou jamais.

Sam fixe son frère du regard puis détourne rapidement les yeux.

—Ça te laisse le reste de la journée avant que des secours n'arrivent.

Il se radoucit un instant, une lueur d'espoir dans les yeux, puis ajoute :

—C'est une bonne chose, mais n'empêche qu'il y a toujours un risque.

—Voyons la météo, dit Danny en consultant l'application sur son téléphone. La neige devrait s'arrêter de tomber en fin d'après-midi.

Il se frotte le menton.

—C'est parfait.

—Mais tu vas laisser des empreintes dans la neige. On va voir que tu as franchi le ruisseau.

—Si jamais on remarque mes traces dans la neige, je dirai que je suis allé là-bas pour voir si quelqu'un avait besoin d'aide.

Danny grince un moment des dents, puis suggère :

—Tu vas devoir trouver un moyen de détourner leur attention. Lisa pourrait lire le roman de Peter. Mais Annika ne semble pas disposée à l'écouter. Tu vas devoir t'occuper d'elle.

Sam passe ses doigts sur sa bouche. Il se met soudain à se gratter le front, puis les côtes. Il a l'air agité.

—Ce n'est pas juste que tu y ailles seul.

Les deux hommes se lèvent et tirent sur leurs manches pour essayer de garder leurs mains au chaud. Danny se retourne et me regarde.

—Qu'est-ce que tu fais là, toi ?

Moi ? Est-il enfin prêt à m'écouter ?

ROOUAH ! Je ne sais pas ce que tu manigances, mais Annika, elle, va le découvrir. Elle est très intelligente.

—Gentille fille, me dit Danny. J'ai rien à manger. C'est ça que tu veux ?

Manger ? C'est le cadet de mes soucis.

J'entends des pas, comme si les jumeaux dévalaient l'escalier. Je me précipite à la cuisine pour les accueillir.

Donovan entre en courant, puis s'arrête net. Delilah arrive juste après.

—Il faut que j'y aille, dit-il, hors d'haleine.

—Où ça ? Donovan, tu n'as même pas encore mangé ton déjeuner ?

Ma maîtresse lui prend la main.

—Tu as toujours les mains glacées d'avoir fait de la luge.

Il secoue la tête.

—C'est parce qu'il fait froid à l'étage. Mais il faut que j'y aille. Tout de suite. À tout à l'heure.

Annika et Lisa se tournent vers Delilah, qui semble surprise de se retrouver au centre de l'attention. Puis elle comprend ce qu'on attend d'elle. Annika et Lisa veulent connaître la raison du départ précipité de Donovan. Elle pose une main sur le coude de son frère.

—Donovan, montre-leur la photo.

—Non, non, c'est…

—Lexi vient juste de poster une photo d'elle avec un mec. C'est un gars de terminale qui vit en bas de sa rue. Mais je suis sûre que ça ne veut rien dire.

—Un gars de terminale ? Un ami à elle ?

Annika s'essuie les mains dans un torchon.

—Non, pas exactement.

Delilah se mord la lèvre et jette un coup d'œil rapide à son frère.

—On l'a localisée sur Google Maps, et ils sont chez elle. Je ne pense pas que ça soit sérieux. J'ai dit à Donovan que Steve est venu lui proposer de déblayer devant chez elle parce qu'il ne savait pas quoi faire pour s'occuper.

Lisa plisse les yeux.

—Qui est Lexi ?

Annika lève un sourcil.

—La petite amie de Donovan.

Elle dit ça en soignant sa diction, comme s'il s'agissait d'une annonce officielle.

—Oooh, je vois. Et vous l'avez localisée sur Google Maps ? Comme deux vrais petits espions ? Doux Jésus.

Elle s'empare d'une pile de bols propres pour les ranger dans le placard.

—Et on peut savoir ce que tu comptes faire, Donovan ? Courir jusque chez elle parce qu'elle a posté un selfie avec un autre garçon ? En voilà une idée ! Tu vas passer pour un jaloux possessif.

—Merci, dit Annika à sa sœur. Tu devrais écouter ta tante Lisa. Tu n'as aucune raison de te monter le bourrichon. Et puis la neige continue de tomber et on ne peut même pas aller au bout de la rue.

—Mais, *lui*, il l'a bien fait. Steve, il est allé au bout de la rue. C'est vrai qu'il vit plus près dc chez elle, mais…

Donovan regarde son téléphone. Il a soudain les joues rose vif et une voix de gamin.

—J'aurais dû lui proposer d'aller chez elle. Elle a peut-être besoin de quelque chose.

Delilah pose une main sur sa hanche.

—De quoi veux-tu qu'elle ait besoin, Donovan? Toute sa famille est avec elle.

Sam entre dans la cuisine. Il jette des regards autour de lui, essaie de comprendre ce qui se passe puis demande :

—Tout va bien?

—On est en pleine crise, dit Lisa en désignant Donovan, qui fait la tête, visiblement furieux. Cette tête de mule a décidé de courir chez sa petite amie.

—Hum…

Annika étire le bras pour dégager une mèche de cheveux du front de Donovan, mais il la voit venir et a un geste de recul.

—Désolée, mon chou. Mais pourquoi est-ce que tu ne l'appelles pas plutôt?

—Parce que le type est peut-être toujours là-bas.

—Quel est le problème? demande Danny en entrant dans la cuisine.

Il est en train d'enfiler ses gants. Il a sa doudoune sur le dos et semble sur le point de sortir.

—Des affaires de cœur, soupire Annika. Donovan veut aller retrouver sa petite copine pour s'assurer qu'elle n'est pas… qu'elle n'est pas avec un autre garçon? C'est bien ça? Mais ce n'est pas raisonnable de sortir par ce temps, n'est-ce pas?

Donovan serre les mâchoires. Il semble à deux doigts d'exploser.

—Il faut que j'y aille. Ce n'est qu'un peu de neige. On a bien fait le chemin jusqu'à la maison de tante Lisa, maman. Ça n'est quand même pas la bérézina.

Danny hausse un sourcil.

—Eh, mec, ta copine est en train de te jouer des tours ? Tu ferais mieux d'aller là-bas en vitesse pour lui demander des explications.

—DANNY.

La mâchoire d'Annika s'affaisse.

—J'ai dit non.

—C'est trop loin pour y aller à pied, intervient Delilah. Elle vit dans le centre. Et je ne pense vraiment pas que Lexi a pensé à mal en postant cette photo. C'était probablement juste pour montrer qu'elle s'amusait bien malgré le blizzard.

—Lexi, ricane Danny en enfilant son autre gant. Drôle de nom. Ma fille s'appelle Alexis.

Sam et Annika échangent un regard.

Les traits de Danny se durcissent soudain.

—Attends une minute… En quelle classe es-tu déjà ?

Donovan reste interdit, la bouche entrouverte. Ses pupilles se dilatent comme s'il venait de voir un serpent sur le carrelage de la cuisine. Lui et Danny se toisent un instant, chacun réfléchissant à ce qu'il va dire ensuite.

—Non, non, non, s'écrie Delilah, soudain soulagée. Son nom de famille est DiGiovani, pas Parsons.

Le visage de Danny s'assombrit et il se redresse, tandis que Donovan se rapproche légèrement de sa mère sous le regard intraitable de Danny.

—Ouais, c'est le nom de sa mère. Mes filles vivent avec elle pendant la semaine.

Danny fait un pas dans la direction de Donovan, qui se fait tasse sur lui-même.

—Tu sors avec Alexis ? Depuis quand ?

—Depuis…

Donovan jette des coups d'œil affolés autour de lui.

—Depuis environ deux mois.

—Deux mois ? grommelle Danny. Ouah ! Mes filles ont leurs petits secrets. Et elle est avec un autre type en ce moment ? Montre-moi la photo.

Donovan hésite.

—Montre-la-moi, insiste Danny, d'un ton légèrement cassant.

Donovan presse un bouton sur son téléphone et le montre à Danny, qui plisse les yeux.

—Nom d'un chien.

Il repousse le téléphone et s'approche de Sam :

—C'est ce petit con de Steve, qui joue les tombeurs. Je n'arrive pas à m'en dépêtrer. J'ai pourtant dit pas de garçons à la maison.

Il se passe une main dans les cheveux.

—Tu sais ce que ce petit branleur a fait ?

Sam croise ses bras sur sa poitrine.

—Non, qu'est-ce qu'il a fait ?

Danny bafouille tellement il est furieux.

—Il a… L'année dernière, quand il était en première, il a dragué cette pauvre gosse innocente. Et puis le lundi suivant, en revenant au bahut, il l'a crié sur tous les toits. C'est mon ex qui me l'a raconté. C'est tout juste s'il a pas pris un mégaphone comme pour faire une annonce officielle du style : *Après le match Manchester-Ipswich, 14 à 7, Alexis DiGiovanni a taillé une pipe à Steve Smith sur le parking...*

—Attends, le coupe Sam. Tu parles d'Alexis, là ?

—Nooon.

Danny lève les mains au ciel.

—Non, non, non, encore heureux. C'est juste un exemple. Mais Steve est un salopard. Tellement imbu de lui-même. Je n'arrive pas à croire qu'Alexis lui adresse la parole.

Sam donne une tape sur l'épaule de son frère.

—Désolé. Ce type a vraiment l'air d'un connard.

Il désigne Donovan de la tête.

—Tu devrais être content qu'elle sorte avec Donovan. Ce n'est pas le même genre de gars.

Danny fixe à nouveau Donovan droit dans les yeux, puis étrécit son regard.

—Ça reste à prouver.

Annika se hérisse et se rapproche de son fils. Sam intervient.

—Je suis sûr que Donovan est un brave gosse.

Danny soupire.

—Peut-être.

Il se tourne vers Donovan.

—Écoute, ne t'inquiète pas pour Steve, je m'en occupe. Mais tu ne peux pas aller là-bas.

Donovan se renfrogne. Il serre si fort son téléphone dans sa main que je crains qu'il ne le casse. Il souffle par le nez, comme un taureau furieux.

Danny reprend :

—Ta sœur a raison. C'est beaucoup trop loin à pied. Et de toute façon, je t'interdis d'y aller. Pas de garçons à la maison et pas de petit copain jusqu'à ses dix-huit ans. Un point, c'est tout. Elle a clairement enfreint les règles, et elle va se faire souffler dans les bronches.

Inutile de l'appeler. Je vais lui annoncer moi-même que c'est terminé.

Donovan avale sa salive. Il baisse à nouveau les yeux sur son téléphone, le souffle court, au bord des larmes. À l'évidence, il ne sait pas comment réagir. Ses joues ont viré au rouge cramoisi malgré le froid. J'ai l'impression qu'il va vomir et je me fais du souci.

J'aimerais pouvoir lui dire : *Donovan. Fais le bon choix. Sois un bon garçon. Le garçon que tu as toujours été quand ton père était là.*

—Et ce n'est pas tout, dit Danny en toisant Donovan de la tête aux pieds, comme s'il le voyait pour la première fois. Tu devrais te couper les cheveux. Je n'aime pas les queues-de-cheval.

Là, c'est la goutte d'eau qui fait déborder le vase. Annika et moi sursautons en même temps.

Je ne comprends pas pourquoi Danny se met dans un tel état. Il est vrai que je ne sais rien de sa fille, ou quel genre d'ennuis elle a pu s'attirer par le passé à cause de ce fameux Steve.

Je pense que si Peter était encore vivant, Donovan aurait baissé les armes. Il aurait fermé sa bouche et serait allé dans sa chambre. Mais un an s'est écoulé et il a passé beaucoup de temps seul. Donovan est plus grand à présent et ses épaules se sont élargies. Il est en train de devenir un homme et ne se laisse pas facilement intimider.

—C'est dommage, parce que Lexi aime ça, dit Donovan d'une voix égale.

Il rejette la tête en arrière, exactement comme le faisait Peter en signe d'apaisement, alors qu'à l'évidence, Donovan est prêt à en découdre.

—Je n'ai pas eu besoin de lui demander deux fois si elle voulait sortir avec moi. Si on ne peut pas se voir chez toi, on se verra ailleurs.

—DONOVAN.

Annika lève un doigt pour le mettre en garde.

—Espèce de petit con…

—Danny, arrête, intervient Sam avant que son frère ne se laisse emporter par la colère.

—Nom de Dieu, peste Danny en secouant la tête. Il ne manquait plus que ça. Bon, je vais faire un tour. Et je vais appeler Alexis.

Juste au moment où il s'apprête à partir, il fait volte-face et, pointant un doigt sur Donovan, éructe :

—Et, toi, ne cherche pas à jouer au plus malin avec moi.

Sam jette un coup d'œil compatissant à Annika et à ses enfants. Donovan reste droit dans ses bottes, impassible, mais sa bouche tressaute.

Quand nous entendons la porte s'ouvrir puis se refermer dans un claquement, nous poussons tous un soupir de soulagement. Donovan se met à faire les cent pas.

Il brandit son téléphone sous le nez de Delilah.

—Qu'est-ce que c'est à ton avis ? Pourquoi elle a fait ça ?

Il y a une note de désespoir dans sa voix.

Une étrange sensation me parcourt l'échine et je sens mes poils se hérisser. Donovan n'est pas du genre à montrer ses émotions. Il sait se contrôler.

—J'en sais rien, je t'assure, dit Delilah en écartant les mains. Ils sont peut-être juste amis. Voisins. Peut-être qu'elle essaie juste de montrer qu'elle se fiche de ce que Steve a pu raconter à son sujet. Ou qu'elle essaie de te rendre jaloux.

Je sens la présence de Peter à mes côtés. Il se tient avec les mains sur les hanches. Les sourcils froncés. Je le regarde. *Qu'est-ce qui se passe ?*

L'amour, ce n'est jamais simple, Luna. Il y a des crises. Des hauts et des bas. Tu te souviens quand Donovan était petit et qu'il croyait que les histoires d'amour étaient ennuyeuses ? Mais les histoires d'amour ne sont jamais ennuyeuses. Plus tard, en grandissant, il s'est mis à les apprécier autant que sa sœur.

Je m'en souviens. J'agite ma queue.

Elle va envoyer les enfants en pension, Peter. Dans une école que ta mère lui a recommandée. Tu penses que c'est une bonne idée ?

Peter se tourne et me regarde.

Je suis au courant. Mais je crois que ça lui fend le cœur. Le problème, c'est qu'Annika est persuadée que c'était moi qui faisais tenir la famille ensemble. Elle est persuadée que la famille a perdu son pilier.

Il s'accroupit. J'ai l'impression qu'il pose sa main sur ma tête.

Ce n'est pas toi qui nous tenais tous ensemble, Peter ? C'est pourtant toi qui t'occupais de tout. Tu me nourrissais, tu mettais les enfants au lit le soir.

Non, ce n'est pas tout à fait vrai. Parce qu'Annika était mon pilier à moi. Sans elle, je n'aurais rien pu faire. C'était elle qui me donnait le courage de supporter mes douleurs. Cette famille donnait un sens à ma vie.

Je me mets à ronronner. Je suis d'accord avec lui.

Luna, elle ne va pas lire le roman pour l'instant. Sais-tu où est mon journal ? Tu crois que tu peux le lui apporter ?

Mon cœur fait un bond.

Parce que oui, je sais exactement où Donovan l'a caché.

Le boulevard des souvenirs

Annika

Donovan fait les cent pas dans la cuisine en pestant tant et plus. Delilah n'a pas l'air de se rendre compte qu'étant sa jumelle, elle a le pouvoir de le raisonner et de le calmer. Donovan a complètement perdu la tête. Il ne peut évidemment aller nulle part. Il va devoir appeler cette fille et tirer cette affaire au clair. Mais Donovan et Delilah sont des gamins impulsifs, et ils n'arrivent pas à décider si Lexi a enfreint une règle tacite. Quand j'étais moi-même ado, je me souviens de l'importance disproportionnée que pouvait prendre un regard, une parole, un geste.

—Appelle-la, suggère Delilah.

Donovan secoue sèchement la tête.

—Et pour dire quoi ?

C'est peut-être la tempête de neige qui leur tape sur le système et qui les rend agités à force d'être enfermés dans cette maison pleine à craquer et sans chauffage. On porte tous nos sweat-shirts, nos doudounes et nos polaires sur nous et on sautille d'un pied sur l'autre pour ne pas crever de froid.

Les jumeaux remplissent leurs gourdes au robinet. Il semblerait que la petite amie de Donovan ait une longueur d'avance sur lui en termes d'expérience sexuelle. Mais quand bien même? Ça la regarde. J'espère que Peter a parlé à Donovan des petits oiseaux et des abeilles. Toutes les fois où j'ai tenté de sonder Peter à ce sujet, il m'a répondu d'un geste vague, l'air de dire « Je gère ». Si c'est moi qui aborde la question du sexe avec Donovan, il va prendre la porte et se perdre dans le blizzard.

Je prépare des croques pour les jumeaux et leur ordonne d'aller s'asseoir au chaud, à côté de la cheminée, mais ils prennent leurs assiettes et disparaissent au premier. Ça me rend folle. Ce doit être une glacière là-haut. Je parie qu'ils sont remontés pour comploter. Ils doivent chercher un moyen d'exfiltrer Donovan ni vu ni connu pour qu'il aille retrouver Lexi. À moins qu'ils ne soient en train de poursuivre la lecture du journal de Peter.

—Je vais attendre un peu avant de partir à la recherche de Danny, me dit Sam. Il faut lui laisser le temps de se calmer.

Lisa jette un coup d'œil dans ma direction et soupire en voyant Sam debout à côté de moi devant l'évier. Elle prend le gros paquet de feuillets sur le comptoir de la cuisine, les remet en ordre.

—Je vais aller lire un chapitre de ce roman au coin du feu. J'ai envie d'en savoir un peu plus.

Je regarde Sam.

—En faisant les cartons, quand on est venus s'installer ici avec les enfants, j'ai retrouvé notre vieux livre d'or du bahut. Ça te dirait de faire un tour sur le boulevard des souvenirs ?

Il a un sourire nerveux.

—Je ne sais pas.

—Mais si, voyons. Tu pourrais peut-être aller dans le salon pour remettre du bois dans le poêle. Je te rejoins dans une minute.

Lorsqu'il est parti, je demande à Lisa :

—Qu'est-ce que je peux faire au sujet de Donovan ?

Elle tend la main et me tapote gentiment le bras.

—Ne t'inquiète pas pour lui, dit-elle, il a la tête sur les épaules.

Puis elle ajoute, l'air pensif :

—Seize ans, c'est pas un âge facile.

Je suis d'accord.

—Je suppose que c'est bon qu'il prenne conscience de sa vulnérabilité. Depuis la mort de Peter, il vit dans une carapace. Mais d'un autre côté, je n'ai pas envie qu'il ait le cœur brisé.

—Non, bien sûr, acquiesce Lisa en jouant avec les pierres de son collier. Mais il est amoureux. Rappelle-toi Sam, en terminale. On était loin de s'imaginer qu'il allait faire ce qu'il a fait – et pourtant on le connaissait bien. Tu dois t'attendre à un petit coup de folie.

Elle a raison. Le seul problème, c'est que je ne sais pas comment m'y préparer, en particulier maintenant que Peter n'est plus là.

—En plus, ajoute-t-elle, tu lui as annoncé que tu avais l'intention de l'expédier dans le Connecticut. Ce qui veut dire qu'il va devoir laisser sa petite amie. Pas étonnant qu'il pète un plomb.

Elle a raison encore une fois. Je me masse le front.

Comme je m'apprête à gagner le salon, elle m'arrête.

—Attends. Tu comptes faire quoi avec Sam ?

—Comment ça ?

Elle baisse la voix..

—Je ne suis pas aveugle, Annika.

—Il n'y a rien entre nous.

Elle grince des dents et me regarde droit dans les yeux.

—Soyons réalistes, tu veux ? Sam est et restera celui qui a pris la tangente… quand il l'a pu. Tu l'as toujours considéré comme un héros, mais en réalité, il n'a pas levé le petit doigt pour toi après l'effroyable accident qu'il a lui-même causé. Tu crois vraiment qu'il est l'homme providentiel ? Qui te dit qu'il ne va pas partir en courant si la situation se complique, comme il l'a fait à l'époque ?

—Arrête ! C'est horrible. Ce n'est pas du tout Sam, ce que tu décris là, et tu le sais mieux que quiconque.

Je sors d'un pas résolu et vais rejoindre Sam dans le salon. Tandis que je vais chercher le livre d'or dans un placard, Sam pousse le canapé pour le rapprocher du poêle. Assis côte à côte, on commence à feuilleter le livre étalé sur nos genoux à tous les deux. Une chaleur délicieuse nous enveloppe tandis que nous regardons les photos. Le soleil de l'après-midi ne procure guère de lumière, mais cela ne nous empêche pas de déceler les défauts de chacun.

—Regarde la coiffure de Margaret.

Sam ricane.

—Et le col de chemise de Craig alors !

Je remarque que Lisa se tient dans l'embrasure et qu'elle nous observe. Elle n'entre pas dans le salon et ne dit pas un mot. Quand je lève à nouveau les yeux, elle n'est plus là.

Luna saute sur le canapé et frotte son nez contre ma cuisse, comme pour me demander de me lever pour aller lui donner à manger. Mais ce n'est pas l'heure de son dîner. À moins qu'elle veuille que je me pousse pour pouvoir s'étaler ?

Quand nous arrivons à la page de Peter, je sursaute, légèrement surprise. J'avais oublié la tête qu'il avait à dix-huit ans. Mon cœur se serre. J'adore cette photo, mais j'ai du mal à la regarder.

Peter était plein de légèreté et de fraîcheur et il avait le sourire facile. Il était sûr de lui et ouvert. Il pouvait se montrer très insistant quand il taquinait quelqu'un ou quand il voulait quelque chose. Avec Peter, c'était *ici et maintenant*. Il profitait de la vie à fond.

Ensuite, nous passons à la page de Sam. Si Peter souriait avec ses dents, Sam souriait avec ses yeux. Il a l'air espiègle, comme s'il trouvait le photographe amusant. Je passe le bout de mes doigts sur le papier.

—Tellement beau, dis-je, et il renifle.

Au lycée, Sam ne faisait jamais rien sur un coup de tête. Il réfléchissait avant de parler ou avant d'agir.

Il parlait d'une voix râpeuse et grave. Il ne demandait jamais rien aux autres ; il préférait donner.

Peter et Sam étaient très différents, mais je les aimais tous les deux.

Luna me donne des petits coups de patte. J'ai l'impression qu'elle veut que je me lève. Mais pourquoi ? Elle me taquine souvent le soir, pour me faire comprendre qu'il est l'heure d'aller se coucher. Mais nous ne sommes qu'en début d'après-midi. Qu'est-ce qu'elle veut à la fin ?

Sam désigne la baie vitrée, détournant mon attention de Luna.

—Qui aurait dit qu'on allait se retrouver coincés ici ensemble ? Tu ne trouves pas ça romantique ?

Oh, mon Dieu, si, il a raison.

Quand je me tourne vers lui, mon estomac se noue. Son regard est plein de douceur. Il me fixe comme s'il attendait que je dise quelque chose.

—Sam.

Mon épaule cogne contre la sienne.

—Pourquoi est-ce que tu ne m'en veux pas à mort ?

—Quoi ?

Il semble sincèrement surpris.

—Qu'est-ce que tu veux dire ? Parce que… parce que tu as épousé Peter ?

—Non.

Je referme le livre d'or.

—À cause de ce qui s'est passé au lycée. Je t'ai laissé si souvent endosser les conséquences de fautes que tu n'avais pas commises. Ce n'est pas juste. Plus tard, je m'en suis voulu d'avoir bousillé ta vie.

—Annie.

Il me prend le livre des mains et le pose sur la table basse devant nous.

—Annika. Tu ne m'as jamais demandé de le faire. C'est moi qui l'ai décidé. Et puis on avait dix-huit ans. J'étais immature et stupide. Toutes les erreurs que j'ai pu commettre à l'époque sont entièrement ma faute. Et je suis tout à fait content de la vie que je mène aujourd'hui.

—Je ne suis pas en train de dire que ta vie est nulle…

—Tant mieux. Parce que je sais qu'elle n'est pas parfaite. Mais c'est la mienne et elle me convient. Tu te souviens que tu disais toujours que tu voulais être une meilleure personne ? Eh bien, moi aussi. Et il m'a fallu du temps pour cela. Mais tu me connais, je suis quelqu'un qui prend son temps.

Il a raison. Je me souviens du temps qu'il lui a fallu avant de me donner mon premier baiser… des mois. Je souris à cette pensée.

À l'intérieur du poêle, une bûche se casse avec un bruit sourd.

—J'aimerais que tu me dises en quoi je peux t'aider. Tu as sûrement besoin d'un coup de main de temps à autre, dit Sam d'une petite voix de quelqu'un qui a sommeil.

—Merci, c'est gentil. Mais ce dont j'ai surtout besoin, c'est de me reprendre en main.

Je joue avec la petite chaîne en or que je porte autour du cou, en l'entortillant autour de mes doigts.

—Maintenant que Peter n'est plus là, j'hésite parfois à prendre des décisions. Même après que nous sommes venus nous installer ici, j'ai l'impression que Peter me suit, comme un fantôme.

Luna, qui est assise sur le tapis, à nos pieds, relève la tête. Elle se met sur ses pattes et me fixe de ses grandes pupilles rondes et noires.

Et soudain, j'ai l'impression de voir Peter. Il a dix-huit ans. Il est assis dans le fauteuil, grand et dégingandé. Il se penche en avant, les coudes sur les genoux. Il incline la tête et me regarde, une mèche blonde retombant sur son front. Il porte un bermuda et je peux voir sa jambe valide à gauche et son moignon à droite. Il a la même expression que lorsqu'il venait de perdre sa jambe. Un jeune garçon traumatisé par son récent accident.

Je suis parcourue d'un horrible frisson.

Et en même temps, je suis heureuse de pouvoir le voir de façon aussi précise. Mes yeux se remplissent de larmes.

Sam se frotte les yeux avec la paume de sa main.

—Il t'est arrivé de parler avec Peter de ce qui s'est passé le soir du bal ? Il nous a pardonné ?

Au même instant, les lumières se mettent à vaciller, baignant la pièce d'une lumière dorée. Sam et moi sursautons, puis je me sens rosir de soulagement.

Mais le courant se coupe presque immédiatement, et la pièce est plongée dans la pénombre.

Le bal de promo, 1987

Annika

Est-ce que Peter nous a jamais pardonné ?
C'est une question qui reste sans réponse. Peut-être se trouve-t-elle dans son journal. Ou pas.

Tout se déroule exactement comme je l'imagine, un soir de bal de fin d'année. Sam et Mark se présentent chez nous presque en même temps. Lisa et moi les accueillons, et nous sommes tout sourire tandis que maman nous aide à épingler des fleurs à la boutonnière des garçons. Je ne peux m'empêcher de remarquer que Sam est particulièrement beau. Mais il ne me viendrait pas à l'idée de le complimenter en présence de Mark. Ce serait incorrect.

—Tes manches sont trop longues, lui fais-je remarquer. Ta mère ne t'a pas aidé à choisir ton smoking ?

—Ma mère ne pouvait pas venir. C'est mon frère Danny qui m'a accompagné. Mais je suppose que c'est la bonne taille.

Il hausse les épaules, sans se démonter.

—Pourquoi est-ce que tu t'es fait un chignon ?

—Pourquoi ?

Ma main s'envole vers le haut de mon crâne.

—Parce que c'est le bal de fin d'année, pardi ! Pourquoi cette question ?

—Je sais pas, dit Sam en se reculant pour me faire de la place quand maman nous demande de prendre la pose tous ensemble pour pouvoir nous photographier.

Nous nous rapprochons tous les quatre les uns des autres.

—Je m'attendais à te voir avec les cheveux défaits, me glisse-t-il tout bas à l'oreille.

—Désolée de te décevoir, dis-je en souriant à l'objectif, même si en réalité je me fiche comme d'une guigne de ce qu'il peut penser.

Mais soudain, je me demande si je ne devrais pas défaire mon chignon, même si j'ai passé une heure au salon de coiffure.

—Est-ce que j'ai l'air de James Bond ? ricane Mark.

—Peut-être… en plus petit. Et avec des lunettes, le chambre Sam.

—J'ai jamais porté de smoking. J'ai vraiment l'impression de ressembler à James Bond.

Lisa s'esclaffe bruyamment à chaque remarque que font les garçons, ce qui me fait lever les yeux au ciel. Elle en fait des tonnes. Est-ce que ce sont les nerfs qui lâchent ? En tout cas, je ne pense pas que les garçons s'attendent à ce que vous explosiez de rire à chaque mot qu'ils prononcent.

Au moment où nous nous dirigeons vers la porte, Lisa m'attrape le bras et me tire à l'écart.

—Promets-moi une chose, dit-elle, en me regardant droit dans les yeux pour s'assurer que je l'écoute.

—Quoi donc ?

—Ne fais pas des mamours à Sam devant tout le monde. Je te rappelle qu'il est mon cavalier ce soir. Je veux que toute la classe le sache. Pigé ?

Je secoue légèrement la tête.

—Lisa, tout le monde sait qu'il sort avec moi.

Elle serre les mâchoires.

—C'est fou ce que tu peux être égoïste, tu sais ça ?

—Eh ! Tu es injuste…

—Écoute. Tout ce que je te demande, c'est de ne pas lui faire les yeux doux. S'IL TE PLAÎT. Ce serait humiliant. Il est aussi mon ami. Jure-le !

Je soupire, mais j'ai mauvaise conscience.

—OK, OK. Puisque tu insistes. Et de toute façon, on ne se fait pas des mamours. On a horreur de ça.

—Oui, bon.

Elle me lâche le bras et me passe devant.

Nous allons au lycée dans deux voitures différentes puisque les deux garçons sont venus chacun de leur côté. Mark a emprunté la voiture de son père et je la trouve très classe. Intérieur cuir et lecteur de cassettes stéréo. Je suis tellement excitée que je danse presque sur mon siège. Quand on arrive au bahut, je suis tellement perchée que j'attrape Mark par la main et l'entraîne dans la salle en courant.

Le dîner est correct – poulet sauce citronnée – mais je suis trop occupée à bavarder et ne fais que picorer. Une fois le repas terminé, on se met tous à danser comme des fous jusqu'à être en nage.

Quand l'orchestre entame *Goodbye Yellow Brick Road*, la chanson choisie par notre classe comme air de ralliement, Sam m'invite à danser. C'est le premier slow de la soirée et je n'ai encore jamais dansé le slow. Le tissu du smoking de Sam est rêche et je me demande comment il fait pour le supporter. Je pose mes mains sur ses épaules et il pose les siennes sur mes hanches, et il chante les paroles de la chanson pour me faire rire. C'est à la fois agréable et gênant. Je suis contente qu'il m'ait invitée à danser le premier slow. J'espère que quelqu'un a invité Lisa à le danser, mais je ne la vois nulle part. Du moins Mark s'est-il trouvé une cavalière. Il me décoche un clin d'œil. Je lui rends son clin d'œil en rougissant.

J'ai promis à Lisa que Sam et moi ne nous ferions pas de mamours. J'espère que ça ne compte pas. Mais il est mon petit copain après tout.

On s'amuse comme des fous jusqu'à ce que Mme Evans arrive. C'est la prof de gym à qui Sam a « confessé » être l'auteur des graffitis sur le mur du gymnase, au premier semestre, et elle ne s'est pas privée de le lui rappeler tout au long de l'année. Elle pense qu'il a défiguré son cher gymnase. Elle cherche Sam des yeux, puis nous torpille du regard en secouant la tête d'un air dégoûté.

Je sens que la gaieté de Sam est en train de sombrer. Il se gratte le front, puis cesse de plaisanter avec les autres et va s'asseoir tout seul au bout de la table. En l'espace de quelques minutes, il a perdu sa bonne humeur.

Dana et moi sommes en train de papoter quand je remarque la tête de Sam. Je ne suis pas censée le materner, mais c'est moi qui lui ai dit d'emmener ma sœur au bal et je me sens tout de même un peu responsable s'il ne s'amuse pas autant qu'il le devrait.

—Hé ! lancé-je en m'approchant de la table. Tu ne vas tout de même pas laisser Mme Evans te gâcher ta soirée.

Je lui donne un petit coup de pied.

—Allez, viens,

—Bon sang, elle ne peut pas me laisser tranquille ne serait-ce que pour un soir ? Je ne savais pas qu'elle allait venir jouer les chaperons. T'étais au courant ?

Il repousse sa chaise, pose ses coudes sur ses genoux, comme s'il allait se mettre à vomir, puis dit :

—Depuis cette histoire de graffiti, elle ne me lâche plus d'une semelle. Je ne peux pas me permettre de perdre ma bourse, Annie. Pourquoi faut-il qu'elle vienne jusqu'ici pour me rappeler que je mène une vie misérable ?

—Ta vie n'est pas misérable. Et tu ne vas pas perdre ta bourse. Tout va bien se passer. Bientôt, ce sera de l'histoire ancienne tout ça. Ce ne sont pas quelques… petites erreurs qui peuvent tout changer.

En réalité, je me fais un sang d'encre. À supposer que la fac rejette son dossier ? Sam a tout misé sur cette bourse de UCLA. C'est sa seule chance. Il ne peut pas se permettre de la laisser passer. Je serais volontiers allée plaider sa cause auprès de M. Galanes, mais ce qui est fait est fait et si UCLA a été mis au courant de son dernier renvoi, il n'y a rien qu'on puisse faire.

Sam me regarde et essaie de sourire. Mais il a tout de même l'air taciturne.

Me saisissant la main, il suggère :

—Qu'est-ce que tu dirais de sortir faire un tour ?

—Oui. Bonne idée. Cassons-nous de ce bal.

Je promène mon regard sur la salle. Des filles ravissantes en robes pastel. Des gars en smoking. Un million de ballons noir au plafond et sur la piste de danse. Des assiettes et des couverts sales empilés sur les tables, et des desserts. On s'amuse bien ici. Pourquoi est-ce que j'ai envie de partir ?

Mais Sam serre ma main dans la sienne.

—Annie.

Et quand je me retourne, il a l'air si triste. Qu'est-ce qui est le plus important ? Que je console Sam ou que je continue de faire la fête ?

—Mais on n'a pas encore dansé sur *Stairway to Heaven* !

—Pas grave, on l'écoutera dans la voiture.

—OK, mais Lisa…

—Dis-lui de rentrer avec Tindall. Et dis-lui qu'on se retrouve tous chez Ellie pour faire la fête.

J'hésite.

—Attends. Où est-ce que tu veux aller ?

—À la plage.

Son visage s'éclaire pour la première fois depuis que Mme Evans est arrivée.

—C'est la pleine lune. Et il commence à faire bon le soir. On peut faire un saut à la plage et aller à la fête ensuite directement pour ne pas avoir à revenir ici.

Je dois avoir l'air d'hésiter car il ajoute :

—S'il te plaît. J'en ai par-dessus la tête de ce bahut. J'ai envie de partir.

—OK, OK. Je vais prévenir Lisa. Attends-moi là.

Lisa est en train de danser en agitant ses mains au-dessus de sa tête et elle a vraiment l'air de s'éclater pour une fois. Je suis immensément soulagée, parce que je me demandais où elle était passée. Alors, plutôt que de la déranger, je vais voir Mark qui se trouve à quelques pas de l'orchestre avec une bande de copains.

—Eh ! je lui dis en lui tapotant le bras. Tu veux bien ramener Lisa après le bal ? Sam et moi, on va faire un tour à la plage.

Il ajuste ses lunettes.

—Toi et Sam, hum ? À la plage, hum ? crie-t-il exprès pour que tous ses copains l'entendent. Eh, ben, il était temps !

Il éclate de rire, puis lance :

—Éclatez-vous bien ! Mais pas trop, hein ?

—Ce n'est pas ce que tu t'imagines, soupiré-je.

Quoique… c'est peut-être justement ce qu'il s'imagine. On verra bien.

Sam et moi nous esquivons par la porte de derrière. Dehors, l'air printanier délicieusement rafraîchissant me monte à la tête. Il a dû pleuvoir brièvement pendant quand nous étions en train de dîner car il subsiste une odeur de pluie. Je me sens bien dans ma longue robe de soirée. Elle est rouge et soyeuse et je l'adore.

La voiture de Sam n'est pas à proprement parler le carrosse de Cendrillon. Une odeur de moisi et de soupe de poulet m'assaille quand je m'installe sur le siège passager. La banquette est tapissée de vieux tissu bouloché et usé jusqu'à la trame. À un endroit, il y a une grosse déchirure qui laisse voir la mousse en dedans. J'abaisse ma vitre d'un poil pour laisser entrer l'air frais.

Sam allume la radio réglée sur sa chaîne de rock préférée. Avec quatre frères et sœurs aînés, Sam s'y connaît bien mieux en musique que moi. Mais toujours est-il que je n'aime pas le rock et qu'il le sait. J'écoute deux airs, puis je craque.

—Est-ce que je peux changer de fréquence ?

Il vient juste de se garer sur l'aire de stationnement qui surplombe l'une des plus petites plages des environs. Sam a suggéré qu'on vienne ici plutôt qu'à la grande plage où tous les copains du bahut vont aller après le bal.

—Changer de fréquence ? Mais c'est la seule chaîne de radio potable.

Ce n'est pas *la* seule chaîne de radio potable…

—Tu ne vas pas commencer. Tu sais que c'est du rock…

—Et toi, tu sais que j'en ai marre d'écouter ces vieux machins à chaque fois ! Pourquoi se repasser en boucle les mêmes morceaux cinquante fois alors qu'il y a des trucs nouveaux infiniment plus sympas qui sortent chaque jour ?

—Annie, tu me fends le cœur.

Il secoue la tête et coupe le moteur. Le silence se fait et j'entends une vague s'écraser contre les rochers en contrebas à travers ma fenêtre entrouverte.

—Au fait, tu sais que tu es sublime ? Je ne voulais pas te le dire devant Lisa et Mark, mais c'est la vérité.

—Non, arrête, dis-je en riant. Tu as critiqué mon chignon.

Il jette les clés sur le tableau de bord.

—Je ne l'ai pas critiqué. Je t'ai simplement imaginée avec les cheveux défaits. Mais ça te va bien quand même.

Je me sens rougir. Comme je ne sais pas quoi dire, je change de sujet.

—Merci d'avoir accepté d'accompagner Lisa au bal. Elle l'aurait très mal pris si j'avais eu un cavalier et pas elle.

J'ai malgré tout des remords. J'aurais préféré que Sam soit mon cavalier. Mais pour finir, lui et moi nous sommes retrouvés.

—Oh, ce n'est rien. C'est juste une chose parmi tant d'autres que tu m'as poussé à faire au cours des quatre dernières années.

Il balaie cette pensée d'un revers de main et ajoute :

—Et non seulement mon frère Dany m'a aidé à louer ce smoking, mais il m'a fourni en bière pour la soirée.

Il enjambe la banquette et passe à l'arrière pour s'emparer d'un pack de bière posé sur le plancher, puis revient à l'avant.

—Je vois… c'est pour ça que tu voulais sortir faire un tour ? dis-je en considérant la bière d'un œil suspicieux. Tu veux commencer à boire ?

Je suppose qu'il y aura de l'alcool à la fête où nous allons ensuite, mais je suis surprise malgré tout.

—Tu en veux une ?

Avant même que j'aie pu réagir, il sort un décapsuleur de la boîte à gants et débouche une canette. Je la prends, ce ne serait pas poli de refuser. Et puis je ne veux pas avoir l'air d'une nana complètement coincée. Je n'ai jamais bu de bière de ma vie, mais il n'est pas obligé de le savoir. La première fois que j'ai bu de l'alcool, c'est quand nous sommes montés sur le toit du bahut. Et j'ai détesté ça. Mais peut-être que la bière a bon goût, un peu comme du soda ?

Je prends une gorgée. C'est pétillant et amer. Je m'oblige à déglutir, puis je pose ma bouteille. Sam descend la sienne comme si c'était de la limonade. Mince alors. Comment fait-il ?

—Ça va ?

Sam hausse les épaules.

—Pas vraiment. Je n'arrive pas à croire que le semestre est presque terminé. Et je me fais du souci pour ma bourse. Je n'arrête pas d'y penser. Même si je ne suis pas sûr d'avoir envie d'aller en Californie. Je n'ai pas envie de partir.

Je lâche un petit rire.

—Sam. Tu es tellement stressé. Je n'ai jamais connu quelqu'un d'aussi stressé que toi. Tu vas t'éclater en Californie.

—Ah, ouais ?

—Écoute, je comprends que tu sois anxieux. C'est tout à fait normal. Ton père a été malade, et maintenant tu vas partir très loin, et puis tu en as vu des vertes et des pas mûres cette année. Je veux simplement dire que je n'aurais pas dû suggérer qu'on aille faire une bataille de boules de neige sur le terrain de golf le jour de la Saint-Valentin. J'ai tout gâché.

Il prend une autre gorgée de bière et sourit tristement.

—Mais moi, j'ai trouvé ça cool. C'était une super idée. C'est bien ça, le drame. Je veux dire que… chaque fois que tu me le demandes, je suis prêt à foncer avec toi. Mais je suppose que tu le sais déjà.

Je hausse les épaules.

—Je ne sais pas pourquoi tu es toujours partant. Et c'est encore pire avec Lisa et ses idées délirantes. Je ne comprends pas que tu acceptes.

Il se mord l'intérieur de la joue.

—Parce que.

Il se met à gratter l'étiquette de sa bouteille avec son ongle puis ajoute :

—C'est parce que je t'aime.

Je lève les yeux vers lui.

—Tu m'aimes ?

Je suis soudain prise de panique. Il veut sûrement dire qu'il m'aime comme une amie. Non… il *m'aime* vraiment. J'ai tellement attendu qu'il me le dise, et voilà que je suis terrifiée.

—Quoi ? dis-je avec un filet de voix.

J'ai besoin qu'il me le dise à nouveau. Qu'il clarifie la situation.

Il pose sa bière et me prend la main. Il la serre fort puis enlace ses doigts avec les miens.

—Je t'ai toujours aimée.

Je dis, incrédule :

—Non, ce n'est pas vrai.

Ça ne peut pas être vrai. Je sais qu'il est sorti avec deux autres filles cette année. Rien de sérieux, mais n'empêche. Il est en train de se faire du cinéma.

Mon cœur se met à cogner dans ma poitrine. Je suis dans le déni. J'aime Sam, bien sûr. Je suis même jalouse que Lisa ait scotché sa photo sur sa tête de lit et j'ai failli l'en arracher.

—Si, Annie, et tu le sais très bien.

—Depuis quand ?

—Depuis toujours.

Soudain, ça me saute aux yeux. La façon dont il me regarde. Il n'a l'air ni sceptique, ni critique, ni hésitant ou exaspéré. Il est transi d'amour.

Oh, mon Dieu, comment en suis-je arrivée là ? Je suppose que c'est parce qu'il est Sam Parsons, le fort en maths et en foot, que tout le monde aime bien. Celui qui *n'est pas mon genre*. Le garçon inatteignable.

Ou peut-être qu'il est précisément mon genre, et tout à fait atteignable, mais que je ne l'ai pas compris.

Au clair de lune, dans son smoking, Sam est rayonnant, il a l'air plus mûr. Je ne suis pas certaine d'être à ma place ici.

Tout va bien. Il t'aime. Tu ne peux pas tout foirer.

J'essaie de me détendre. Je prends une longue inspiration et j'expire lentement. Je suis avec Sam, un garçon que je connais depuis toujours.

Je saisis ma bière avec ma main libre et j'en prends une gorgée. À ma surprise, elle a meilleur goût que la première. Je la sens glisser le long de ma gorge et me réchauffer les côtes.

C'est la nuit la plus délirante que j'aie jamais vécue. J'ai hâte de la raconter à Dana.

Mais il vaut mieux que je n'en parle pas à Lisa, en revanche. Sam était censé être son cavalier et je le lui ai ravi. Qu'est-ce qu'elle va penser? Est-ce qu'elle va encore piquer sa crise?

Bien sûr que oui.

Sans relâcher ma main, Sam m'observe. Il attend ma réponse. Mais je ne sais pas quoi dire. Ou faire. Est-ce que je suis censée lui dire *moi aussi, je t'aime*? J'ai la gorge sèche et serrée. Et avant que j'aie pu prononcer un mot, il s'approche.

Il tend la main, comme pour replacer une mèche de cheveux derrière mon oreille. Mais je sais que mon chignon est parfaitement en place et qu'il n'y a pas de mèche folle. Il effleure mon cou de ses doigts. Je ferme les yeux. Sam me touche avec une telle douceur, nom d'un chien. Et juste au moment où j'ouvre les yeux, il se penche vers moi et m'embrasse. C'est intense et irréel, sa bouche sur la mienne, ce goût malté et sucré comme du caramel. C'est comme s'il m'embrassait à nouveau pour la première fois. Mon corps a envie de voler vers le sien et de se fondre en lui.

Quand il se recule un instant, j'arrive à peine à reprendre mon souffle. Mais je ne veux pas qu'il s'arrête. Je me sens soudain fébrile et pleine d'énergie, et je lui rends son baiser. C'est fou. J'ai envie de m'arracher à mon siège et de me blottir contre lui.

—Sam!

Je l'empoigne par son col de chemise et me mets à crier:

—Pourquoi est-ce que tu ne me l'as pas dit avant?

Il rit.

—Eh, du calme, Karlsson. J'ai attendu ce soir pour te le dire, explique-t-il calmement d'une voix grave et rauque et terriblement séduisante que je ne lui connaissais pas. Annie.

J'adore la façon dont il dit mon nom. Je ne peux pas m'empêcher de sourire, mais il est tout à fait sérieux, ce qui me rend encore plus heureuse.

—On ne pourrait pas s'installer à l'arrière ? m'écrié-je. On aurait plus de place.

Il hoche la tête.

L'air frais du large me donne la chair de poule quand je sors de la voiture. J'entends la mer déferler sur la plage. Quand je monte à l'arrière, la fraîcheur me pousse à me réfugier dans les bras de Sam. Je me sens vraiment bien avec lui.

Nous échangeons un long baiser intense, comme si nous avions des années de baisers à rattraper. Et quand nous nous allongeons sur la banquette arrière, je ris parce que je suis heureuse et que nous sommes à l'étroit. Il passe sa main sous mon genou pour que je ne tombe pas de la banquette et – c'est encore mieux. Ma robe remonte toute seule parce qu'elle est fendue, mais ça m'est égal. J'aime sentir son corps contre le mien.

—Il y avait si longtemps que j'en avais envie.

—Chut, Sam. Embrasse-moi.

Quand sa bouche effleure mon cou et que sa main descend jusqu'au creux de mes reins, j'ai l'impression que je vais m'évanouir de plaisir. Je caresse chaque partie de son corps que je peux atteindre, mais ce n'est toujours pas assez. Je veux plus. C'est la meilleure chose que j'aie jamais faite dans ma vie. Nos corps s'emboîtent parfaitement l'un avec l'autre et je commence à comprendre que nos vies aussi. Et je me demande pourquoi nous ne l'avons jamais fait avant. Sam passe un long moment à m'embrasser à la base du cou, et je retiens sa tête.

—Je suis désolé si je ne t'ai pas parlé pendant des semaines après la bataille de boules de neige, quand je me suis fait arrêter, s'exclame-t-il soudain en se reculant.

—Oh.

Prise au dépourvu, je réponds :

—Ce n'est pas grave. Je t'ai déjà dit que tout était ma faute.

Il me serre contre lui, sa main sur ma hanche.

—Non, ce n'est pas vrai. On était tous d'accord pour aller au terrain de golf. C'est juste que j'ai parlé de toi à mon père, croyant qu'il serait content pour moi, mais il est devenu furieux. Il m'a dit qu'au lieu de penser aux filles, je ferais mieux de me concentrer sur mes études.

—Sam. Ce n'est pas grave. Simplement, il ne faut plus que ça arrive.

Je le regarde au fond des yeux et ajoute :

—N'écoute pas ton père. Il a une mauvaise influence sur toi et il se trompe de bout en bout. Il faut que tu te concentres à cent pour cent sur les filles au contraire.

Il sourit.

—Ne t'en fais pas pour ça. Je pense à toi tout le temps. Je te l'ai dit, je t'aime.

—Oh ! Tu te conduis si bizarrement ce soir.

—Je te désire comme un fou.

Je rougis violemment.

—Moi, Sam ? Non, voyons.

Je regrette aussitôt mes paroles. On dirait que j'ai été programmée pour le contredire systématiquement. Mais n'empêche, comment peut-il éprouver un tel désir pour moi, une gamine idiote et immature ?

Ma réponse n'a pas l'air de le décourager.

—Si, Annie, je t'assure.

—Dès que je t'ai vue, ce soir, je n'ai pu penser à rien d'autre qu'à l'envie d'être seul avec toi. J'y pense chaque jour. Il resserre son étreinte et murmure :

—Ça me tient éveillé la nuit. J'ai l'impression de devenir fou.

Oh, mon Dieu, je dois être en train de rêver. Est-ce vraiment ce qu'il ressent ?

Je t'aime, c'est quelque chose de merveilleux, mais c'est un truc qu'on dirait à sa mère, à sa meilleure amie ou à son chat.

J'ai besoin de toi, idem. C'est quelque chose qu'on dirait à son binôme en classe de sciences ou à sa coéquipière de softball.

Par contre, *Je te désire*, c'est ce qu'on dirait à un amoureux. Cela signifie que ton cœur a fait un choix et qu'il se réserve pour quelqu'un de spécial. Personne ne m'a jamais dit ça avant. Si bien que, combiné à *Je t'aime*, c'est un véritable détonateur.

Mais comment accorder ses attentes avec le réel ? Je cherche quoi dire puis :

—Je dois retirer ma robe ? demandé-je.

Il marque une pause et inspire profondément.

—Tu veux ?

—Oui.

Avec mes bras autour de lui, je suis sûre que c'est la bonne décision, c'est pourquoi je dis « Absolument », comme si je l'avais fait un million de fois avant.

En réalité, je ne sais pas ce qu'il a en tête, mais je suppose que c'est *ça*. Je me rappelle l'essentiel du cours d'éducation sexuelle de quatrième, mais pas de tout, pas précisément. Je tournerais probablement de l'œil si je voyais un garçon à poil. Mais je ne suis pas du genre à me dégonfler. De sorte que je me plie en deux pour dézipper la fermeture à glissière sur le côté de ma robe.

Je ne l'ai ouverte que de trois centimètres quand il m'arrête.

—Hum… Attends. Pas ce soir.

Il inspire à nouveau profondément, soupire.

—Je veux dire que, j'en ai envie bien sûr. Mais je n'ai pas ce qu'il faut sous la main.

—Ce qu'il faut… ?

J'ai vraiment l'esprit embrouillé, parce qu'il me faut une bonne minute avant de comprendre.

—Ah, oui, bien sûr, dis-je en souriant. Tu veux dire que Danny t'a aidé à choisir un smoking, qu'il t'a fourni la bière mais pas les préservatifs ?

Je pousse un soupir théâtral.

—Quelle sorte de grand frère est-ce pour manquer ainsi à ses devoirs fraternels les plus élémentaires ?

Sam me serre dans ses bras et m'embrasse sur la joue.

—Ouais. Il n'a pas assuré du tout sur ce coup-là.

Il enfouit son nez dans ma joue.

—C'est pas grave, Sam, m'écrié-je, et je le pense vraiment. Je veux le faire quand même.

—Non. On va attendre. Peut-être le week-end prochain ? Mes parents ne seront pas là. Tu pourrais venir à la maison.

Je hoche la tête.

—D'accord. C'est noté.

Est-ce que je viens de prendre rendez-vous pour une partie de jambes en l'air ? Hum, je ne vais penser à rien d'autre de toute la semaine.

—Annie.

—Sam.

Je souris et quand je pose ma main sur sa joue, je sens quelque chose s'ouvrir dans mon cœur. Et soudain, ça me vient tout naturellement, et je dis :

—Moi aussi, je t'aime.

—Ma chérie, je veux que tu viennes en Californie avec moi. Fais transférer ton dossier là-bas. Ou bien, je reste ici et j'oublie UCLA. Je pourrais travailler dans l'entreprise de mon père.

—Chut, Sam. Ce n'est pas une bonne idée. Et puis je ne veux pas en parler maintenant.

—Mais les relations à distance, c'est dur. Et la Californie, c'est loin. Je n'ai pas envie que tu rencontres quelqu'un d'autre et…

—Arrête.

Je lisse ses cheveux et le regarde dans les yeux.

—Je ne vais pas rencontrer quelqu'un d'autre. Et puis on a le temps d'en reparler.

—Promets-moi au moins que tu vas y penser. Tu pourrais faire ta première année de fac ici et ensuite transférer ton dossier dans une fac californienne.

—Sam. ARRÊTE. Je vais y réfléchir. S'il te plaît. On est en train de parler de ma vie et de mon avenir là…

Notre future.

—Je ne peux pas planifier mon cursus universitaire et ma carrière professionnelle là, tout de suite, dans cette voiture. Tu comprends.

Il hoche la tête, déçu.

On a passé l'heure suivante dans la voiture à s'embrasser et à bavarder, mais aussi, par moments, à rester allongés l'un contre l'autre sans rien dire. Il me caresse le bras et je défais quelques boutons de sa chemise pour pouvoir toucher sa poitrine. C'est dur à expliquer, mais j'ai envie de plus, même s'il est ici, étendu tout contre moi, et je ne sais pas comment calmer ce feu qui me consume. Je laisse ma robe dézippée pour qu'il puisse glisser sa main dans la fente et me toucher le dos. Je n'ai jamais eu de relation aussi intime avec quelqu'un. C'est effrayant et en même temps cela semble aller de soi.

—Je t'aime, répète-t-il.

—Comment ça? Je ne t'ai pas entendu le dire, les quatre premières fois.

Il me chatouille. Je ris et manque tomber de la banquette. Il me tient serrée. Je voudrais que ça ne finisse jamais.

Mais il est minuit passé depuis longtemps déjà. Mon carrosse est redevenu une citrouille et ma sœur va se demander où je suis passée et se faire du souci pour moi. C'est pourquoi nous remontons à l'avant de la voiture et commençons tout doucement à nous rendre à la soirée.

J'aimerais que l'histoire de mon bal de fin d'année s'arrête là. J'aimerais pouvoir dire à Sam de me ramener à la maison, où ma sœur est déjà en train de dormir à poings fermés, et qu'il m'embrasse dans l'allée privative avant de s'en aller. J'aimerais pouvoir dire que nous avons passé un merveilleux été, lui et moi, et que nous nous sommes fait nos adieux avant de partir chacun de son côté à l'université ; et qu'ensuite j'ai croisé Peter à Boston et que le hasard a voulu que nous nous retrouvions ensemble.

Parfois, il m'arrive de regretter que nous ayons bu ces bières, à cause de ce qui s'est passé ensuite.

Son dernier jour

Luna

Je n'arrive pas à croire qu'Annika a dit que Peter la suivait partout comme un fantôme alors qu'elle ne peut pas voir ce que je vois. J'aimerais pouvoir lui dire : *Tu as raison, Peter est ici avec nous !*

Comme Annika, j'ai longtemps cru que Peter était invincible. J'ai cru que rien ne pouvait l'arrêter. Et le fait est qu'il était très convaincant, même quand il passait par une phase difficile. Il irradiait une telle force intérieure qu'on ne pouvait pas imaginer la vie sans lui.

Le jour où Peter décède est un jour ordinaire. Le soleil brille, les vagues déferlent, la terre tourne.

Notre maison n'a pas d'étage car ce serait trop compliqué pour Peter de monter et de descendre les marches chaque jour. Mais nous avons un superbe plain-pied, spacieux, avec des vues magnifiques sur l'océan. Il y a malgré tout quatre marches que Peter doit gravir pour atteindre le porche quand il a parcouru le sentier qui mène à la plage.

Assise sur un carré de gazon, j'observe Peter monter lentement les marches en s'aidant de ses béquilles. Donovan se tient au pied du perron derrière lui. Ils viennent de passer plusieurs heures à la plage et les maillots de bain sont mouillés. Peter a les joues rouges à cause de l'effort. Donovan tapote machinalement la rampe, une serviette de bain autour du cou. Il est aussi grand et bronzé que son père. Il grandit à toute allure car il a un appétit d'ogre. Il pourrait monter les quelques marches au pas de course, mais il s'oblige à attendre pour laisser son père passer en premier.

—Désolé, marmonne Peter par-dessus son épaule quand il atteint enfin le porche.

—Pas de souci, répond Donovan en jetant un coup d'œil à sa planche de surf vert fluo posée dans l'herbe.

—Tu ne devrais peut-être pas te baigner quand la mer est aussi agitée. Tu as l'air fatigué.

—Je me sens bien, dit Peter en s'essuyant le front. J'ai besoin d'exercice.

On est au milieu de l'été et l'air est chargé d'humidité. Je m'assieds à l'ombre d'un grand arbre. Heureusement que je ne transpire jamais parce que la transpiration a quelque chose de dégoûtant.

—Tu as bu pas mal la tasse, dit Donovan, soucieux.

—Pas grave, j'adore l'eau salée.

Donovan fait la moue.

—Pourquoi est-ce que tu ne t'achètes pas une prothèse waterproof ? C'est pas donné, mais tu en as les moyens.

Peter se tapote la poitrine.

—Parce que c'est un bon exercice. C'est un challenge de nager sans. Je suis content de ne pas être obligé de me servir d'une prothèse pour tout.

Je les ai regardés nager ce matin. Ce sont deux très bons nageurs et Donovan aide son père à aller dans l'eau et à en ressortir.

—Le déjeuner est prêt !

Le père et le fils relèvent la tête quand Annika les appelle depuis la fenêtre de la cuisine.

Donovan a l'air ravi.

—Super ! J'ai une faim de loup. Je me rince les pieds et j'arrive.

Il gravit les marches en deux enjambées, puis va dérouler le tuyau d'arrosage posé sur le plancher.

Peter en profite pour souffler un peu. Il s'appuie sur ses béquilles et scrute la maison. Il fait un petit signe de tête. Annika a dû le voir depuis la fenêtre.

—Tu aides à débarrasser après le déjeuner, compris ?

Donovan s'empare du tuyau, l'enroule au petit bonheur et le balance en tas sur le porche.

—Oui, p'pa… mais j'ai dit à Colin que je le retrouvais au parc, alors je suis un peu à la bourre.

—Donovan.

La voix de Peter se durcit.

—Tu peux prendre dix minutes pour aider à débarrasser.

Le garçon roule les yeux. Il remet un peu d'ordre dans ses cheveux, qu'il porte longs et attachés sur sa nuque avec un élastique.

—On verra.

—Il n'y a pas de *on verra.* Je veux que tu aides à débarrasser. Tu n'es pour ainsi dire jamais à la maison et je ne sais même pas où tu es quand tu pars en vadrouille. Tu m'écoutes ? Ta mère part aujourd'hui pour une semaine, et j'aimerais que tu passes un peu de temps avec elle. Sans ta mère, on n'est rien.

—Comment ça ?

Peter fait un geste de la tête en direction de la maison, puis il regarde autour de lui.

—La vie, sans elle, ça ne fonctionne pas.

Ils restent un moment sans bouger. Il y a une légère brise marine qui doit faire l'effet d'un baume sur leur peau nue. Mais comment savoir ? Je suis couverte de fourrure.

Je m'extirpe de mon coin d'ombre sous l'arbre et gravis les marches pour me diriger tout droit vers la cuisine. Je suis curieuse de savoir ce qu'il y a à manger.

Ça sent délicieusement bon. Mais ils sont toujours en train de discuter et je tends l'oreille.

—Tu dois faire plus d'efforts. Tu ne peux pas passer tout ton temps avec tes amis. Et tu ne peux pas continuer à piocher des sous dans mon portefeuille. Tu vas te trouver un job d'été.

—Papa. Tu vas pas remettre ça.

—J'en ai assez : ta mère ou moi devons sortir la poubelle alors qu'on t'a dit dix fois de t'en occuper. Tu sais très bien qu'il y a des choses que je ne peux pas faire, et j'ai le sentiment que ta mère se tape tout le boulot…

—Papa, s'il te plaît.

En deux bonds, Donovan file chercher sa planche de surf pour la passer sous l'eau. J'ai remarqué que

Donovan préfère sauter que marcher. J'imagine que Peter était comme lui quand il avait son âge.

—Tu es en pleine forme. EN PLEINE FORME, et tu fais tout ce que tu peux. Mais moi, je n'arrête pas. Pas une seconde.

—D'accord, tu en fais plus que l'année dernière, mais ça n'empêche pas que…

—On a passé une super matinée, et maintenant tu es en train de tout gâcher ! Merci, super !

Donovan a fini de rincer sa planche. Il balance le tuyau par terre et s'approche de la baie vitrée d'un pas rageur. Il l'entrouvre pour que je puisse entrer, mais je me recule pour le laisser passer. Je n'apprécie pas qu'il réponde à son père. Je décide d'attendre Peter.

Peter est un homme magnifique. C'est un grand conteur d'histoires. Un gardien des secrets du monde. Peut-être même un descendant du roi Arthur lui-même ! Et Donovan lui parle mal. C'est une honte.

Quand Peter me rejoint enfin, il me demande :

—Tu entres, Luna ?

Je le regarde sans bouger. Je sais qu'il me porterait à l'intérieur s'il le pouvait. Mais tant qu'il n'a pas mis sa prothèse, il a besoin de ses mains pour tenir ses béquilles. Je suis trop volumineuse pour pouvoir être portée d'une seule main.

Peter s'appuie de tout son poids sur ses béquilles. Je suis sûre qu'il est claqué d'avoir trop nagé. Il reste immobile et je me demande s'il est en train de repenser à la discussion qu'il vient d'avoir avec Donovan. Par moments, il se referme sur lui-même et bataille avec la douleur. J'attends et je lui tiens compagnie.

Au même instant, Annika paraît.

—Tu entres ?

Peter se redresse aussitôt. Ses yeux s'illuminent. L'expression de son visage est celle qu'il prend chaque fois que ma maîtresse lui demande quelque chose et qu'il répond par l'affirmative car il ne veut surtout pas la décevoir.

—Oui, j'arrive. Mais mon maillot est mouillé. Il faut que je me change. J'en ai pour une minute.

—OK.

Elle contemple l'océan derrière lui, les rochers et les algues, une main en visière au-dessus des yeux. Le soleil fait miroiter la surface bleu sombre de la mer.

—Ils ont annoncé une forte houle aujourd'hui. Je préférerais que tu n'emmènes pas Donovan nager quand la mer est agitée. Il n'y a personne pour vous secourir si vous avez un problème.

Peter pose une de ses béquilles contre le mur et essuie son front moite du revers de sa main.

—Ne t'inquiète pas. J'ai l'habitude de la houle et Donovan aussi. Il aurait dû suivre une formation de sauveteur cette année, mais il a un poil dans la main.

Elle fait un petit bruit évasif avec sa gorge.

—D'accord… mais à supposer que tu ne puisses pas regagner le rivage ? Je préférerais que Donovan ne se retrouve pas à devoir sauver son père. Imagine qu'il n'y arrive pas ?

Peter passe sa main dans ses cheveux humides. Il se penche vers elle et la regarde au fond des yeux. Il baisse le ton pour que personne d'autre qu'elle ne puisse l'entendre.

—Parfois, un homme doit traverser l'océan, et sa femme doit le laisser faire.

Il étire sa main libre et lui touche le poignet comme s'il prenait son pouls, puis glisse sa main dans celle d'Annika. C'est admirable, cette façon qu'il a de retourner la situation ; en un clin d'œil, il devient un homme fort et parvient à apaiser les craintes de sa femme.

Les mots sortent de la bouche d'Annika comme un bégaiement.

—Je… je te laisse toujours faire ce que tu veux, et tu le sais. Loin de moi l'idée de t'interdire quoi que ce soit. Je te dis juste d'être prudent.

Elle marque une pause.

—Pourquoi est-ce que Donovan est odieux avec toi ? Je vous ai entendus discuter. Tu peux lui crier après si tu estimes qu'il le mérite. Tu n'as pas à prendre de gants.

Peter a une grimace.

—C'est pas grave. Mon père me criait après quand j'avais son âge, et je n'ai pas envie de… Je pense que ça finira par s'arranger.

—D'accord, et maintenant, rentre te changer.

Il lui tient toujours la main.

—Quand est-ce que tu pars pour Cornell ?

—J'aimerais prendre la route entre quinze et seize heures. Comme ça, je vais pouvoir passer un peu de temps avec vous et rouler un bon bout ensuite avant que la nuit tombe. Je serai de retour samedi après-midi.

Il soupire.

—C'est qui, ces gamins qui prennent des cours de maths en plein mois de juillet ? Ils sont fous.

Elle s'esclaffe.

—Des gamins très, très brillants.

Il entre dans la maison et l'embrasse.

—Tu as un goût de sel, dit-elle. Comme si tu avais bu toute la mer.

Elle retourne à la cuisine. Il la suit clopin-clopant.

Annika a des photos de Peter encadrées sur sa table de nuit. Sa préférée est celle où on le voit détourner le regard de l'objectif, un sourire espiègle aux lèvres. Il incline la tête comme il le fait quand il écoute parler quelqu'un, ce quelqu'un étant généralement Annika. Rien que pour ça, pour cette façon qu'il avait de lui accorder du temps et de l'attention, je l'aimerai toujours.

J'ai une fois entendu Annika appeler Peter, Superman. Mais je sais maintenant qu'il n'est pas un superhéros. Il n'a pas combattu un serpent de mer, il n'est pas vraiment un descendant du roi Arthur. Mais il aurait pu ! Il a vécu sa vie à fond, conscient de la chance qu'il avait.

Et donc, Peter pense qu'Annika devrait être en possession de son journal. Je vais le prendre à Donovan ou trouver un moyen de la mener jusqu'à lui.

Mon grand triomphe

Luna

Danny rentre dans la maison d'un pas de hussard qui fait trembler le plancher. Il a la figure et les mains rouges comme la braise. Je m'attends à ce qu'il fasse une réflexion à Sam et Annika, qui sont assis côte à côte devant le poêle, mais il a l'air de se raviser. Il secoue les pieds pour ôter ses galoches.

—Tout est dégagé depuis la rue jusqu'à l'arrière de la déneigeuse. Bonne nouvelle... il ne neige presque plus et le soleil brille à nouveau. On pourrait presque prendre des coups de soleil.

Sam rit. Il tourne son regard vers la baie vitrée.

—On devrait en profiter pour changer le pneu crevé.

—Pas tout de suite, j'ai besoin de me réchauffer un peu.

Annika fait claquer sa langue.

—Vous ne voulez pas être prêts pour quand ils viendront déblayer l'allée ?

Danny a ôté sa grosse doudoune matelassée, mais il a gardé sa polaire et sa veste fourrée. Il s'approche du poêle pour se réchauffer.

—Trung a dit que le service de la voirie ne sera pas ici avant minuit. Ça nous laisse un peu de temps pour souffler.

—Tu es sûr? demande Sam. Tu semblais pressé de tout régler ce matin.

—Ouais, mais maintenant que je sais qu'il n'y a qu'un pneu à changer, je ne m'en fais pas trop. Où est le whisky?

Annika fronce les sourcils.

—Danny tu ne devrais pas boire toute la journée.

Lisa entre dans le séjour.

—Moi, je veux bien un petit whisky s'il y en a.

Danny répond à la remarque d'Annika par un haussement d'épaules et elle soupire. J'ai l'impression que les humains ne savent plus quoi faire pour se tenir occupés et que le froid mordant commence à leur taper sur les nerfs.

Je décide d'aller chercher le fameux journal, si je peux. Je n'ai aucune envie de quitter le coin du feu. Mais il le faut.

Je me faufile au premier à pas de velours.

Quand j'arrive sur le palier, je m'aplatis sur la moquette et je rampe jusqu'à la chambre de Delilah, parce que j'entends des voix. Comme je m'y attendais, les jumeaux sont affalés sur le lit de Delilah. Ça me rappelle l'époque où Peter nous lisait des livres et nous racontait des histoires le soir.

Je préfère la chambre de Delilah à celle de Donovan. Quand ils ont emménagé ici, Delilah a demandé à sa mère de faire repeindre les murs en jaune pâle. De sorte que, quand l'ombre des arbres bloque la lumière, sa chambre reste lumineuse et souriante. Il y a un tableau en liège accroché au-dessus du lit, sur lequel elle a épinglé des petits papiers colorés et des photos. Une guirlande lumineuse encadre la fenêtre. Elle marche à piles, de sorte qu'elle continue de briller malgré la panne de courant.

Les jumeaux sont adossés au mur, plusieurs plaids empilés sur leurs jambes. Une grosse torche électrique à la main, Donovan éclaire le cahier relié de cuir bleu marine qui renferme le journal de Peter. Je vais devoir attendre que Donovan le remette dans sa cachette, puis le tirer avec mes dents pour l'apporter à Annika. Mais je ne sais pas trop comment je vais m'y prendre étant donné que sa cachette se trouve dans la chambre de Donovan, sur son étagère, parmi tout un tas de gros livres et de cahiers.

Je pourrais me poster devant l'étagère et me mettre à miauler de toutes mes forces. En espérant qu'Annika rapplique avant Donovan. Puis je pourrais montrer les livres avec ma patte, jusqu'à ce qu'elle découvre le journal.

Delilah ricane et se plie en deux.

—Qu'est-ce que c'est niais, grommelle Donovan. Je n'arrive pas à croire que papa a écrit ça quand il était au bahut. J'hallucine.

—Oh, ça va.

Delilah donne une tape à son frère.

—Il était amoureux de maman. Moi, je trouve ça trop mignon. On n'est pas obligés de le lire, tu sais. Et puis, est-ce que tu n'écrirais pas la même chose à propos de Lexi ? Qu'est-ce que *tu* écrirais ?

Donovan pose le journal à côté de lui sur le lit.

—J'en sais rien.

Il frotte ses paumes l'une contre l'autre en réfléchissant.

—D'ailleurs, pourquoi est-ce que tu ne lui écris pas quelque chose ? Un poème ? Une lettre d'amour ?

—Sûrement pas un poème. Mais… tu crois qu'elle aimerait que je lui écrive quelque chose ?

—Bien sûr. Par contre, pas pour lui dire un truc débile, du genre, t'es trop canon. C'est trop superficiel. Il faut que ça vienne du cœur, pour qu'elle sache ce que tu ressens vraiment.

Delilah marque une pause puis ajoute :

—Si tu as vraiment écouté papa quand il était vivant, tu devrais être capable d'écrire quelque chose de chouette.

—Je sais pas. Elle risque de trouver ça nul, dit-il en se grattant l'oreille.

Delilah secoue la tête, les yeux écarquillés.

—Pas du tout. Pas si tu es sincère.

—Peut-être que je devrais lui faire un cadeau plutôt. C'est bientôt Noël et j'avais prévu de lui en faire un de toute façon. Qu'est-ce que tu penses d'un bracelet ou d'un collier ?

—Peut-être, mais un bijou, c'est un peu intime, tu ne trouves pas ?

—Pourquoi tu dis ça ?

—Parce qu'elle va devoir le porter.

Il rit.

—Ouais, j'aime bien le côté intime.

Donovan baisse les yeux sur son téléphone posé sur ses genoux.

—Del, j'ai vraiment envie d'aller chez elle. Je vais exploser si j'y vais pas. Je vais être malade, littéralement, si je la vois pas. Je suis capable de faire quinze kilomètres dans la neige pour la voir.

Elle hausse un sourcil.

—Tu te comportes bizarrement ces temps-ci, je trouve.

—Mais, le problème c'est son père. Et Steve. Tu crois que je devrais lui parler de la photo ?

Son téléphone fait *ping* !

—Attends… c'est elle. Enfin.

Donovan se lève d'un bond et je disparais à la vue.

—Salut, dit-il d'une voix caressante en sortant dans le couloir.

Il s'arrête et s'adosse au mur.

—Oh, oui, je sais, ma chérie. Je suis désolé pour ton père. Il t'a appelée ?

Il ferme les yeux.

—Il t'a crié dessus ? Il a dit *quoi* ? Non. OK, bon… t'inquiète pas. S'il te plaît.

Donovan serre son poing.

—Écoute, on va trouver un moyen. Je te promets. Lexi, s'il te plaît. Pleure pas, tu sais que je…

Il se tourne face au mur et écoute.

—OK, tu me rappelles dès que tu peux. Dès que tu arrives à te libérer.

Donovan retourne dans la chambre de Delilah et remonte sur le lit où il s'assied à côté de sa sœur, jambes croisées. Il se prend la tête dans les mains et geint :

—Je ne sais pas quoi faire.

—Qu'est-ce qu'elle a dit ? demande Delilah en posant une main sur son épaule.

Je crois que c'est le moment. Les jumeaux sont occupés.

Je bondis sur le lit. Delilah me lance un coup d'œil mais Donovan recommence à parler et elle tourne son attention vers lui. Je touche le journal avec mon nez. Le cuir a une odeur douceâtre. Je crois pouvoir y planter mes dents. Mais d'abord, il faut que je le fasse tomber du lit.

Je me mets à lui donner des petits coups de patte pour voir si j'arrive à le faire bouger. Oui.

Je pousse un peu plus fort. Le journal glisse tout près du bord du lit. Tap, tap, tap… et il tombe par terre. Je me fige, m'attendant à un gros *boum*.

Non.

Je m'approche du bord du lit. Le journal a atterri sur un pull ! Parfait ! Les jumeaux n'ont rien remarqué.

Je saute à terre sans faire de bruit et saisis le journal entre mes dents. Il a un léger goût de sel et de transpiration. Je l'emporte jusqu'au couloir, le laisse tomber. Après une pause, je le fais basculer sur la première marche. Ouah ! Qui l'aurait cru ? Boum, boum, je commence à descendre tout en le poussant avec ma patte. Cette fois, il dégringole presque toutes les marches. Je le prends fièrement entre mes dents et le porte jusqu'au pied de l'escalier, puis je le traîne sur le plancher jusqu'au tapis. Et voilà ! Aux pieds d'Annika.

—Qu'est-ce que… ?

Lisa rit. Elle est assise sur le tapis à côté du poêle avec des papiers étalés devant elle, une tasse à la main.

—Qu'est-ce que tu fabriques, Luna ?

—Oh !

Annika a un hoquet de stupéfaction. Elle se penche et ramasse le journal d'un geste rapide.

—Regardez ! Luna m'a apporté le journal de Peter. Incroyable !

Au même instant, Donovan et Delilah dégringolent l'escalier à toutes jambes et manquent presque se télescoper au pied des marches. Donovan vient se planter devant sa mère.

Il écarquille de grands yeux.

—Luna me l'a pris ? Elle l'a descendu jusqu'au rez-de-chaussée ?

Lentement, en prenant conscience qu'Annika est assise tout près de Sam sur le canapé, son visage s'assombrit.

Je le regarde. *Désolée, fiston, mais ton père voulait que ta mère ait ce journal.*

Danny est bouche bée.

—Incroyable ! Je n'ai jamais vu un chat faire ça.

Il prend une longue rasade de whisky.

—Ce chat a réussi à dénicher le journal et pas toi ?

Donovan fait volte-face.

—Comment ça, « pas toi » ? Maman, tu as fouillé ma chambre ?

Delilah s'approche de son frère.

—Ah, ça, non alors ! Maman, tu as fouillé dans la chambre de Donovan ?

—Tu n'as pas regardé mes dessins j'esp… ?

Donovan s'interrompt à mi-phrase.

—Quoi ?

Annika s'affaisse.

—Oui, j'ai fouillé dans ta chambre. Je suis désolée. Je n'aurais pas dû, mais je t'ai demandé je ne sais combien de fois de m'apporter ce journal, Donovan. Je t'ai donné une chance.

Donovan étire brusquement la main vers sa mère et sa voix se brise.

—Je n'arrive pas à y croire. Je n'ai pas fini de le lire. Tu n'as pas le droit. Il est à MOI autant qu'à TOI. Il est à NOUS TOUS.

Il pointe le doigt sur Sam.

—Et puis, qu'est-ce qu'il fait là ? Pourquoi est-ce qu'il est encore là ?

Donovan prend une profonde inspiration et s'écrie d'une voix stridente :

—C'est à cause de lui que papa a perdu sa jambe ! C'est lui qui conduisait le soir du bal de fin d'année !

Annika se penche en avant, essaie de lui prendre la main.

—Mon cœur…

Donovan s'arrache à son étreinte et fait un pas en arrière.

—Je sais qu'il y avait un autre type qui vous est rentré dedans, mais n'empêche que Sam était au volant. Je ne comprends pas comment tu lui permets de rester ici. Tu crois que papa serait content ?

Une larme roule sur sa joue et Donovan l'essuie d'un revers de main. Il est embarrassé, mais il est surtout furieux.

—Pourquoi est-ce que vous êtes encore amis ? veut-il savoir. Ça n'a aucun sens !

Sam et Annika échangent un regard discret. Puis Annika se redresse.

—Donovan, je dois te parler. Et à toi aussi, Delilah, dit-elle en regardant sa fille. Il y a quelque chose que vous devez savoir.

Sam semble dans ses petits souliers. Les jumeaux serrent les dents, craignant sans doute de se faire houspiller.

—Je sais que vous savez que votre père a perdu sa jambe dans un accident de voiture.

Elle s'éclaircit la voix et met de l'ordre dans ses pensées.

—Votre père vous a dit que tout le monde était saoul le soir du bal de fin d'année, sauf lui. Sam, votre tante Lisa et moi avons bu ce soir-là. Votre père était sobre et c'est lui qui a été le plus gravement blessé. C'est la vérité. Mais il y a une chose que vous ignorez…

Elle soupire, presse la paume de sa main contre son front.

Mes moustaches frémissent. On attend, on est tout ouïe.

—Ce n'était pas Sam qui conduisait.

Danny tourne la tête et regarde son frère cadet, l'air confus.

—Comment ça, ce n'était pas Sam qui conduisait ?

Il pose son verre de whisky sur la table basse et vient se poster à côté de Delilah, devant le canapé.

—Mais le rapport de police… et mon père… attendez… Qui est-ce qui conduisait alors ?

Et soudain, je devine de qui il s'agit.

Après le bal, 1987

Annika

Je leur raconte l'histoire. Je passe certains détails que les enfants ne sont pas censés savoir sous silence. Mais je me souviens de chaque minute de cette soirée.

Quand on arrive finalement chez Ellie, je jette un coup d'œil par la fenêtre, soulagée de voir qu'il y a encore plein de monde à la fête. Il y en a sur la pelouse, sur le perron et dans le séjour. Une fille se penche par la fenêtre pour parler à quelqu'un et sa bière se renverse, aspergeant un buisson de houx en contrebas. Est-il possible que personne n'ait remarqué notre absence ?

Sam doit s'y reprendre à trois fois pour garer la voiture, et encore, pas tout à fait comme il faut.

—Je crois qu'il n'y a pas assez de place ici pour toi, dis-je en jetant un regard à la Mercedes derrière nous.

Si par malheur Sam emboutit cette bagnole, ça va lui coûter une paie. Or, il n'a pas les moyens de payer les réparations.

Mais en même temps, je lui fais confiance. Sans vraiment savoir pourquoi. J'ignore s'il est bon conducteur ou pas. Mais il y a beaucoup d'autres choses dans lesquelles il excelle – les maths, le football, embrasser.

À l'évidence, j'ai de la bouillie dans la tête.

—Si on ne se gare pas ici, on va devoir aller à l'autre bout de l'avenue et marcher presque deux kilomètres pour revenir. Et tu portes des talons.

Il secoue la tête.

—Laisse-moi juste une minute, je sais que je peux le faire.

La façon dont il dit ça, en soupirant, me rappelle qu'il est le petit dernier d'une fratrie de cinq et qu'il est constamment rabroué par ses parents qui le traitent de bon à rien. C'est pourquoi je scelle mes lèvres et ne dis plus un mot.

Il réussit à se garer après plusieurs manœuvres. Quand il coupe le moteur et que tout devient silencieux, je m'aperçois que je suis exténuée. Sam reste assis un moment derrière le volant, avec moi à ses côtés. Je suis avec Sam Parsons, en robe du soir, dans la voiture de sa mère.

Mon cerveau se réveille d'un seul coup et je me demande si je le connais aussi bien que je le crois. Il est très populaire au bahut et il n'était pas censé être mon cavalier au bal de fin d'année. Il a l'air préoccupé, comme si quelque chose de terrible venait d'arriver, ce qui reflète exactement ce que je ressens moi-même.

Je me sens rougir tandis que ses paroles m'assaillent à nouveau.

Tu es superbe. Non, ce n'est pas vrai.

Je t'ai toujours aimée. Non, ce n'est pas vrai.

Je te désire. Non, tu ne me désires pas.

J'ai nié systématiquement toutes les paroles qu'il a prononcées dès l'instant où elles sortaient de sa bouche. Je l'ai rejeté, disqualifié. Mais pourquoi ?

Je me mets à paniquer.

Je me demande s'il m'a dit ces choses comme ça, sur un coup de tête. Est-ce qu'il les a dites parce qu'un homme est censé se comporter ainsi en pareille situation ? Est-ce qu'il les a dites pour m'embobiner et que j'ai tout gobé, naïvement ? Est-ce qu'on continuera de se voir pendant les vacances d'été alors qu'on ne traîne pas avec les mêmes gens ? Est-ce qu'on a encore quelque chose à se dire ?

J'en viens à me persuader que ce qui s'est passé entre nous ce soir est probablement terminé, que l'excitation du bal de fin d'année nous a temporairement fait perdre la tête. Je n'ai guère de mal à tirer des conclusions hâtives dès lors que, pendant des mois, Lisa s'est évertuée à me répéter que Sam ne s'intéressait pas vraiment à moi. Je songe : *Ne va pas au-devant d'une déception. Ne sois pas idiote. Tu as des défauts, mais pas celui-là.*

Je rajuste ma robe et m'aperçois que mes chaussures à talons me compriment les pieds et que j'ai mal aux orteils.

—Annika.

Sam attend que je dise quelque chose, les traits de son visage se radoucissent et il pose sur moi un regard tendre et langoureux, mais je n'arrive pas à lui rendre son sourire.

—On y va ? Lisa doit se demander où je suis passée.

Je saisis la poignée et bondis hors de la voiture.

J'entends la portière de Sam s'ouvrir derrière moi mais je l'ignore et mes jambes m'emportent à toute allure en direction de la fête, mes talons s'enfonçant dans l'herbe.

—Annika ! me crie Sam, mais je ne me retourne pas.

—Dépêche ! lui lancé-je en retour. Il est tard. On va rater le meilleur.

Le brouhaha m'indique que la fête bat son plein. Les gens rient ; la musique joue à fond et quelqu'un pousse des cris dans le jardin. Les fenêtres sont ouvertes et le bruit se répand dans tout le quartier. Le printemps est enfin là, et le parfum du gazon fraîchement tondu me monte à la tête tandis que je m'approche d'un petit carré de pelouse parfaitement entretenu. Ici, au centre-ville, les maisons sont proches les unes des autres. Je sens que les voisins ne vont pas tarder à appeler les flics. Si je veux profiter un tant soit peu de la fête, je dois aller à l'intérieur où se trouve le feu de l'action.

Mais alors que je commence à longer l'allée, je découvre que la plupart des filles se sont changées. Elles sont en legging et tee-shirt alors que je porte toujours ma robe longue. J'ai emporté une tenue de rechange, mais elle est restée dans la voiture de Mark. L'espace d'un instant, je me demande si Sam a eu la présence d'esprit de se débarrasser de son smoking et d'enfiler un jean, quitte à changer de pantalon en pleine rue. J'espère que oui. Et j'espère que non.

Je me retourne. Il longe l'allée à ma suite et il est toujours en costard. Il sourit, pensant que je l'attends.

Mon cœur fait un bond dans ma poitrine. Je suis terriblement tendue.

Il me rattrape, me prend la main pour m'aider à gravir le perron. Je titube sur mes talons mais j'y arrive.

Nous entrons dans le séjour, Sam me tenant toujours par la main. La sienne est chaude et confortable, mais je dois résister à l'envie de me dégager de son étreinte. Il salue plusieurs personnes puis se tourne vers moi.

—Allons chercher quelque chose à boire.

Je le suis jusqu'à une table où il y a des bouteilles et des chips à disposition des convives. Sam verse du jus de canneberge dans un verre, puis y ajoute de la vodka. Il prend une longue gorgée. Je trouve le cocktail juste assez sucré pour pouvoir l'avaler d'un trait. Puis je m'en ressers un et le descends cul sec.

—Il faut que j'aille retrouver mes amies, dis-je.

J'ai soudain du mal à supporter son regard. J'ai l'impression que tout le monde dans la pièce nous observe et se demande où nous étions passés. Un rapide coup d'œil circulaire m'indique que ce n'est pas une impression. Les gens ont remarqué que nous nous sommes absentés pendant plusieurs heures. Ils nous scrutent quelques instants, puis les conversations reprennent à voix basse. Est-ce que je suis en train de me monter la tête toute seule ? Qu'est-ce que ça peut leur faire que Sam et moi nous soyons esquivés pendant un moment ? Je sais ce qu'ils ont tous en tête, mais… quand bien même ?

Quand je me retourne, Sam a l'air content. Il me dévore des yeux comme si j'étais la seule personne présente.

—Pourquoi est-ce que tu souris ? demandé-je. Tu es bourré ?

—Non, dit-il, mais sa main se pose sur ma taille et il m'attire à lui pour m'embrasser.

Son baiser est doux et lent, et je me sens fondre. Je n'arrive pas à croire qu'il est en train de m'embrasser devant tous nos camarades de classe, mais mon anxiété finit par s'estomper.

Une douce chaleur m'envahit la poitrine et je me sens attirée par lui comme par un aimant. Je l'attrape par la manche de son smoking et je lui rends son baiser. Ses lèvres sont veloutées et je sens la pression de sa main sur ma hanche. Je voudrais le tenir enlacé jusqu'au lever du soleil et je m'aperçois, stupéfaite, que je n'ai envie de rien d'autre. Pourquoi est-ce que je me faisais tant de souci ? Je me fiche royalement que les autres nous voient. Je pourrais embrasser Sam devant le monde entier. Il est adorable, merveilleux. Il n'y a personne d'autre que lui sur cette planète. Je me sens aimée et comblée.

Jusqu'à ce que j'entende crier mon nom depuis l'autre bout du salon.

—Annika !

J'ai reconnu sa voix avant même que mes yeux l'aient repérée. Lisa me regarde, la bouche légèrement entrouverte, quelques traces de rouge à lèvres rose subsistant sur ses lèvres. Son mascara a coulé et elle est pieds nus. Un tee-shirt extra-large pend mollement sur ses épaules, et elle a défait son chignon serré. Je ne sais pas quoi lui dire, mais je m'écarte instinctivement de Sam. Il a toujours une main posée sur ma taille, son pouce passé sous ma ceinture en satin, comme s'il voulait s'assurer que je ne vais pas lui échapper. C'est comme si un souffle d'air froid s'était brusquement engouffré entre nos deux corps.

Est-ce qu'elle nous a vus ensemble ?

Sam comprend que Lisa a un problème. Mais je ne suis pas certaine qu'il perçoive tous les sentiments qui se succèdent sur ses traits – confusion, chagrin, trahison. Le tout en un quart de seconde. Puis, s'apercevant que Sam est en train de la regarder, Lisa arbore à nouveau un masque de parfaite indifférence.

—Où est-ce que vous étiez passés, les TOURTEREAUX ?

Elle s'approche et me donne une méchante tape sur le bras, laissant une douleur cuisante sur ma peau. Dans son autre main, elle tient un verre de bière brune.

—J'ai flippé. Vous êtes partis pendant des heures. Et toi, Sam, grince-t-elle, je te rappelle que tu es mon cavalier.

—On n'est pas partis des heures, lancé-je pour dévier son attention de Sam. Juste… un petit moment. On est allés faire un tour à la plage.

Je me tourne vers Sam, mais un seul regard me suffit pour comprendre qu'il ne va pas me faciliter la tâche.

—Ouais, une promenade romantique à la plage, clame-t-il sans penser un seul instant que je suis en train de mentir éhontément à ma sœur.

Il bat lentement des paupières puis se tait.

Super !

—Je suis désolée, Lisa. Sam et moi avions besoin de parler.

—Parler.

Lisa pose une main sur sa hanche et nous toise.

—Parler ? Vraiment ? Et de quoi ?

—Du destin. De l'univers, répond Sam avant que j'aie le temps de dire quoi que ce soit. De notre avenir à tous les deux, ensemble, en Californie, pour toujours.

—Tais-toi, Sam, dis-je en plaquant ma main sur sa bouche et en le poussant légèrement en arrière, avant de dire à Lisa : Ne fais pas attention à lui, il est d'une humeur bizarre ce soir.

Elle a l'air sidérée. Je comprends une seconde trop tard que j'ai touché la figure de Sam devant Lisa. J'ai posé ma main sur sa bouche sensuelle. Ce que nous avons fait dans la voiture doit sauter aux yeux, non ? Et puis il a parlé de notre avenir en Californie – même si je n'ai jamais dit que je voulais aller là-bas. Le visage de Lisa vire au rose vif et je sens mon estomac se nouer.

—Hum. Quoi ? proteste Sam, en feignant d'être vexé.

Mais l'étincelle dans ses yeux m'indique qu'il plaisante.

—Annika, je t'aime, dit-il. Pourquoi est-ce que tu me repousses ?

Et voilà. Il n'en faut pas plus pour faire exploser Lisa.

Ses prunelles jettent des éclairs. Elle vacille de côté et je m'aperçois qu'elle est complètement ivre. Un rapide regard à sa main, et elle me jette sa bière à la figure. Le liquide froid m'asperge la poitrine, le visage et les cheveux. Puis le gobelet en plastique tombe à terre.

Sam éclate de rire.

—Qu'est-ce qui se passe, enfin ?

Il écarquille les yeux.

—Qu'est-ce que c'est que ça ?

Je suis contente qu'il n'ait pas perdu sa bonne humeur. Rien ne semble l'abattre ce soir. Lisa ne répond pas. Elle s'éloigne sans bruit. Je secoue la tête, des mèches de cheveux humides fouettent mon visage tandis que des gouttelettes de bière s'éparpillent autour de moi.

—Je crois qu'elle nous en veut de nous être esquivés.

—Sans aucun doute.

—Non… c'est pire que ça. Elle m'en veut d'être partie avec toi. Tu étais censé être son cavalier ce soir. Pour elle, c'est un affront.

—Oui, mais… on avait décidé qu'on irait tous en bande, non ?

Je le scrute. Il n'a pas l'air de tilter. Il ne sait peut-être pas combien elle se sent seule et combien elle voudrait être populaire, sans y parvenir. C'est peut-être aussi bien qu'il ne le sache pas d'ailleurs.

—Oui, c'est vrai. Mais elle ne s'attendait pas à se retrouver seule ici ce soir. C'est moi qui lui ai dit de venir. Et maintenant, elle est bourrée. Elle ne connaît pas très bien Mark et ne savait probablement pas à qui se joindre. J'ai été en dessous de tout.

« En dessous de tout » ne saurait, même de loin, décrire ce que je ressens. Non seulement je l'ai abandonnée, mais je suis partie du bal avec Sam, le genre de garçon qu'elle essaie de séduire, en vain, et l'un de ses rares amis. Je suis la pire sœur qui soit.

J'ai la tête qui tourne.

—Je suis désolée, dis-je à voix basse. Il faut que j'aille chercher Lisa et que je la ramène à la maison.

—Et tu ferais bien de te changer avant de revenir à la fête, ajoute Sam. Je vais vous raccompagner.

Hum. Je ne suis pas certaine que ce soit une bonne idée. À supposer que Sam essaie de m'embrasser devant Lisa, quand nous arriverons chez moi ? De plus, il a bu.

—Non, non, merci. Je vais demander à Mark. Il est mon cavalier, ça ne serait pas chic de ne pas faire appel à lui. Toi, reste ici et éclate-toi. À plus tard. Je ne vais peut-être pas revenir à la soirée. Auquel cas on se voit lundi matin, quand tu passeras me prendre…

—Non. Si tu ne reviens pas, je t'appelle demain.

—OK.

Sam et moi ne nous sommes parlé que quelques fois au téléphone. Ça me provoque des papillons dans l'estomac quand je lui parle, assise à la cuisine, avec le fil du téléphone enroulé autour de ma main, tandis que ma mère s'affaire devant le fourneau.

—D'accord, appelle-moi, dis-je, impatiente d'aller retrouver Lisa.

Je me fraye un chemin dans la foule. Tout le monde m'observe sans chercher à se cacher. Ma robe est couverte de grosses taches sombres de bière. J'essaie de garder la tête haute. Circulez, y a rien à voir, à part deux idiotes de sœurs qui se chamaillent un soir de bal.

Lisa est au premier, assise sur un lit dans ce qui doit être la chambre d'Ellie : murs bleu glacier et remplie de pingouins en peluche. Je trouverais la piaule amusante si Lisa n'était pas en train de pleurer toutes les larmes de son corps dans un mouchoir en papier. J'attrape la boîte de mouchoirs et m'assieds à côté d'elle pour lui frictionner le dos.

—Je suis désolée.

Je ne comprends pas comment cette soirée, qui avait si bien commencé, est allée complètement de travers.

Elle est inconsolable.

—Pourquoi est-ce que tu m'as lâchée ? Tu es vraiment allée à la plage ?

—Oui. Mais pas à la grande plage. On était à White Beach. Je suis désolée, Sam avait besoin de s'échapper un peu.

—Mais pourquoi ? Est-ce que vous êtes allés là-bas pour… ?

Elle n'arrive pas à le dire tout haut.

J'avale ma salive. Le dire tout haut, c'est admettre que ça s'est vraiment passé. Alors que si on ne dit rien, on peut faire comme si ça n'était jamais arrivé. Au moins jusqu'à demain.

—Non, on est allés là-bas pour parler.

Qu'est-ce que je peux dire d'autre ? On n'a pas fait l'amour, mais on s'est dit *je t'aime* ? Est-ce que ça va changer quoi que ce soit ?

—Écoute, je suis désolée. Je n'aurais pas dû te laisser.

—C'est pas grave, dit-elle en aspirant l'air. Je sais que Sam est amoureux de toi. Depuis toujours. Mais c'est un de mes rares amis. Et maintenant, je vais me sentir mise à l'écart. Il ne va plus vouloir voir personne d'autre que toi cet été. Et maintenant que c'est du sérieux entre vous, quand vous allez partir en Californie, et vous éclater, moi je serai coincée ici.

Elle s'essuie la figure avec les mains, ce qui ne fait que lui barbouiller encore un peu plus les joues de mascara.

—Jamais personne ne m'aimera comme ça.

Je secoue la tête.

—Non, Lisa. Il ne faut pas dire ça. Bien sûr qu'un garçon va tomber amoureux de toi. Et puis je n'ai pas l'intention d'aller en Californie. Désolée.

—Arrête de dire « désolée ». De toute façon, je me suis déjà fait une raison. Simplement…

Elle se tamponne les yeux avec un mouchoir.)

—Simplement, j'aurais préféré que ça n'arrive pas ce soir.

—Moi non plus.

Super. Voilà tout ce que nous allons garder comme souvenir de notre bal de fin d'année. On va se trimballer ce mélo jusqu'à la fin de nos jours. Sam et moi disparaissant pendant des heures, arrivant tard à la fête, et nous comportant comme deux tourtereaux, exactement comme Lisa m'avait demandé de ne pas le faire. Lisa ivre et au quatrième dessous me jetant sa bière à la figure, et pleurant ensuite comme une madeleine.

À qui perd gagne, c'est moi la gagnante.

Sauf que je n'ai rien gagné du tout. Je suis rongée de culpabilité.

—Je vais chercher quelqu'un qui nous ramène à la maison, dis-je en me levant et en lui tendant la main. Viens, je suis sûre que Mark sera d'accord pour nous raccompagner.

—Il faut que j'aille faire un tour aux toilettes et que je boive un verre d'eau, dit-elle sans prendre ma main.

—OK. Et lave-toi la figure tant qu'à faire.

Je ne dis pas ça en mauvaise part, mais si nos parents sont en train de nous attendre, il faut qu'on ait l'air le plus normales possible. Je n'ai aucune envie d'expliquer tout le déroulement de la soirée à papa et maman.

Elle se lève, quitte la chambre et remonte le couloir en titubant. Moi, je prends la direction inverse et manque presque entrer en collision avec quelqu'un de grand.

Je lève les yeux. C'est Peter Kuhn, la raie sur le côté, ses cheveux blonds parfaitement en place. Mon binôme en cours de dessin, celui qui a dessiné mes tresses à la perfection.

—Eh, salut, Peter. Tu es beau ce soir, dis donc.

Beau n'est pas le mot qui convient. Contrairement à la plupart des garçons, qui portent des smokings de location mal taillés, le sien est parfait. Il serait tout à fait à sa place sur le tapis rouge à Hollywood.

—Merci, dit-il en fourrant ses mains dans ses poches. Tu n'es pas mal non plus.

—Où est Dana?

—Elle est partie de son côté avec une bande de copains. Et moi j'erre sans but. Cette fête est vraiment bizarre.

Il jette un coup d'œil par-dessus la rampe au chaos qui règne en bas.

—C'est drôle, ici, les gens se prennent des cuites monstrueuses. En Allemagne, les jeunes de notre âge boivent de la bière avec leurs parents très souvent. Ils n'éprouvent pas le besoin de sortir faire la fête pour boire jusqu'à vomir tripes et boyaux.

—Oh. Tu dois nous trouver vraiment ringards.

Je pense soudain à Lisa et je me sens horriblement gênée, pour elle et pour nous tous.

—Enfin, c'est sympa d'être venu à la fête quand même. Tu as vu qu'il y a un piano à queue dans le salon ? Tu pourrais peut-être nous jouer quelques airs.

Il sourit.

—Oui, j'ai vu. Mais je ne pense pas que ça va leur faire plaisir si j'éteins Van Halen et que je commence à jouer du Beethoven.

Je ris.

—Oui, sans doute pas. Au fait… tu n'aurais pas vu Mark Tindall ? Tu vois qui c'est ?

—Oui, il est à l'entresol, en train de faire un concours de bière.

—Oh, non. Il est saoul ?

—Hum… disons que la dernière fois que je l'ai vu, il était en train de courir autour de la table en poussant des cris et en beuglant des tubes à pleins poumons. Donc, oui, indéniablement.

—OK.

Je sens mon corps se vider de son énergie. Je pourrais peut-être demander à Mark de me prêter sa voiture, et plus tard Sam pourrait le raccompagner. Je pense que je suis en état de conduire.

Peter a dû remarquer ma contrariété car il me demande :

—Il y a un problème ?

—J'espérais que Mark pourrait nous raccompagner, ma sœur et moi. Elle est complètement schlasse. C'est elle qui m'a jeté sa bière à la figure.

Je désigne d'un geste ma robe mouillée.

—Et elle a passé une soirée horrible à cause de moi.

—À cause de toi ?

Il se gausse.

—Comment ça ? Tu es une excellente élève, non ? Forte en maths, forte en philo… ? Tu ne me fais pas l'effet d'une fille qui cherche les embrouilles.

Je ris. Ouah, il a l'air de plutôt bien savoir qui je suis. Je suis flattée.

—Et pourtant, si, je crée des embrouilles, dis-je en lui donnant une tape sur le bras. Je n'ai fait que ça depuis que j'ai mis les pieds pour la première fois dans ce lycée, il y a quatre ans. On voit que tu ne me connais pas vraiment.

Il ricane.

—Non. Pas encore en tout cas. Bien, ça te dirait de t'asseoir et de faire un brin de causette ? Le temps que ta sœur fasse un somme et dessaoule un peu.

Il se penche un peu vers moi et ajoute :

—J'aurais bien aimé faire un autre portrait de toi, mais l'occasion ne s'est pas présentée. On pourrait peut-être se voir pendant l'été.

Quelque chose dans sa façon de me regarder quand il dit ça me fait monter le rouge aux joues. Peter a l'air plus sûr de lui que la plupart des garçons de ma classe, qui savent à peine aligner deux mots. Je ne peux m'empêcher de sourire.

Son sourire à lui est éblouissant. Il pourrait stopper le trafic.

Mais j'ai un petit ami. Un petit ami adorable.

—Il faut qu'on trouve un moment pour faire un autre portrait de moi. Ça serait chouette. Un jour. Mais là tout de suite je ne peux pas m'asseoir et parler. Il faut que je ramène Lisa à la maison. Tout de suite.

Je m'aperçois que Peter est sobre – beaucoup plus que Mark ou Sam, ou n'importe qui d'autre ici ce soir.

—Tu pourrais aller demander à Mark de te prêter ses clés de voiture?

Et c'est comme ça que Peter et moi nous sommes retrouvés à escorter Lisa au pied de l'escalier. Ce n'est pas un gros gabarit, mais elle est étonnamment lourde quand elle titube subitement de mon côté et m'écrase presque contre la rampe. Ouille.

Peter descend à l'entresol pour récupérer les clés de Mark et on est presque arrivés à la porte quand Sam rapplique en courant et me saisit le coude.

—Eh, quoi… ?

Il toise Peter de la tête aux pieds, l'air sceptique, et dit :

—Je croyais que tu devais rentrer avec Mark.

—Oui, mais j'ai croisé Peter en cours de route, et comme il est sobre, je lui ai demandé à lui.

Sam fronce les sourcils mais ne dit rien. Une drôle d'expression passe sur son visage, la même que celle qu'il a eue quand il m'a demandé pourquoi j'avais choisi Mark comme cavalier pour le bal. Maintenant, que je la revois, je sais ce qu'elle exprime : la surprise, la détresse, la jalousie.

Sam se rapproche, sa figure touche presque la mienne quand il dit :

—Je peux te parler en privé, une minute?

Oh, mon Dieu.

—Désolée, dis-je à ce pauvre Peter qui se retrouve à devoir jouer les baby-sitters pour Lisa. Je reviens tout de suite.

—Revenez vite, les tourtereaux, me crie Lisa d'une voix pâteuse.

Une fois seule avec Sam dans le couloir, j'explose :

—Mais enfin, qu'est-ce qui se passe ?

—Pourquoi est-ce que tu pars avec ce mec ? Tu es sûre que tu peux lui faire confiance ?

—Peter ? Ça va pas la tête ? Il est super gentil.

Sam fait un pas vers moi et me foudroie du regard.

—Tu as l'intention de déposer Lisa et de revenir ensuite ? Tu vas te retrouver seule avec lui dans la voiture. Ça ne me plaît pas.

Je titube en arrière, quelque peu déconcertée.

—Mon intention ? Je n'ai pas d'intention. Pour l'amour du Ciel, Sam, ne sois pas idiot. Ça ne te plaît pas ?

—Je ne veux pas que Peter te conduise où que ce soit. Désolé mais c'est comme ça. Il va essayer de te draguer. J'en suis sûr.

—Mais enfin, pourquoi est-ce que tu dis ça ?

Il presse ses lèvres l'une contre l'autre, comme s'il essayait de se retenir, mais c'est plus fort que lui.

—On a discuté un jour, lui et moi, à l'heure du déjeuner. Et il n'arrêtait pas de me poser des questions à ton sujet. Je lui ai cloué le bec. Je lui ai dit de ne pas t'approcher. Il devrait savoir à quoi s'en tenir.

—Tu as fait quoi ?

Je tâte mon chignon qui commence à s'effondrer pour essayer de le remettre en place. Entre mes cheveux en bataille et ma robe tachée, je dois avoir l'air d'un épouvantail.

—OH NON ! Comment est-ce que tu as osé dire à Peter de ne pas m'approcher ? Qu'est-ce qui ne tourne pas rond chez toi ? Pourquoi est-ce que tu gâches tout ?

Ses yeux se brouillent.

—Moi ? dit-il d'une voix plus calme. Sérieusement ? Tu quittes la soirée avec un autre mec et tu me demandes pourquoi je gâche tout ?

Il se tait soudain, la mâchoire pendante, trop choqué pour continuer, puis :

—Je le savais. Quand tu m'as dit que tu ne voulais pas entendre parler de la Californie, je savais que…

Il se tourne à droite, puis à gauche, il n'arrive plus à penser.

—À la minute où je serai parti, tu vas te trouver quelqu'un d'autre, c'est ça ? Tu vas sortir avec un mec comme Peter ?

J'essaie de me raisonner, mais c'est plus fort que moi. Je me mets à hurler :

—Non, évidemment que non. Je t'aime, Sam, mais tu ne peux pas me demander de changer tous mes plans à la dernière minute pour partir avec toi en Californie ! Ce n'est pas le genre de décisions qu'on peut prendre à la légère.

—Mais, si tu m'aimes… pourquoi pas ?

J'ai la tête qui tourne. Je suis bouleversée, épuisée.

—Écoute, ce n'est pas le moment de parler de ça. Je dois ramener Lisa à la maison.

Je tourne les talons et je file rejoindre Peter.

Sam me prend de vitesse et ouvre la porte pour que Peter et moi puissions aider Lisa à descendre les marches du perron. Puis il nous suit tandis que nous longeons la rue pour nous aider à trouver la voiture de Mark.

—Sam, s'il te plaît, imploré-je. Retourne à la soirée.

—Je veux t'aider. Annika, s'il te plaît. Je suis le cavalier de Lisa et je suis censé veiller sur elle, non ? Je vais la raccompagner moi-même. Laisse-moi faire. On va prendre ma voiture. Viens.

—OK.

On fait demi-tour et on se dirige vers l'horrible voiture pourrie de sa mère. Je suis trop en colère pour le regarder. Quand il déverrouille les portières, j'installe Lisa à l'arrière. (Elle tient sa tête entre ses mains et glousse toute seule sans raison.)

—Donne-moi tes clés, Sam. Tu as trop bu.

Sam me regarde, puis regarde Peter. Je vois qu'il bout intérieurement. Mais sa voix se radoucit et il essaie une autre tactique.

—Annika, pourquoi est-ce que tu ne m'as pas demandé de vous raccompagner ? Et puis, Peter n'a pas besoin de venir avec nous. On peut se débrouiller seuls.

—Noooon. Je veux que Peter reste, gémit Lisa, en tendant les bras vers lui. Peter, s'il te plaît, reste. Tiens-moi compagnie, ne me laisse pas seule avec les tourtereaux. J'aime pas ça. Ils me rendent malade.

—Oui, bien sûr, pas de souci, dit-il en lui souriant. Je vais venir avec vous.

Je me retourne vers lui.

—Merci. Ça ne t'ennuie pas de monter à l'arrière avec elle ?

Peter nous regarde, Sam et moi.

—Vous êtes sûrs que vous ne voulez pas que je prenne le volant ?

—Non !

Sam et moi avons répondu à l'unisson.

Je me tourne vers Peter et pose une main sur son bras.

—Tu me fais confiance ?

Ce moment est resté gravé dans mon esprit avec une précision incroyable. Je revois Peter debout sur le trottoir et me regardant dans les yeux, comme s'il disait : *Je te fais confiance.*

C'est la dernière fois qu'il se tient sur ses deux jambes.

—C'est moi qui vais conduire, dis-je en arrachant les clés à Sam.

Je suis tellement furieuse contre lui que je vois rouge. Sam bondit sur le siège passager dès que je mets le contact. Je me dégage en deux temps trois mouvements de la place de stationnement, démontrant du même coup à quel point Sam a été maladroit quand il a essayé de se garer tout à l'heure, puis je me mets à parler avec Peter comme si de rien n'était.

Peter a l'air d'un type vraiment charmant. Il écoute avec attention toutes les âneries que je suis en train de lui débiter. Je regrette de ne pas avoir fait l'effort d'apprendre à mieux le connaître. Lisa est affalée à l'arrière et marmonne toute seule, l'air renfrognée. À un moment donné, elle s'allonge sur la banquette et pose sa tête sur les genoux de Peter. Espérons qu'elle ne va pas nous faire un coma éthylique. Du coup, Peter est obligé de lui faire de la place, le dos calé contre la paroi de la voiture et le genou plaqué contre la portière.

Sam ne cesse de me dévisager comme s'il ne me reconnaissait pas. Il a l'air perdu – inquiet – de voir le débit avec lequel je parle.

Je parle peut-être trop vite. Mais je le fais simplement par politesse envers Peter, pour compenser le manque total de savoir-vivre de ma sœur. Peter ne connaît pas Lisa aussi bien que Sam et moi.

Peter hoche la tête et Sam me regarde parler, quand je vois une lumière de phares à travers la vitre arrière, juste derrière la tête de Peter. Henry McKean se dépêche de retourner à la soirée dans son pick-up après être allé faire le plein d'alcool chez lui. Il grille le stop et nous percute, lancé à fond la caisse, au croisement de Summer Street et Beach Street.

La violence du choc me projette de côté, ma tête va cogner contre la fenêtre. Miraculeusement, je vais m'en sortir avec une simple contusion cérébrale.

Sam est secoué, lui aussi, et j'apprendrai plus tard qu'il s'est disloqué l'épaule. Mais il a sa ceinture de sécurité et il n'est pas trop amoché.

Peter a moins de chance. Il n'a pas sa ceinture, et de toute façon, je ne pense pas que ça aurait changé quoi que ce soit.

Il se trouve exactement au point d'impact et c'est lui qui prend tout. Son corps absorbe le choc, protégeant Lisa de tout dommage.

Vertèbres fracturées, côtes cassées et une jambe gravement blessée.

Et tout ça en un instant.

Juste après que le pick-up de Henry a embouti la voiture de Sam, Peter ne crie pas ou n'appelle pas à l'aide. Il halète, cherchant désespérément son souffle, comme s'il était en train de se noyer.

Ce son, je ne l'oublierai jamais.

D'abord il y a eu le bruit du métal qui explose au moment du choc, puis celui de la respiration oppressée de Peter, comme si ses poumons étaient en train de flancher. Une inspiration profonde, une expiration saccadée. L'air qui entre et qui sort. Je jette un coup d'œil à l'arrière. Je suis à la fois sonnée et terrifiée. Ses yeux clairs sont ouverts mais ils ne fixent rien, aveuglés par la douleur atroce. Sa respiration est le seul bruit qu'on entende, jusqu'à ce que les autres commencent à bouger.

Ce son, semblable à un sanglot sans larmes, continue de me hanter. C'est le son de quelqu'un qui se sent mourir.

Puis il y a le cliquetis d'une ceinture qu'on détache. Une portière qui s'ouvre. Quelqu'un sort précipitamment de la voiture et l'instant d'après, Sam ouvre ma portière. Il m'entoure de ses bras et me murmure à l'oreille :

—Tiens bon, ma chérie. Je suis là.

***

La dernière fois que je vois Sam, il se tient à côté de mon brancard dans le couloir de l'hôpital. Il a le visage strié de larmes mais il ne pleure plus.

Il se penche vers moi et me prend la main.

—Ça va ? Écoute, ma chérie. Écoute.

—Où sont papa et maman ?

—Ils viennent juste d'arriver. J'ai demandé à te parler une minute, pour te dire au revoir.

J'ai mal à la tête. Sam est légèrement flou.

—Pourquoi au revoir ?

—Je t'ai sortie de la voiture avant l'arrivée des flics. Je leur ai dit que c'était moi qui conduisais, me chuchote-t-il dans le creux de l'oreille pour que personne d'autre ne puisse l'entendre. C'est ma voiture. Ils m'ont cru. Tout va bien.

—Sam. Non, s'il te plaît, ne recommence pas.

Je m'agrippe à sa main.

—Lisa était trop saoule pour se souvenir de quoi que ce soit. Elle a perdu connaissance au moment de l'accident. Et j'ai parlé avec Peter avant qu'on l'emmène au bloc opératoire et il est d'accord. Il a compris la situation.

—Au bloc ?

J'essaie de m'asseoir, paniquée.

—Qu'est-ce qu'il a ?

—Il est gravement blessé. Au dos et à la jambe. Henry McKean nous est rentré dedans de plein fouet. Mais on avait bu, toi et moi. Alors j'ai fait ma déposition à la police et ils m'ont fait souffler dans le ballon…

—Non, Sam.

J'ai une folle envie de me relever pour pouvoir mettre tout cela au clair, mais je suis prise de nausée et je peux à peine ouvrir les yeux.

—S'il te plaît, imploré-je, non. Pas cette fois encore.

Il écarquille les yeux et se penche pour m'embrasser sur le front.

—C'est fait. Maintenant, repose-toi. Tu as peut-être une contusion cérébrale. Il faut que j'y aille.

—Où ça ? Chez toi ? Tu as été vu par un médecin au moins ?

—Calme-toi et fais ce que t'ordonnent les médecins. Assure-toi que Peter va bien. Lui et moi, on s'est mis d'accord : c'est moi qui conduisais. Il est d'accord, parce qu'il pense, comme moi, que ça ne peut pas être toi. Je t'aime et je suis désolé de t'avoir mise en colère. Maintenant, il faut que tu aides Peter à s'en sortir, d'accord ? Promets-moi de t'occuper de lui s'il en a besoin.

Je me mets à pleurer. Les larmes jaillissent toutes seules. Je porte encore ma robe de bal rouge et il doit être trois heures du matin. L'épuisement pèse sur moi comme un sac de farine.

—Je le ferai. Moi aussi, je t'aime. Je suis désolée.

Il me prend la main mais l'expression de son visage ne change pas. Sam est sobre à présent, et je comprends que sa décision est irrévocable. C'est sa façon à lui d'exprimer son amour.

Il a pris sur lui le graffiti de Lisa. Il a dit que la bataille de boules de neige était son idée. Il a rendu l'argent que Lisa avait volé et refusé de dire qui le lui avait donné.

Et maintenant ça. Mais j'ai beau être exténuée, je sais que, cette fois, les conséquences vont être terribles, irréversibles à la fois pour Peter et pour Sam.

—Sam, insisté-je. Ne t'en vas pas. Il est encore temps de dire la vérité.

Il soupire et secoue la tête.

—Annie. C'est trop tard.

Il m'embrasse sur la joue puis disparaît.

Henry McKean a bu, il ne le nie pas. L'éthylotest est positif de toute façon.

La famille d'Henry est établie à Manchester depuis trois générations. C'est un brave type. Il est dans l'équipe de base-ball. Sa mère est enseignante au collège. Son père est pompier et conseiller municipal. Les gens n'en reviennent pas. Henry les a beaucoup déçus.

Sam comparaît lui aussi pour conduite en état d'ivresse. Il est le seul à avoir un casier judiciaire. Il est fiché pour toutes les fois où la police a dû intervenir au lycée à cause de lui. Sam a un père malade et une mère au bout du rouleau. Je découvre plus tard que le père de Sam est allé parler aux flics et qu'ils ont trouvé un arrangement.

Notre histoire d'amour

Annika

Tandis que Donovan lit le journal dans sa chambre, je me demande ce que Peter a écrit au sujet des premiers mois de notre histoire d'amour.

Cet été-là, après le départ de Sam, j'étais anéantie. Sam et Peter avaient tous les deux loupé leurs examens de fin d'année. Après l'hôpital, Peter était allé en maison de repos, et moi j'étais en proie à une sorte d'engourdissement perpétuel. Je souffrais de nausées et de migraines, mais surtout de dépression.

Après les exams, Lisa avait trouvé un job d'été dans une pension de famille du Vermont. Elle avait réussi à se faire admettre dans une fac locale avec l'espoir d'intégrer un jour l'université du Massachusetts et allait partager un appartement avec une autre fille à la rentrée. La maison me semblait vide et je me sentais seule.

Quand Peter appela un jour, pour m'annoncer qu'il était sorti de l'hôpital et me demander si je voulais bien l'accompagner à ses séances de rééducation, ce fut une surprise. J'acquiesçai aussitôt. J'éprouvais le besoin de me changer les idées et de me racheter du terrible accident. Car même si personne ne savait que c'était moi qui conduisais, j'étais rongée par la culpabilité, d'autant que Sam ne m'avait pas écrit ni appelée une seule fois depuis qu'il était en Californie.

J'eus un choc quand je vis Peter pour la première fois sans sa jambe, assis dans un fauteuil roulant. Nous étions convenus que je le conduirais à toutes ses séances de rééducation, et en retour il m'invitait à déjeuner à l'hôpital. La vitesse à laquelle il s'adaptait à sa nouvelle condition était stupéfiante et je ne tardai pas à découvrir qu'en dépit de son terrible accident, Peter était quelqu'un de fort et d'optimiste. J'avais remarqué que Peter souriait à toutes les jolies infirmières qui s'occupaient de lui et qu'elles étaient toutes aux petits soins pour lui. Peter avait dix-huit ans et il était beau gosse. S'il ressentait de l'anxiété, il le cachait bien. S'il avait le moral en berne, il ne le montrait pas – du moins pas devant les médecins, et rarement devant moi. Il était hors de question que sa jambe amputée l'empêche d'aller à l'université. Il semblait presque heureux d'avoir à surmonter cette épreuve, comme s'il s'agissait d'une nouvelle aventure. Jamais je n'avais rencontré quelqu'un d'aussi fort que lui mentalement.

Cet automne-là, il vivait chez ses parents et faisait l'aller et retour entre son domicile et l'université de Boston. Moi, j'étais interne à l'université Tufts mais je rentrais presque tous les week-ends pour lui rendre visite. Nous devînmes très liés. Un après-midi de novembre, alors que nous étions chez lui après une visite chez le médecin, il me dit qu'il avait mal aux épaules. Il commençait à apprendre à marcher avec des béquilles et avait du mal à se servir des muscles dont il avait besoin pour garder son équilibre. Je lui proposai de lui masser le dos.

—Vraiment ?

Son visage s'éclaircit.

—Ça serait super.

Nous étions assis sur le canapé du séjour, son fauteuil roulant à portée de main. Ses parents s'affairèrent pendant un moment dans la cuisine, puis nous les entendîmes sortir dans le jardin pour ramasser les feuilles mortes. Nous étions seuls. Je m'agenouillai à côté de lui sur le canapé et commençai à lui masser le cou.

Soudain, Peter jeta un rapide coup d'œil par-dessus son épaule et me prit la main. Il la porta à ses lèvres et déposa un baiser sur le creux de mon poignet. Je me figeai.

C'était une toute petite chose, mais cela suffit à me tirer de l'épais brouillard dans lequel je me trouvais. Bien que proche de Peter, que j'admirais et que j'avais appris à aimer, il n'était pour moi qu'un ami et rien d'autre. Lui et moi avions passé l'été à essayer de nous remettre de l'accident. Peter se consacrait entièrement à sa rééducation, tandis que je me débattais avec mes terribles remords. Mais voilà qu'il avait eu ce geste. Soudain, je me sentis plus *légère*. Jusque-là, mon chagrin d'avoir été séparée de Sam m'avait empêchée de profiter des plaisirs de la vie même les plus insignifiants, mais ce baiser m'avait littéralement électrisée. Une brûlure envahit ma poitrine et j'inspirai un long trait d'air.

—Sam te manque toujours autant? demanda-t-il tandis que je me penchais vers lui pour entendre ce qu'il disait. Tu ne parles plus de lui ces temps-ci.

Il ne me lâcha pas la main. Il attendait que je réponde.

Sam me manquait toujours, mais avec le temps la brûlure de la séparation commençait à s'atténuer. Je réfléchis un moment à ce que j'allais répondre.

Sam n'allait pas revenir. On ne s'était pas parlé depuis le mois de juin. Je savais que notre querelle le soir du bal de fin d'année était la raison de ce silence, notre peur de nous engager. Nous avions peur d'avoir le cœur brisé, de perdre l'autre. Et pourtant, c'est exactement ce qui était en train de se produire. Nos craintes avaient eu raison de tout le reste.

Si je devenais la petite amie de Peter, je savais qu'il allait exiger beaucoup de moi, mais aussi qu'il allait faire de gros efforts et me donner beaucoup en retour. Et c'était peut-être ce dont j'avais précisément besoin. Quelqu'un pour me ramener de force dans le monde des vivants.

—Je n'ai aucune nouvelle de Sam. Je ne sais même pas où le joindre. Je n'ai ni son adresse ni son numéro de téléphone.

—Oh, désolé, dit-il.

Il tenait toujours mon poignet dans sa main et je regardais l'arrière de son crâne. Il ajouta :

—J'ai toujours pensé qu'il n'était pas fait pour toi, mais en fin de compte, c'est un type bien. Je suis admiratif de ce qu'il a fait pour toi. Je suis désolé qu'il ait dû partir.

Peter tourna légèrement la tête pour me regarder et ses yeux bleus et les miens se rencontrèrent. Il dit :

—Enfin, pas si désolé que ça. Parce que je peux passer du temps avec toi.

Je sentis des papillons dans mon estomac. À la façon dont il me tenait le poignet, le côté le plus délicat et vulnérable vers le haut, je compris qu'il avait à nouveau envie de l'embrasser.

Jusque-là, j'avais toujours trouvé que l'expression «ravir le cœur de quelqu'un» était idiote, mais à cet instant précis je pris conscience que Peter était en train de ravir le mien – délicatement, consciencieusement, délibérément. Et je sus qu'il allait parvenir à ses fins.

Sam était parti. Je me raccrochais à des souvenirs et j'avais besoin de quelqu'un dans ma vie. Pourquoi pas Peter ? Je voulais désespérément qu'il me pardonne, et il était adorable et plein d'attentions. Ce fut comme si j'avais été foudroyée.

Je voulais qu'il embrasse à nouveau mon poignet. J'étais curieuse de voir si mon cœur allait s'ouvrir.

J'avais remarqué la large carrure de Peter et j'admirais son sourire. J'avais été charmée par le timbre de sa voix, son léger accent – à la fois sec et lyrique. Les infirmières pensaient que j'étais sa petite amie et je ne cherchais pas à les contredire car c'était un rôle confortable. Contrairement à Sam, qui était souvent replié sur lui-même, Peter étalait au grand jour ses sentiments et ses opinions. Mais quand il m'arrivait de me demander quelle sorte d'amant aurait été Peter, je chassais aussitôt ces pensées et me concentrais sur les tâches du quotidien – les rendez-vous à prendre, les bandages à faire, ce genre de chose.

Je m'éclaircis la voix.

—Et… l'autre poignet ? Ma main gauche est en train de se taper tout le boulot, je te signale.

Peter se retourna complètement pour me regarder dans les yeux – un exercice difficile alors qu'il commençait seulement à retrouver son équilibre – mais il était très motivé. L'excitation se lisait sur son visage. Il m'embrassa l'autre poignet.

Küssen. C'est comme ça qu'on dit « un baiser » en allemand. Il y eut une pause durant laquelle nous nous regardâmes, puis il ajouta :

—Et donc… où est-ce que je dois t'embrasser maintenant ?

Ça m'a fait un choc – enfin, pas vraiment – mais je sentis mon cœur s'accélérer. Fronçant les sourcils, je levai les yeux au plafond en faisant mine de réfléchir.

—Eh bien, j'ai une liste, dis-je aussi nonchalamment que possible, des dix meilleurs endroits pour cela.

Sa mâchoire s'affaissa, juste un peu. Je souris et obtins la réaction que je voulais.

—Je vois, dit-il avec un gros soupir, comme si je l'avais déstabilisé. Tu es très exigeante. Mais je te dois bien ça en échange de tes massages.

Il jeta un coup d'œil rapide à la porte, pour s'assurer que ses parents n'étaient pas rentrés, puis, faisant rouler sa langue à l'intérieur de sa joue :

—OK, j'attends. Où dois-je commencer ?

Je me renversai sur le canapé et m'appuyai sur mes coudes.

—Hum. Je posai une jambe sur ses genoux. Ma cheville, par exemple.

Peter me prit le pied à deux mains et, relevant le bas de mon jean, dénuda ma cheville. Mais ses épaules retombèrent d'un coup et il fit une pause.

Une horloge dans le couloir s'était mise à sonner. J'attendis tandis qu'il commençait à délacer ma basket sans même m'accorder un regard. Son audace et son assurance avaient disparu, et il me parut soudain plus jeune.

Il fronça les sourcils.

—Qu'y a-t-il ? murmurai-je, craignant qu'il n'ait changé d'avis.

—Euh… Écoute, Annika. Il faut que je te dise quelque chose. Je veux être honnête avec toi.

—Bien sûr. Qu'est-ce qu'il y a ?

Il ferma les yeux et posa brièvement sa main sur son front.

—Je ne sais pas comment se présente l'avenir pour moi. Ou même si ma rééducation va fonctionner. Il se peut que j'aie besoin qu'on s'occupe de moi toute ma vie durant, et je ne suis pas sûr de pouvoir faire tout ce que je voudrai. J'ai l'impression d'être un boulet. Tu comprends ?

En ce qui me concernait, il était le même qu'avant l'accident.

—Peter, ne sois pas idiot, le sermonnai-je avec sérieux pour m'assurer qu'il captait le message. Ne dis pas ce genre de chose. Tu peux faire tout ce que tu veux.

—Ça, il est trop tôt pour le dire, rétorqua-t-il sèchement en désignant sa jambe amputée. Je ne sais pas encore de quoi je suis capable ou non. Il m'arrive de paniquer quand j'ai l'impression de perdre mon équilibre ou quand je me réveille en croyant que ma jambe est toujours là et que je m'aperçois que non. J'ai mal partout tout le temps – mon corps n'accepte pas de n'avoir qu'une seule jambe. Et mes parents me rendent fou à force de me dorloter. Ma mère ne me laisse pas tranquille une minute. Heureusement que tu es là pour m'aider. Mais j'aimerais être certain que tu es là parce que tu le veux vraiment, pas juste parce que tu as pitié de moi.

Je restai interloquée. Il ne tenait jamais ce genre de discours.

—Tu continues de voir ton psy ?

—Mon psy ?

Il fit une grimace.

—Oui, mais ce n'est pas mon psy qui peut changer quoi que ce soit.

Je ne savais pas si je devais le consoler ou le réprimander. Si bien que je laissai parler mon cœur.

—Ne te cherche pas d'excuses. Tu peux faire tout ce que tu veux, Peter. C'est normal d'avoir peur. Mais tu peux surmonter tout ça. J'en suis certaine. Je te l'ai dit, tu peux faire absolument tout ce que tu veux. Et tu n'as pas besoin d'attendre pour cela.

Il inclina la tête. Le soleil entrait à flots par la fenêtre et faisait briller ses cheveux. Je savais qu'il m'avait entendue. Et comme il l'avait fait le soir du bal de fin d'année, quand je lui avais dit *tu me fais confiance ?*, je savais qu'il me croyait.

Ou tout au moins qu'il avait une folle envie de me croire.

C'est pourquoi j'en remis une couche.

—Écoute, tu as dit toi-même que tu me devais un *Küssen.* Et je t'ai dit que j'avais une liste de mes dix endroits préférés, alors mets-toi au boulot avant que tes parents ne rappliquent.

Quand il se tourna enfin pour me regarder, je commençais à déboutonner mon chemisier.

—Et je te garantis que tu vas aimer ce que j'ai en tête, dis-je tout en m'empressant de déboutonner un autre bouton. Tu geins encore sur ton sort ? Allons, allons.

Quelque chose dans son expression changea et il se redressa. Il secoua doucement la tête et soupira bruyamment.

—*Fräulein*, pourquoi est-ce que vous me torturez ainsi ?

D'une voix plus douce il me murmura quelques mots en allemand. Je n'avais aucune idée de ce qu'il me disait, mais je savais exactement ce qu'il pensait. Je me mordis la lèvre pour ne pas éclater de rire, sans succès.

—Allons, viens, chuchotai-je en m'allongeant sur le canapé. Commence par la cheville.

Et il le fit.

Quand il eut fini les dix baisers, j'étais amoureuse. Je n'avais pas prévu que cela arriverait, mais c'est arrivé.

Et tout au long de ces mois et des années qui suivirent, Peter savait que non seulement c'était moi qui lui avais proposé de monter dans la voiture avec nous, mais que j'avais pris le volant alors que j'avais bu, le soir où il avait perdu sa jambe. Et malgré cela, il m'avait demandé de l'emmener chez son kiné, m'avait présentée à ses parents, était tombé amoureux de moi, m'avait épousée et donné deux enfants, puis était mort dans notre lit.

Et maintenant je veux lire son journal. Je veux connaître le point de vue de Peter. Il m'aimait malgré mes défauts. Si je découvre qu'il a été déçu ou qu'il a eu des regrets, j'assumerai. Je vais devoir apprendre à assumer, exactement comme lui quand il a perdu sa jambe.

Peter et moi avons vécu un accident traumatisant qui a bouleversé à jamais nos vies. Le fait que nous ayons été heureux ensemble et que nous ayons eu deux merveilleux enfants est le côté positif de la chose.

J'ai plein de beaux souvenirs. Notre mariage dans un jardin rempli de roses rouges. Peter m'embrassant dans le vestiaire, à l'abri des regards, tandis que ses cousins le cherchaient partout en criant son nom. Des années plus tard, je me souviens de Peter riant quand j'ai essayé de confectionner une maison en pain d'épices avec les enfants et que nous avons fini par manger tous les bonbons parce que le toit s'était effondré. Je me souviens que Peter me préparait une tasse de thé à la menthe chaque dimanche soir, à l'heure de mon show télévisé préféré. Notre formidable histoire d'amour est faite de grandes choses et de petits riens.

Peter me disait toujours que notre histoire était la plus belle de toutes, quand j'étais d'humeur maussade, en déposant un baiser sur mon poignet. Sauf que personne à part nous ne connaissait tous les détails de l'histoire.

Jusqu'à maintenant.

L'incendie

Luna

La neige cesse de tomber ; la tempête est finie. La beauté du paysage tout blanc est trompeuse. En dépit du soleil qui scintille sur la crête des congères, il fait toujours froid au-dehors. Tous les humains doivent unir leurs forces pour qu'Annika puisse dégager sa voiture de la longue allée.

Delilah disparaît à l'étage. J'imagine qu'elle est allée retrouver son frère et qu'ensemble, ils dévorent le journal pour connaître les détails de l'accident de Peter. Les adultes sont assis dans le salon, taciturnes et d'humeur contemplative. Avec ma langue râpeuse je nettoie mes pattes, perchée sur un accoudoir du canapé.

—Rien ne s'est passé comme prévu, déclare Danny, dépité.

Affalé dans un fauteuil, la grosse bouteille de whisky calé entre ses jambes, il ajoute :

—Sam, tu es encore plus fou que je le croyais.

Sam sourit timidement.

—Allez, tu me flattes.

Lisa est assise par terre à côté du poêle, jambes croisées, toujours plongée dans le roman de Peter. Elle a enfilé un bonnet duveteux blanc.

—Je commence à avoir faim, dit-elle. Pas vous ?

—Nan. Je vais appeler Trung à la rescousse, dit Danny en jetant un coup d'œil maussade à travers la baie vitrée.

Il se lève et quitte la pièce.

Lisa regarde Annika, toujours assise sur le canapé, les yeux baissés.

—Je vais aller faire un tour à la cuisine pour voir ce qu'on pourrait grignoter en attendant le dîner.

Elle sort, laissant Sam et Annika seuls dans la pièce. Je reste avec eux. Je ne veux pas quitter Annika au cas où elle aurait besoin d'un chat pour lui tenir chaud et la réconforter.

Le vent est tombé et la maison est silencieuse. Trois bougies blanches sont allumées sur la table basse. Sur un buffet, un petit réveil à piles égrène les secondes, *tic-tac, tic-tac.*

—Annika, je peux te dire quelque chose ?

—Oui, bien sûr.

Elle attend.

Sam se lève et s'approche de la fenêtre. Il fait un geste vers la gauche.

—La maison, là-bas…

Il tapote la vitre avec son doigt.

—Tu vois laquelle ? Celle que mon père est en train de construire, de l'autre côté du ruisseau ?

—De l'autre côté du ruisseau ? La grande maison ?

Annika se lève, prend un plaid sur le canapé, le jette sur ses épaules et s'approche de Sam.

—J'ai déjà vu des camions se rendre là-bas mais je ne savais pas que c'était ton père qui construisait cette maison. À vrai dire, je n'y ai pas prêté beaucoup d'attention. Mais qu'est-ce qu'elle a, cette maison ?

—Eh bien… il faudrait la démolir.

—Comment ?

—Il y a quelque chose qui cloche avec cette maison. Il faut la démolir.

Il baisse la voix et ajoute :

—Danny veut y mettre le feu.

—Y mettre le feu ? dit Annika en se tournant vers lui.

—Ouais.

Sam s'empresse d'expliquer :

—Danny veut la brûler pour faire jouer l'assurance. Comme ça, mon père pourra en construire une autre, plus petite, cet été. Mon père a négligé certains détails, pensant faire des économies, et maintenant il n'a plus les moyens de la mettre aux normes. Il a explosé son budget. Et il ne peut pas la revendre à un autre constructeur à cette période de l'année. Il a essayé.

Je vois de quelle maison Sam veut parler. Elle se trouve derrière l'ancien garage. Je vais rarement me promener de ce côté-là, parce que je ne peux pas traverser le ruisseau. Mais j'ai remarqué qu'ils avaient abattu de beaux arbres pour construire cette horreur. Il y avait une grosse chouette qui nichait là-bas et malheureusement elle a perdu son logis.

Annika pousse le voilage pour jeter un coup d'œil à l'extérieur.

—Tu ne peux pas le laisser faire ça, murmure-t-elle.

—Je sais. Mais je n'ai pas réussi à le raisonner. Il a de l'essence, du petit bois et des allumettes.

—Mais… quelqu'un va sûrement appeler les pompiers et ils vont venir éteindre l'incendie.

—Les camions-citernes ne pourront pas aller jusque-là à cause de la neige qui bloque toutes les routes.

—Je crois qu'ils vont tout de même essayer…

Sam secoue la tête.

—Oui, ils vont essayer. Mais les camions ne pourront pas monter là-haut. Et puis les bouches d'incendie sont recouvertes de congères. Ils vont avoir un mal de chien à les localiser et à les dégager. Quant à l'eau du ruisseau, elle est gelée, ils ne pourront donc pas la pomper. Quand ils pourront enfin accéder à la maison, ce ne sera plus qu'un tas de cendres.

—Sam, je ne sais pas quoi te dire, bredouille Annika en plongeant ses yeux dans les siens. Mais c'est une très mauvaise idée et tu le sais, n'est-ce pas ?

Je ne suis pas sûre de ce que Sam veut dire par là. Un feu, ça s'allume dans une cheminée, sinon c'est dangereux, non ?

Il hoche la tête.

—Oui, je le sais. Mais…

—Non, attends. Tu m'as dit que tu voulais être une meilleure personne, n'est-ce pas ? Alors, empêche-le de mettre le feu.

—Ma chérie, Danny est très malade et il va avoir besoin de beaucoup d'argent pour financer son traitement. Et mes parents risquent de perdre leur maison.

—Je sais que tu veux les aider. Je suis bien placée pour savoir que tu t'es toujours mis en quatre pour les autres.

Annika pose sa main sur son bras et reprend :

—S'il y a une chose dont je suis convaincue, Sam, c'est que tu es prêt à faire n'importe quoi pour aider ceux qui en ont besoin. Mais en l'occurrence, c'est une très mauvaise idée. S'il te plaît, Sam.

—Écoute-moi. Peut-être que ça va marcher. Mon père pourra la reconstruire. Il peut faire ce qu'il veut puisque c'est sa propriété, non ?

Annika baisse la tête.

—Je ne crois pas. Il s'agit d'une fraude à l'assurance. Danny risque d'être condamné pour incendie volontaire. Et puis…

Elle prend ses deux mains dans les siennes.

—Imagine qu'un pompier perde la vie ? Ou que tout le bois prenne feu et que l'incendie se propage à d'autres maisons, comme celle-ci, par exemple ?

C'est alors que quelque chose change dans la pièce. Je sens comme un transfert d'énergie.

D'après mes observations, Danny est le mâle alpha de la meute et Sam, un gentil toutou soumis à son grand frère. Mais je crois que la volonté de gagner le respect et l'admiration d'Annika est la plus forte.

Sam regarde les mains d'Annika comme s'il venait de prendre conscience de la chance qu'il a. Elle a le pouvoir de calmer ses angoisses et de lui redonner espoir.

Quand il plonge son regard dans le sien, je comprends combien il l'aime.

—Tu as raison, dit Sam d'un air assuré. Bon, je vais aller lui parler. Mais qu'est-ce que je vais faire pour mon père ? Il va faire faillite. Et Danny doit suivre un traitement. Je veux pouvoir les aider, mais je ne sais pas comment.

—Vendez votre nouveau camion.

—Mais notre entreprise a besoin de ces camions.

—Je suis désolée. Vous risquez de perdre votre maison, dans ce cas.

Les joues d'Annika sont rouges, à cause du feu mais aussi, me semble-t-il, parce que Sam se tient tout près d'elle.

—Je suis désolée de te dire ça, Sam, mais il doit y avoir un autre moyen. C'est terrible de faire faillite, mais c'est mieux que de laisser Danny faire n'importe quoi. Je vais t'aider, dans la mesure de mes moyens.

Il soupire.

—Bon, d'accord. On va réfléchir à une solution.

Les mains de Sam se resserrent autour de celle de ma maîtresse.

—Mon père m'a demandé de revenir pour que je puisse reprendre l'affaire au cas où il arriverait quelque chose à Danny. Mais je n'en ai pas envie. Pendant un temps, je veux bien, mais…

—Sam, ne le fais pas si tu n'en as pas envie. Peut-être que les gars qui travaillent pour lui seront d'accord pour lui donner un coup de main.

Sam hoche la tête.

—Ouais, j'ai toujours pensé que Trung ferait un excellent gérant. Et puis il pourrait racheter l'entreprise à mon père qui veut partir à la retraite. Du moment que Trung garde le nom de Parsons, les gens de Manchester continueront de faire appel à la compagnie. J'ai mauvaise conscience pour Trung. Il nous tient la tête hors de l'eau. Il a travaillé H24 pendant la tempête. Et tout ça par ma faute.

La maison est étrangement silencieuse, mais pas seulement parce qu'il n'y a plus de courant électrique et que les bouches de ventilation ne pulsent plus d'air chaud.

Que font les jumeaux ? Hum. Ils sont bien silencieux tout à coup.

—Mon trésor, murmure Annika à Sam. Regarde, il ne neige plus et le soleil brille à nouveau. Mais le soir va bientôt tomber. Il faut que tu ailles changer ce maudit pneu et prendre un peu l'air. Lisa et moi allons venir t'aider.

Sam pousse un long soupir tremblant. Il relève la tête, vaincu, et la regarde comme si elle détenait la réponse.

Annika se penche vers lui et l'embrasse sur les lèvres.

—Tout ira bien. Je vais t'aider. Je te le promets.

Alors là ! Si je m'y attendais. Sam non plus n'a pas l'air de s'y attendre à en juger par l'expression de son visage.

Son regard s'illumine d'un coup et sa respiration s'accélère.

—Annie, dit-il, et je me mets à ronronner.

—Il faut juste que tu me donnes encore un peu de temps, d'accord ?

—Ma chérie, si tu aimes encore Peter, ça ne me pose pas de problème. Je comprends, et je sais que tu l'aimes encore.

—C'est vrai. Mais ça ne veut pas dire qu'il n'y a pas de place pour toi dans mon cœur. J'ai juste besoin d'un peu de temps.

Sam hoche la tête.

—Est-ce que ça veut dire que… tu vas rester à Manchester ?

—Je ne sais pas. Chaque chose en son temps.

Sam relève ses épaules et bascule son poids d'une jambe sur l'autre. Il relâche les mains d'Annika pour s'étirer et on dirait un ours qui sort de l'hibernation. Il prend une grande inspiration, le visage rayonnant, et il met de l'ordre dans ses pensées.

—Je vais changer ce maudit pneu. Tout de suite.

Il se dirige vers l'entrée d'un pas décidé et enfile son surpantalon et sa grosse doudoune, puis ses galoches. Il ne prend pas la peine de lacer ses chaussures ou de fermer son manteau. Il enfile directement ses gants.

Annika s'approche de lui et remonte la fermeture à glissière de sa doudoune puis ferme les boutons-pressions. Elle lui caresse la joue tandis qu'il saisit une de ses tresses dans ses mains et la regarde un long moment au fond des yeux.

—Je suis désolé, murmure-t-il en enfouissant son visage dans ses cheveux. Je suis désolé si j'ai…

—Chut.

Elle lui tapote l'épaule.

—Ne t'inquiète pas. Pars devant et moi, je vais chercher Lisa. On te rejoint dans une minute.

Et Sam sort dans la blancheur froide et scintillante du dehors.

Danny débouche au bout du couloir. Il s'arrête et regarde Annika.

—Où est Sam ?

—Il est allé changer le pneu.

—Ah bon ?

Danny fronce les sourcils et s'approche de la fenêtre pour voir ça de ses propres yeux.

—Oui, Lisa et moi allons sortir l'aider.

Danny penche la tête de côté.

—Vraiment ? Je croyais que vous alliez tous rester au chaud à l'intérieur.

Elle enfile ses moufles.

—Sam m'a dit que tu avais un cancer, Danny. Je suis vraiment désolée.

Il rejette brusquement la tête en arrière.

—Il t'en a parlé ? Je lui avais pourtant dit de garder ça pour lui.

Il détourne les yeux.

—Mais bon… puisque c'est toi, c'est différent.

—Je ne le dirai à personne, lui assure Annika. Ne t'inquiète pas. Et ménage-toi surtout. Ça t'ennuierait de remettre du bois dans la cheminée de la salle de jeux et ici dans le poêle ?

Il hoche la tête et tourne les talons, et croise Lisa qui arrive de la cuisine.

—Qu'est-ce qui ne va pas ? demande celle-ci en pointant son pouce vers Danny.

—Il ne se sent pas très bien, dit Annika en décrochant son manteau d'un cintre. Tu veux bien venir m'aider à dégager l'allée ? Sam est en train de changer le pneu.

—Dégager l'allée à la pelle ? Là, tout de suite ?

—Oui. C'est une grosse corvée, mais on lui doit bien ça après tout ce qu'il a fait pour nous quand on était au bahut. J'aimerais pouvoir l'aider davantage.

—Bon, d'accord, acquiesce Lisa en enfilant son pantalon de ski. Le soleil est revenu de toute façon.

Elle marque une pause puis lance de but en blanc :

—Tu ne crois pas qu'on devrait discuter de cette histoire d'internat ? Je trouve que c'est gaspiller beaucoup d'argent.

Les deux femmes sortent de la maison quand Donovan débouche au pied de l'escalier. C'est curieux, je ne l'ai pas entendu descendre.

Delilah se tient juste derrière lui.

—Donovan, dit Delilah. Attends. On ne peut pas mettre le feu, voyons. C'est n'importe quoi. Et comment veux-tu qu'on fasse de toute façon ?

—Le garage est plein à ras bord de bois de chauffage.

—Oui, mais... tu veux dire qu'on ferait comme si quelqu'un avait mis le feu par accident ?

Donovan se met en quête de ses moufles et de ses bottes de neige.

—C'est ça. Il faut que ça ait l'air d'un accident. On pourrait apporter quelques-unes des bouteilles de vin qui se trouvent dans le frigo ? Et les pétards que maman a achetés pour le Nouvel An. Comme ça, les gens penseront que des jeunes ont fait la fête là-bas.

Delilah fait la moue.

—Non, on ne peut pas faire ça, Donovan. Qu'est-ce que dirait papa ? Tu y as pensé ? Lui qui faisait tout pour te responsabiliser.

—Oui, mais...

Donovan se tourne vers sa sœur et se redresse.

—Il disait aussi : *Je préfère donner une nouvelle direction à mon histoire. Ce qu'il y a de bien quand on raconte sa propre histoire, c'est qu'on peut décider de ce qui s'y passe.* Tu te souviens ? Il nous l'a dit, Del. Et il le dit aussi dans le journal.

Donovan ouvre le placard et en sort son manteau.

—Papa comprendrait qu'on a voulu faire quelque chose d'héroïque, d'inattendu. C'est un acte de bravoure. Un acte d'amour. Pour amadouer Danny afin qu'il me laisse voir Lexi.

Delilah se mordille la lèvre.

—Je ne pense pas que papa appellerait ça un acte héroïque.

—Dans ce cas, faisons-le pour maman. Elle vient de dire qu'elle voulait aider Sam. On va aider sa famille.

Delilah croise les bras.

—Le faire pour maman ? Tu dis vraiment n'importe quoi.

Quand Donovan s'approche du pied de l'escalier, il se transforme soudain en Peter : il a le même visage, la même énergie.

—Pourquoi est-ce que tu dis ça? Papa m'encourageait toujours à me bouger le cul et à aider les autres. On va aider *tout le monde.* Mais surtout Danny, qui a besoin de l'argent. On va l'épater. Et moi, je pourrai voir Lexi. Del, j'ai vraiment besoin de la voir. Je vais péter un plomb si je ne la vois pas. S'il te plaît, Del.

Quand Donovan tend un bras vers sa sœur, je comprends que Delilah va accepter de l'aider. Elle hésite, mais il est son jumeau.

Ils sont déterminés à donner un sens à la mort de leur père. D'une façon ou d'une autre. Ensemble.

Elle fait un pas vers son frère, puis un autre. Jusqu'à ce qu'elle se retrouve face à face avec lui.

—OK, je ne veux surtout pas détruire un amour véritable. Mais à condition que tu m'aides à convaincre maman de rester ici, à Manchester. On n'a pas vraiment envie de vivre avec tante Lisa, tu es d'accord ? Et il faut qu'on arrive à persuader maman de ne pas dire à mamie et papy que c'était elle qui conduisait le soir de l'accident. Si elle le leur dit, ils vont tout faire pour nous ramener au Connecticut. Et moi, je veux rester ici. D'accord ?

Il acquiesce. Puis il la serre dans ses bras et déclare :

—Bien sûr que je suis d'accord, sur toute la ligne.

Satisfaite, elle penche la tête comme Peter le faisait et sourit.

—Parfait, je vais chercher des allumettes à la cuisine.

Et voilà ! Elle prend le commandement des opérations et ils se dirigent vers la porte de derrière.

Un terrible accident

Annika

Lisa et moi commençons à dégager la portion de l'allée qui mène au porche. Ça n'avance pas vite, mais on se débrouille avec la seule pelle dont nous disposons en nous relayant.

—Je suis désolée pour ce que j'ai dit à propos de la maison, s'excuse Lisa. Mais il y a tellement longtemps que je rêve de cette maison. Ça m'a fichu un coup quand j'ai appris que vous veniez vous installer ici. Mais je comprends. Perdre Peter n'a pas dû être facile.

Avec son pied, elle appuie sur le bord de la pelle pour l'enfoncer dans un gros bloc de neige.

—Non, je comprends, dis-je. J'aurais dû t'en parler avant.

Elle se redresse.

—Si tu pars dans le Maine, je prendrai la maison. Et j'ai dit aux jumeaux qu'ils pouvaient rester vivre ici avec moi s'ils voulaient. Ils sont assez grands pour décider à quelle école ils veulent aller et prendre leur vie en main.

—Prendre leur vie en main ?

Je me hérisse. Certes, ils ont des corps d'adultes, mais quand je regarde les jumeaux, je vois des visages d'enfants.

—Ce sont des gamins, Lisa. Ils ont besoin d'être cadrés et guidés. À chaque minute de chaque jour. On ne peut pas leur laisser la bride sur le cou.

—Tu crois que je serais pire que toi dans le rôle d'éducatrice ?

Elle balance une pelletée de neige sur le côté.

—Non, sérieux ?

Je regarde mes pieds. J'ai le bec cloué.

—Je n'ai jamais voulu te voler la maison. Elle est à toi si tu la veux.

—Vraiment ?

Je lui prends la pelle des mains.

—Oui. J'ai réfléchi ces derniers temps et j'en suis venue à la conclusion que je n'ai pas toujours été sympa avec toi. J'ai même été odieuse par moments. Alors, si cette maison compte à ce point pour toi…

—Attends. Tu ne sens pas une odeur de fumée ? dit Lisa en tournant la tête de droite et de gauche.

Je relève les yeux.

Elle ôte son bonnet blanc en le tirant par le pompon, les narines frémissantes.

—Ce n'est pas juste un…

Ses traits se figent en une expression de panique et je regarde derrière moi. Par-delà le garage, de l'autre côté du ruisseau et des arbres, une colonne de fumée grise monte vers le ciel qui commence à s'obscurcir.

Mon cœur se glace dans ma poitrine.

—Oh, mon Dieu, murmure Lisa.

Ses traits se durcissent, elle met ses mains en porte-voix et crie :

—EH, SAM ! Viens vite !

Sam arrive aussi vite que ses jambes le lui permettent dans cet amas de neige.

—Ça y est ! dit-il, haletant. Le maudit pneu est changé. Mais… qu'est-ce que vous regardez là-bas ? On dirait un incendie.

Il observe un instant la fumée qui monte depuis les bois.

—On dirait que c'est la maison que mon père est en train de construire. La nouvelle.

Il pointe du doigt.

—Elle est en train de brûler. Complètement. Vous pensez que c'est à cause des sautes de courant ?

Sam est sidéré. Il écarquille les yeux et sa mâchoire s'affaisse.

Mon cœur se met à cogner violemment dans ma poitrine. Est-ce Sam, ou Danny, qui a mis le feu ?

Je ne l'ai pas gardé à l'œil pendant qu'il était dehors. Aurait-il pu s'échapper pendant quelques minutes ?

Je le regarde à nouveau. Il a l'air sous le choc. S'il joue la comédie, il est vraiment très fort.

Lui et moi échangeons un regard. Puis il hausse les épaules, l'air de dire : *Je ne comprends pas comment c'est arrivé.*

Lisa dégaine son téléphone portable et fait défiler ses contacts.

—Je vais appeler Hank. C'est le capitaine des pompiers, sa sœur est ma propriétaire.

Elle colle son téléphone à son oreille.

—Hank, salut, c'est Lisa. On a un incendie dans le coin. Une maison inhabitée. Non, personne, elle est encore en construction.

Pendant qu'elle explique la situation, je jette un coup d'œil à la maison. Je n'ai pas vu Danny sortir de la maison. Je ne comprends pas comment c'est possible. Sauf s'il est passé par la porte de derrière.

En quelques minutes, la maison est un brasier. Ce n'est pas seulement de la fumée qui s'en échappe, mais des flammes orange. Nous nous traînons jusqu'au bas-côté de la route et il me semble sentir la chaleur qui se dégage de l'incendie. Ou est-ce ma température corporelle qui grimpe ? J'ai l'estomac qui fait des nœuds.

—Ne t'inquiète pas, me dit Lisa en voyant mon air consterné. Hank dit que les maisons en bois brûlent en moins de deux. Il n'y a pas de vent, le terrain autour est grand et il n'y a pas d'arbres à proximité. On est en sécurité ici. Hank est en route. Il va devoir venir à pied, mais il finira par arriver. Inutile de monter voir la maison. On peut la surveiller d'ici.

Elle jette un coup d'œil circulaire.

—Ils ne pourront pas monter là-haut avec les camions-citernes.

Les mains tremblantes, je prends mon téléphone et envoie un texto à Delilah. J'aspire l'air froid à grandes goulées et ça me brûle les poumons.

Est-ce que M. Parsons est dans la salle de jeux?

Une minute s'écoule. Puis deux.

Oui. Il est allongé sur le canapé à côté de la cheminée. Il a les yeux fermés. Pourquoi?

Je regarde Sam. Il est dans la neige jusqu'aux genoux, les mains sur les hanches.

Il regarde l'incendie comme s'il n'arrivait pas à en croire ses yeux. Je ressens la même chose.

Mais qui d'autre que lui aurait pu mettre le feu? Les deux seuls suspects ici sont Sam et Danny. Ou tous les deux. Ça ne peut pas être un départ de feu spontané. Ou alors ce serait une incroyable coïncidence. On venait juste d'en parler, bon sang.

Je me racle la gorge.

—Tu n'as rien à dire? demandé-je.

Sam fronce les sourcils.

—Comment ça? À propos du feu?

Il ne porte pas sa cagoule, parce que le soleil brille, et il a l'air complètement perdu.

—Je ne sais pas quoi penser, dit-il en ôtant son bonnet sans trop savoir quoi en faire. Je t'assure… je ne sais pas quoi dire.

Je suis déçue. Mais en même temps, ça n'a rien de surprenant. C'est Sam tout craché. C'est exactement le genre de chose qu'il aurait pu faire quand on était au bahut.

Comment est-il possible que je ne l'aie pas vu venir ?

Quand je pense que j'envisageais de rester à Manchester pour lui. Ai-je vraiment envie de me laisser à nouveau entraîner dans ses délires ? On ne peut pas enfreindre la loi juste pour aider les gens. Se faire bannir par la communauté, ou jeter en prison, n'a jamais aidé personne. Bien au contraire.

—Je vais monter là-haut pour voir, dit-il. Il y a peut-être quelque chose à faire.

Il commence à fendre la neige en direction de l'incendie avant que j'aie eu le temps d'ajouter un mot.

J'ai l'impression d'avoir dix-huit ans à nouveau et que Sam vient de m'annoncer qu'il va s'accuser d'avoir fait les graffitis dans le gymnase. Il agit à chaque fois sur un coup de tête, sans réfléchir aux conséquences. À l'époque, ça me rendait folle, aujourd'hui, ça me consterne. J'ai passé l'âge d'excuser son comportement. Mettre le feu à une maison est un délit grave.

C'est la goutte d'eau qui fait déborder le vase. Cette fois, c'est décidé, on quitte Manchester.

Quand le soir tombe, on entend les sirènes des pompiers dans la distance, mais les camions à incendie sont loin d'arriver. Plus tard j'apprendrai qu'ils se sont retrouvés bloqués par les congères et le verglas au pied de notre petite route. Les hommes avancent aussi vite qu'ils le peuvent en se frayant un chemin à pied dans la neige, même si l'incendie est quasiment fini et qu'ils ont très peu d'équipement avec eux de toute façon. Je les observe debout dans l'allée, les pieds gelés dans mes bottes. Mes mains engourdies me font mal. Lisa me dit qu'elle va monter sur la colline. Je suis tentée de me rapprocher moi aussi du théâtre des opérations, mais ma place est ici, avec les enfants.

Je me demande pourquoi les jumeaux ne sont pas sortis, ou même pourquoi ils ne sont pas à la fenêtre en train de regarder ce qui se passe. Ça n'a pas l'air de les intéresser le moins du monde.

Le feu diminue à vue d'œil. Les pompiers tournent autour de la maison brûlée sans pouvoir faire grand-chose. Le soleil est en train de disparaître à l'horizon. Pour finir, ils battent en retraite.

Alors que la nuit commence à tomber, un homme d'âge mûr traverse le ruisseau gelé et revient vers nous, Sam et Lisa à sa suite.

—Rentrons quelques minutes, dis-je.

J'entre la première. Il ne fait pas très chaud à l'intérieur mais Delilah a laissé une lampe-tempête pour nous sur la table basse, à côté des bougies, et ça fait du bien de se tenir autour du poêle. Le chef de brigade suit Lisa à l'intérieur de la maison. Il est râblé, avec des cheveux poivre et sel, une barbe bien fournie et des rides profondes. À l'évidence, il n'en est pas à son premier incendie. J'ai les mains moites et les nerfs à vif quand il s'approche du poêle. Je lui proposerais bien d'ôter son manteau, mais il fait trop froid pour se découvrir.

—Allez, Hank, le taquine Lisa. Encore un petit effort et tu vas y arriver.

Il rit.

—C'est vrai. Je me demande bien pourquoi je ne suis pas encore parti à la retraite.

—Annika, me dit Lisa. Tu te souviens de Hank McKean ? Le père d'Henry.

J'essaie de me souvenir, et soudain ça me revient.

—Oh, le père d'Henry, mais bien sûr ! Ça fait un bail, dites donc.

Je le regarde à nouveau.

En réalité, je n'ai qu'un très vague souvenir de M. McKean. J'ai dû le croiser quelques fois au lycée, dans les années quatre-vingt, à l'occasion d'un match de football, d'un concert.

Et à l'hôpital, le soir du bal de fin d'année, après qu'Henry nous est rentré dedans.

Il secoue la tête.

—Annika, je suis content de te voir. Lisa m'a beaucoup parlé de toi. Je suis désolé pour Peter ! J'étais tellement content quand j'ai appris que tu l'avais épousé. Ma femme a envoyé de l'argent aux parents de Peter après l'accident, mais ils n'en ont pas voulu. La vérité, c'est que nous avons dépensé jusqu'au dernier sou pour payer l'avocat de Henry. Mais on se serait sentis moins coupables si les parents de Peter avaient accepté.

—Qui est-ce ? demande la voix de Donovan.

Je me retourne et vois les jumeaux debout au pied de l'escalier. Ils portent tous les deux leurs doudounes et ils ont les joues rouges comme s'ils avaient couru.

—Le chef de brigade des pompiers, dis-je. M. McKean. Il y a eu un incendie à la nouvelle maison, de l'autre côté du ruisseau. Vous ne vous êtes aperçus de rien ?

Les sourcils bruns de Delilah se froncent. Je me demande si elle a reconnu le nom de McKean.

—Eh bien, à propos de l'incendie.

Je prends une profonde inspiration, comprenant soudain ce que je m'apprête à faire sans pouvoir m'en empêcher et lance :

—J'ai mis le feu. Par accident.

—Quoi ! s'exclame Lisa, sidérée. Qu'est-ce que tu baragouines ?

Sam se tourne vers moi, stupéfait. Il fronce les sourcils et articule sans bruit : *Quoi ?*

Je vais t'aider. J'essaie de communiquer par mimiques avec Sam. Je comprends que j'aurais dû lui dire plus tôt que c'était moi qui allais prendre le blâme à sa place cette fois.

Mais je ne l'ai su que lorsque les mots sont sortis de ma bouche. Ce n'était pas prévu. Exactement comme lorsque Sam s'est dénoncé à ma place, des années plus tôt.

Mais ma décision est prise quoi qu'il arrive. Je vais m'absoudre une fois pour toutes de mes erreurs passées. Je le lui dois. Je lui suis reconnaissante de tout ce qu'il a fait pour moi. Je me sens responsable de la trajectoire qu'a prise sa vie quand il a dû fuir Manchester et qu'il s'est retrouvé à Los Angeles à faire un boulot qui ne l'intéressait pas et avec une femme qui ne lui correspondait pas…

Je me fige soudain. J'ai l'impression que Peter est là avec moi. Et c'est une sensation tellement intense que les larmes me montent aux yeux.

Tout va bien, dis-je à Peter, dans ma tête. *Je peux le faire. Je vais faire amende honorable, et donner aux événements un tour que personne n'attendait. Je vais faire exactement ce que tu nous as dit de faire – écrire ma propre histoire. Tu me manques plus que je ne saurais l'exprimer et je voudrais tellement que tu sois là. Mais tout ira bien. Je peux me débrouiller.*

Je m'éclaircis la voix et poursuis :

—Oui, c'est moi qui ai mis le feu. Par accident. Je suis montée là-haut pour m'assurer que personne n'avait besoin d'aide à cause de la coupure de courant. Je n'étais pas certaine que la maison était inhabitée.

—Mais quand ça… ?

Je lance un regard furieux à Lisa pour la faire taire.

—Lisa, écoute. J'ai emporté une bougie et je l'ai fait tomber accidentellement. Le feu est parti si vite que j'ai dû me mettre à courir. Et c'est à ce moment-là que je t'ai trouvée en train de déblayer l'allée avec ta pelle.

Lisa plisse les yeux. Comme elle est intelligente, elle ne pipe pas mot, mais je vois tourner les rouages de son cerveau tandis qu'elle observe Sam.

—Je vois… c'est à ce moment-là que j'ai appelé Hank.

Donovan s'approche de moi par-derrière et pose sa main sur mon épaule.

—Maman, qu'est-ce que tu racontes ? Personne ne va jamais croire une histoire pareille. Pourquoi est-ce que tu mens ?

Il a l'air à la fois stupéfait et sûr de lui.

—Mais, mon cœur, dis-je en me retournant vers lui. C'était un accident. Je ne l'ai pas fait exprès.

—Maman, s'il te plaît.

Donovan secoue la tête et se tourne vers Hank.

—Ce n'est pas vrai. C'est moi qui ai mis le feu. Elle cherche simplement à prendre la faute sur elle pour me dédouaner.

—Attends une seconde… C'est toi qui as mis le feu ?

—Oui.

Je suis sans voix, choquée. Mon fils a mis le feu ?

Mais quand je vois la façon dont il me regarde, je fonds. Il y a de la gratitude et de l'admiration dans ses yeux. Il est en train de m'envoyer un message d'amour.

Donovan croit que je cherche à le protéger, alors que je cherche à protéger Sam.

Mais c'est sans importance. Je ferais n'importe quoi pour mes enfants. Mon amour pour eux est sans limites, quoi qu'ils puissent faire. Simplement, je tombe des nues. Je ne savais pas que c'était Donovan qui avait eu l'idée de provoquer un incendie.

Mais… pourquoi est-ce qu'il ferait une chose pareille ? Je réfléchis soigneusement à ce que je vais dire ensuite, consciente que Hank nous regarde.

—C'était un accident ?

—Oui, maman, dit Delilah en s'approchant à son tour. C'était un accident, mais c'est Donovan qui a mis le feu.

Je m'aperçois qu'ils sont on ne peut plus sérieux et cela m'interpelle. Delilah aussi est impliquée dans cette histoire. Oh, mon Dieu.

Je refoule mes larmes.

Delilah vient à moi et me passe un bras autour des épaules.

—Tout va bien, maman. On est sains et saufs.

—Tu es montée là-haut, toi aussi, Del ? demande Lisa, les mains sur les hanches. Mais enfin, qu'est-ce que vous êtes allés faire dans cette maison ?

—J'y suis allée pour m'assurer que tout allait bien, dit Delilah. Donovan était très contrarié et je ne voulais pas qu'il lui arrive malheur.

Elle se tourne vers Hank :

—Il ne voulait pas mettre le feu.

Hank rajuste ses lunettes.

—Pourquoi est-ce que tu ne laisses pas ton frère me raconter ce qui s'est passé ?

Donovan reconnaît avait allumé un petit feu dans la maison sur la colline. Il explique qu'il voulait brûler le journal de son père pour me punir, mais qu'il ne voulait pas le faire ici, dans la maison, parce qu'il avait peur que je le surprenne. Il raconte comment Peter est mort dans son sommeil, en y mettant beaucoup de détails, et explique qu'il en a rejeté la responsabilité sur moi. À la fois parce que je n'accordais pas d'importance aux problèmes d'apnée du sommeil de Peter, et parce que je n'étais pas à la maison le jour où il est mort. Pour conclure son récit, en serrant le journal relié de cuir bleu sur sa poitrine, il explique qu'il n'a finalement pas trouvé le courage de le brûler et qu'il ne s'est pas rendu compte que la maison avait pris feu. Il pleure à chaudes larmes. Je n'ai jamais vu mon fils pleurer comme ça depuis les funérailles. Son visage est ruisselant de larmes mais son expression est stoïque. Hank ne peut pas s'empêcher de poser une main sur l'épaule de Donovan. Si c'est une mise en scène, elle est convaincante, car je suis incapable de dire s'il joue la comédie. Je comprends soudain que Donovan a dû surprendre la conversation que j'ai eue avec Sam, et qu'il devait avoir ses raisons à lui de vouloir aider Danny. J'ai l'intime conviction qu'il n'avait pas l'intention de brûler le journal de Peter et qu'il est sincère quand il dit qu'il cherchait à me punir.

Et je fonds en larmes à mon tour tandis que Delilah me passe doucement une main dans le dos. Elle doit sentir mon désarroi. Personne ne m'a jamais remis un manuel intitulé : *Que faire si vos enfants mettent le feu à une maison.*

—Ne t'en fais pas, fiston, dit Hank doucement. Les accidents, ça arrive.

—On est bien placés pour le savoir, n'est-ce pas? soupire Lisa.

Donovan se mordille la lèvre. Un frisson me parcourt l'échine. Je songe que je l'ai peut-être perdu. Il a érigé son chagrin entre nous comme une barrière.

Et puis je me souviens de Sam au même âge – triste, en proie à la confusion parce qu'il se sentait abandonné par ses parents. Il n'a jamais été mauvais. Au contraire. Il était capable d'amour, de joie, de tendresse – même s'il ne se servait pas toujours de sa jugeote. Cela renforce ma détermination et quand je tends la main à Donovan, il vient spontanément à moi et me laisse le prendre dans mes bras. Ses cheveux sentent la fumée.

—Je suis vraiment désolé que Peter soit décédé, répète Hank. C'était un brave petit. Il méritait une meilleure vie que celle qu'il a eue.

Je secoue la tête.

—Non, détrompez-vous. L'accident n'était pas au centre de sa vie. Il a eu une belle vie – avec une famille qui l'adorait.

Je remarque que Danny nous a rejoints dans le séjour. La méfiance et la panique se lisent sur son visage, mais il ne pose pas de questions. Il fixe les enfants du regard, visiblement troublé et tenté d'en savoir plus. Une main devant la bouche et les sourcils froncés, il s'assied au bord d'un fauteuil, comme s'il se tenait prêt à bondir. Mais il ne bouge pas.

—En tout cas je me réjouis que vous ayez deux braves petits, poursuit Hank en désignant Donovan et Delilah.

Il leur sourit fièrement comme le ferait un grand-père.

—Et des jumeaux qui plus est. Quelle chance !

—Vous savez comme sont les enfants, Hank, dis-je en riant et en écrasant une larme. Tantôt ce sont des amours, tantôt de vraies têtes à claques.

Hank hoche la tête et tire un mouchoir de sa poche, qu'il me tend.

—Je sais, dit-il dans un murmure. Croyez-moi, je sais.

Il se tourne vers Lisa.

—Je m'occupe de régler cette affaire.

—Merci.

Lisa propose au capitaine des pompiers de le raccompagner jusqu'au bout de l'allée.

Dès qu'ils sont partis, Danny bondit sur ses pieds.

—J'ai tout entendu.

Il s'approche de Donovan, qui s'est assis sur le canapé, mais mon fils est trop fatigué pour réagir.

—C'était une histoire intéressante, poursuit-il. Il va falloir que nous appelions la compagnie d'assurances, demain, pour faire une déclaration de sinistre.

Sans quitter Donovan des yeux, il fait les cent pas devant le canapé et s'exclame :

—Ce qui est arrivé est tout simplement ahurissant. C'est justement la maison de mon père qui a brûlé. Incroyable !

Au ton de sa voix, je n'arrive pas à savoir s'il admire l'ingéniosité de mon fils ou s'il lui en veut parce qu'il lui est redevable. Maintenant, il n'a d'autre choix que de laisser Donovan rendre visite à sa fille.

Je ne pense pas que Danny va objecter si Donovan se présente chez lui cette semaine.

Parfois, j'ai l'impression que quelque chose ne tourne pas rond chez mon fils. Je vais essayer de le convaincre encore une fois d'aller chez le psy. Plus que sur le choix d'une école, c'est sur sa santé mentale que je dois me concentrer. Oublions l'internat – pour l'instant. Je vais dire à Donovan que je veux rencontrer Alexis et qu'elle est la bienvenue à la maison. Quand j'ai dit à Sam que je m'efforçais d'être une meilleure personne, j'étais sincère. Maintenant il va falloir que je convainque Donovan d'en faire autant, et avec l'aide de Delilah, on devrait pouvoir y arriver.

—Donovan, dis-je en m'agenouillant devant lui. Tu n'es pas obligé d'aller à la President's Academy. J'ai compris que tu as besoin de rester ici plus que je n'ai besoin de partir. On va rester au moins jusqu'au printemps, et ensuite on fera le point.

Donovan hoche la tête. Delilah s'approche de moi par-derrière et manque de me faire tomber quand elle se baisse pour me prendre dans ses bras.

—Merci, maman ! Merci, merci !

Sam se tient debout devant la fenêtre et contemple la nuit. Je me relève et vais le rejoindre.

—Je pensais que c'était toi. Je ne voyais pas qui d'autre cela pouvait être, lui murmuré-je.

Il se tourne vers moi.

—Tu voulais te dénoncer ? Tu as complètement perdu la tête. Donovan a raison. Hank ne t'aurait pas crue.

—Peut-être que si. Je voulais tenter ma chance. Je ne voulais pas que tu te retrouves dans le pétrin encore une fois.

Je jette un coup d'œil furtif du côté des jumeaux pour m'assurer qu'ils ne nous regardent pas, et je presse doucement la main de Sam dans la mienne, rien qu'un court instant. Ça me fait du bien, j'ai l'impression de l'avoir mérité.

Quand Lisa revient, elle m'assure que Hank est un brave type et qu'on peut lui faire confiance. Il va y avoir une enquête de police, mais il a promis d'arrondir les angles.

—Merci. Et, Lisa, on a décidé de rester encore un peu ici.

Elle fait claquer sa langue.

—Très bien, comme tu voudras. En tout cas je suis contente que tu ne gaspilles pas d'argent en frais d'internat.

—Si tu veux la maison, on peut trouver à se loger ailleurs. Je suis sûre que les maisons confortables ne manquent pas à Manchester.

Elle hausse les épaules, regarde les enfants affalés sur le canapé, complètement épuisés.

—Bon d'accord… c'est sympa de ta part. Mais je sais que Delilah a déjà repeint et redécoré sa chambre. Alors, si vous trouvez une nouvelle maison, tant mieux, mais je ne vais pas vous mettre à la rue.

—Oh, merci, tante Lisa, dit Delilah en agitant mollement la main pour nous faire savoir qu'elle a entendu notre conversation.

Pour finir, tout le monde se rend à la cuisine pour voir ce qu'il reste à manger. Puis on va s'asseoir tous ensemble dans la salle de jeux, devant la cheminée où crépite un bon feu de bois, et on mange des noix de cajou, des Cheerios, et tout ce qui se trouve sur le plateau que j'ai posé sur la table basse. Delilah et Donovan ont fouillé méticuleusement tous les placards de la cuisine pour débusquer tout ce qu'ils pouvaient encore contenir de comestible.

Danny consulte son téléphone.

—D'après Trung, la ville sera complètement déblayée cette nuit. Ils ont commencé à déneiger les routes secondaires en tout cas. Mais grâce à l'incendie, cette route-ci est prioritaire.

—Super.

Mon estomac gargouille, heureusement sans trop faire de bruit. Je suis en train de grignoter un cracker sans rien – nous n'avons plus de fromage. Sam m'en tend un sur lequel il a étalé de la confiture de fraise. Je le prends en souriant.

—J'espère qu'il ne va pas leur falloir deux semaines pour rétablir le courant, dit Lisa.

Delilah entre et se laisse choir sur le socle en brique de la cheminée. Elle porte des chaussons roses fourrés, ses cheveux rassemblés en chignon sur le dessus de sa tête.

—Alors, il paraîtrait que papa a écrit un roman? dit-elle.

Lisa pioche une poignée de céréales.

—C'est exact. C'est un roman fantasy. Avec tous les codes d'usage : dragons. Serpents de mer. Magie. Un chevalier en quête du Graal. Tu vas adorer.

—Tu l'as lu? demande Delilah, intriguée.

—Une partie. C'est excellent. J'ai sauté jusqu'à la fin, mais malheureusement, le roman s'arrête brutalement au milieu d'une scène. Je crois que tu vas devoir l'achever toi-même.

Les yeux de Delilah s'éclairent.

—Comment?

—Tu vas devoir imaginer une fin, explique Lisa. Lis-le en entier et essaie d'imaginer un dénouement.

—Ouah! Chiche! s'exclame Delilah. C'est moi qui vais écrire la fin? Trop bien!

—Il écrivait très bien. Je suis sûre que tu vas être fière de lui quand tu auras lu tout le roman.

Lisa fait claquer sa langue et ajoute en me regardant :

—Del, tu savais que quand on était au lycée, j'avais surnommé Sam et ta mère *les tourtereaux*?

Elle rit.

—Quoi?

Je me redresse aussitôt et Sam s'écarte de moi, l'air gêné.

—Parfaitement, dit Lisa en piochant une noix de cajou qu'elle fourre dans sa bouche. Les tourtereaux.

—Roooh que c'est chou! s'exclame Delilah qui semble trouver tout cela désopilant.

Je sens que je vais avoir droit à des taquineries plus tard. Et je suppose qu'elle va se prendre d'affection pour Sam, si lui et moi continuons de nous voir. Ce n'est pas Peter, et il ne prétendra jamais prendre sa place. Mais ça n'empêche pas que les conseils d'un homme, en qui j'ai confiance, seront bénéfiques aux jumeaux.

Je me lève et m'étire.

—Je reviens, dis-je.

Je trouve Donovan seul dans le séjour, étendu sur le tapis devant le poêle, le journal de son père posé sur sa poitrine. Je m'assieds à côté de lui, les genoux ramenés contre ma poitrine, et m'enroule dans un plaid.

—Tu n'as pas froid?

—Non.

Il fixe le plafond, les yeux à demi clos. Il soupire. Les événements de la journée l'ont épuisé.

—Je ne supporte pas l'idée que c'était toi qui conduisais quand papa a perdu sa jambe. Tu as fichu sa vie en l'air.

—C'était une grave erreur de ma part. Je n'aurais jamais dû prendre le volant. Mais je n'ai pas fichu la vie de ton père en l'air, parce qu'il ne m'a pas laissé faire.

La tête de Donovan s'incline de côté. Il me regarde.

—Je sais. Papa s'en fichait. Je l'ai lu dans son journal. Il ne t'en voulait pas pour l'accident. Papa disait que c'était uniquement la faute de Henry, que tu n'as fait aucune erreur. Il avait l'air heureux que tu sois là. Il a écrit que c'était le destin, la volonté de Dieu pour que vous soyez réunis.

Donovan roule les yeux.

—Quelle connerie ! Comme si Dieu voulait qu'il y ait des accidents. Papa n'était qu'un ado déprimé avec une imagination débordante, qui a vécu un terrible traumatisme. Je veux dire, quand tu lis entre les lignes, tu vois bien que sa jambe lui manque mais qu'il s'oblige à faire bonne figure pour t'impressionner. Je suppose que tu lui faisais du bien.

Je ne sais que répondre. Je n'ai pas lu ce passage et je ne peux donc pas l'interpréter.

—C'est sans doute vrai.

—N'empêche que je ne te pardonnerai jamais.

C'est dur à encaisser, et Donovan le sait certainement. Mais je prends une inspiration tremblante.

—OK. Mais sache que je ne me le pardonnerai jamais moi non plus.

Ses traits se crispent, il a l'air confus. Je lui ai coupé l'herbe sous le pied, apparemment.

—Vraiment ? Mais c'est arrivé il y a longtemps. Tu l'as épousé. C'est que vous deviez être bien ensemble.

Il roule sur le côté pour me regarder en face, Dieu merci, au lieu de me tourner le dos.

—Je crois que papa savait que tu ne te le pardonnerais jamais, et que ça le contrariait.

Je sens une larme rouler sur ma joue.

—Moi aussi.

Donovan me fixe du regard. Il est mon bébé. Parfois insolent et insupportable, mais mon bébé malgré tout.

Et je sais qu'il y a une place pour moi dans son cœur. J'en suis sûre.

Je tends la main vers lui, et il n'a d'autre choix que de s'asseoir et de me faire un câlin. Je passe mes bras autour de ses larges épaules et l'étreins avec force.

—Écoute, me dit-il. On va tirer un trait sur tout ça, d'accord ? Puisque papa ne t'en voulait pas, ce serait idiot qu'on continue de se disputer alors que ce qu'il voulait, c'était qu'on soit heureux tous ensemble. Je ne suis pas en train de dire que je me sens heureux, là, tout de suite, mais je peux au moins essayer. Papa a dit un jour qu'on ne pouvait pas fonctionner sans toi.

—Fonctionner ?

—Vivre, quoi.

D'un geste il balaie l'espace autour de nous.

—La vie. Tout.

Il esquisse un sourire.

—Il n'a pas été plus spécifique que ça. Mais tu sais qu'il avait un côté théâtral quand il expliquait quelque chose.

Il secoue la tête, et sur un ton grandiloquent, il répète :

—LA VIE. TOUT.

J'ai envie de rire, moi aussi, mais je suis trop fatiguée. J'essuie une larme.

—D'accord. Merci.

—De rien.

Je suis soulagée par la note de sincérité dans sa voix.

—Trésor. J'aurais pu faire plein de choses différemment. Mais toi, est-ce que tu as aussi le sentiment qu'il y a des choses que tu aurais pu faire différemment ?

Son visage se ferme à nouveau et il détourne la tête.

—Vous aviez fréquemment des prises de bec, toi et lui, avant qu'il meure, mais comme n'importe quel père et son fils adolescent. Ton père t'aimait et il savait que tu l'aimais. Il le savait et il était fier de toi. Je suis heureuse quand je repense à cet été-là, quand vous alliez nager tous les deux. Vous faisiez ce que vous aimiez ensemble. D'accord ?

Je pose ma main sur son bras et il me laisse faire.

Il marque une pause, puis hoche la tête et murmure tout bas :

—D'accord.

Je lui accorde un instant pour méditer en paix, parce que maintenant qu'il m'a pardonné, il faut qu'il se pardonne lui-même.

—Maman, murmure-t-il. Il était heureux. On le voit dans ce qu'il écrit et dans ses dessins. Il était vraiment heureux.

Je déglutis et m'aperçois que je retenais mon souffle. Ce sont les mots que j'avais besoin d'entendre. C'est miraculeux d'entendre des mots d'encouragement dans la bouche de Donovan.

—Oui, il était heureux.

Dès que je prononce ces mots, mon cœur devient plus léger.

Nous restons un moment assis sans rien dire. Le téléphone de Donovan fait *ping*. Il le sort aussitôt de sa poche.

Je donne un petit coup à la jambe de Donovan avec mon pied.

—Alors… comment ça va avec Lexi ? Tu l'as appelée au fait ?

—Oui, elle veut que j'aille la voir dès que je pourrai. On va certainement trouver un moyen d'amadouer son père. Mais j'ai du mal à digérer le selfie avec Steve. Je ne sais pas comment réagir. Si je me mets en colère et que je lui fais une scène, elle va penser que je suis un horrible macho. Si je reste cool, elle risque de prendre ça pour de l'indifférence.

—Et donc ?

Il se mordille l'intérieur de la joue, tire machinalement sur sa queue-de-cheval.

—Je sais pas.

—Je pense que la franchise est la meilleure attitude, mais c'est toi qui vois. Il est tout à fait normal de ressentir toutes ces choses à la fois. C'est *ton* histoire d'amour. Il n'y a que toi qui puisses l'écrire.

Luna se joint à nous et se frotte contre Donovan. Il la gratte entre les oreilles. Et j'en prends conscience : il accepte enfin de m'écouter.

—Mon cœur, si tu ne fais pas confiance à Alexis, je crois qu'il vaut mieux que tu rompes plutôt que d'avoir le cœur brisé. Si tu lui fais confiance, en revanche, montre-le-lui, sois à l'écoute.

—Je lui fais confiance. Si seulement je pouvais y aller là, tout de suite. Del dit que je devrais… lui écrire ce que je ressens. Une lettre d'amour en quelque sorte.

Une lettre d'amour. C'est ce que Peter aurait conseillé à Donovan. Je souris à l'idée que c'est Delilah qui l'a suggéré. C'est peut-être comme ça que je devrais considérer le journal de Peter : comme une lettre d'amour à sa famille. J'ai hâte de le lire.

Je me redresse.

—Tu sais quoi ? Ce n'est peut-être pas une mauvaise idée. Peut-être qu'elle n'est pas toujours tombée sur des types bien jusqu'ici et qu'elle a besoin d'un vaillant chevalier pour lui montrer la voie. Je suis sûre que Delilah sera d'accord pour t'aider à l'écrire. Pourquoi pas un poème. Et quand la route sera déblayée demain, tu pourras aller voir Lexi. Je vais demander à Sam s'il veut bien te conduire là-bas, comme ça, Danny – je veux dire M. Parsons – n'y verra pas d'objection.

—Pas un poème, en tout cas. Non. C'est trop ringard. Mais je vais lui écrire.

Il n'a pas l'air très enthousiaste, mais il y a une lueur d'espoir dans ses yeux. Je connais ça. C'est la maladie d'amour.

Quand j'étire la main pour repousser une mèche sur son front, il ne cherche pas à m'éviter. Il pose sa tête sur mon bras. La chaleur de sa joue et le poids de sa tête me font du bien. J'ai l'impression qu'on est réconciliés.

Confession

Luna

Danny est le premier à partir. En pleine nuit, quand il entend le ronronnement de la déneigeuse municipale, il se lève et s'habille dans le noir. À l'aide d'une torche électrique, il réussit à localiser son surpantalon, son manteau, son bonnet et ses gants. Il sort, prêt à se frayer un chemin parmi les amas de neige laissés par la voirie. Le soleil n'est pas encore levé que j'entends rugir le moteur de son camion. Les phares s'allument et il disparaît.

Annika et Lisa dorment dans la chambre parentale, avec moi entre elles deux. Elles se retournent dans le lit quand elles entendent la porte d'entrée s'ouvrir et se refermer, puis se rendorment.

Plus tard, ma maîtresse se lève. Sam dort si profondément qu'Annika est obligée de le secouer. Il est allongé sur le canapé, à côté du poêle, qui est presque éteint. Elle rajoute des bûches et fait repartir le feu tandis qu'il se redresse en bâillant.

—Danny est parti sans toi, lui dit-elle.

Il se frotte le menton.

—Bon sang, je dormais comme un loir. Il faut que j'y aille. Il faut que j'aille voir comment va Brianna.

—Bien sûr.

Elle s'assied à côté de lui sur le canapé et j'attends patiemment à côté de ses pieds. C'est l'heure de mon petit déjeuner. Mais je leur laisse une minute pour parler.

—Il fait un froid de canard ici. Mais curieusement, par contraste avec la neige au-dehors, on a l'impression qu'il fait chaud, tu ne trouves pas ?

Annika hoche la tête.

—Oui, Donovan dit la même chose.

Sam baisse la tête.

—Il faut que je te fasse un aveu.

Il parle tout bas pour ne réveiller personne.

Annika se tord aussitôt les mains en lui jetant des regards nerveux.

—Ah oui ? Quel genre d'aveu ?

—Pas de panique. Rien de grave.

Il sourit et murmure :

—Pour être tout à fait franc, je n'ai pas roulé sur un truc pointu. J'ai crevé moi-même le pneu pour pouvoir me retrouver coincé ici avec toi.

Ma maîtresse hausse un sourcil surpris.

—Et crois-moi, ça n'a pas été simple de crever un pneu dans une tempête de neige avec mon frère qui me tournait autour. J'ai dû me servir d'un marteau pour enfoncer une lame dans le caoutchouc. Mais j'avais tellement envie de te revoir, Annie. Je sais que j'ai agi comme un idiot, sur un coup de tête.

Elle lui sourit et je vois qu'elle est ravie.

—Tu n'aurais pas pu attendre que la tempête soit passée ?

—Mais, non, justement. La neige… ça m'a fait penser à toi et moi ensemble.

Sam hausse les épaules et soupire :

—Je suis désolé. C'était un coup de folie. Il y a tant de choses qui ne vont pas chez moi.

—Sam, j'aime tout ce qui va et qui ne va pas chez toi.

Il rit et enfouit son visage dans ses mains. Je me lève et je frotte ma tête contre sa cheville pour qu'il sache que je l'aime, moi aussi. Il n'est peut-être pas encore le prince charmant dont je rêve – pas tout à fait –, mais il n'est plus l'ogre hirsute du début.

Elle soupire.

—Tu veux bien emmener Donovan chez Lexi plus tard ? Si tu as le temps, bien sûr. Il va avoir besoin d'un garde du corps pour persuader Danny de le laisser entrer.

Il lui prend la main, et enlace ses doigts avec les siens.

—Bien sûr. Et s'il a besoin d'un job cet été, s'il aime le jardinage, on peut l'embaucher pour tondre les pelouses. Tout au moins si aucun de nous ne se retrouve en taule. Pour incendie volontaire et fraude à l'assurance.

Annika secoue la tête.

—J'espère bien que non.

Il la regarde tendrement.

—Tu sais ce que je veux ?

—Quoi donc ?

—Une deuxième chance. Pour voir si ça peut marcher entre nous. J'ai l'impression que oui mais si on n'essaie pas, on ne le saura jamais. Je crois que je pourrais te rendre heureuse.

—Je le crois aussi.

Il se penche vers elle pour l'embrasser. Le visage d'Annika se détend et elle passe sa main libre derrière sa nuque pour l'attirer à elle. Il lui glisse quelque chose à l'oreille, mais je n'arrive pas à entendre. Annika pousse un soupir de contentement et ferme les yeux. Sam a posé ses deux mains sur sa taille et je pense qu'il aimerait bien que ça ne finisse jamais, mais Lisa descend l'escalier juste à ce moment-là.

—Hep, vous deux, les tourtereaux ! claironne-t-elle. Les routes sont dégagées. Alléluia !

Les routes sont dégagées et nous avons le cœur léger. Alléluia !

Prêt à partir

Peter

Une fois que Sam et Lisa sont partis, les enfants se détendent. Delilah est d'humeur loquace tandis qu'elle passe en revue les photos de leurs vacances en Allemagne en décrivant à sa mère chaque gâteau et chaque biscuit au chocolat qu'elle a mangé là-bas. Donovan se met à son tour à parler de toutes les sortes de bières qu'il a goûtées, comme un expert. Annika les écoute patiemment. Je souris.

Luna est assise près d'eux, et je la regarde.

Au revoir, Luna, mon amie.

Tu nous manques, Peter. Tu nous manqueras toujours.

C'est un immense soulagement de savoir qu'Annika va enfin lire mon journal. Je l'ai vue le prendre dans ses mains et commencer à le feuilleter. Il y a tant de choses qu'elle doit lire dedans. Tant de choses à mon sujet.

Annika se demandait si je lui avais jamais pardonné. Mais il n'y a rien à pardonner.

Avoir deux jambes n'a pas fait de moi un homme entier. Ce qui a fait de moi un homme entier, c'est cette famille. Et je m'en félicite. Même si le temps est venu pour moi de la quitter.

Annika l'a finalement compris après que Donovan lui a expliqué ce qu'il y avait dans mon journal. Et elle m'a laissé partir. J'ai senti quand elle a lâché prise. C'était triste mais nécessaire. J'ai senti mon âme s'arracher à ce monde, maintenant je dois partir ailleurs.

Elle rayonne, si fort qu'on a du mal à la regarder. Elle a été si aimante et patiente, et attentionnée.

OK, lui dis-je. *Je suis prêt.*

Je jette un dernier coup d'œil à ma famille et – c'est fini.

Épilogue

Luna

La neige a fondu et le petit carré de gazon devant la maison répand une odeur fraîche de verdure. Donovan vient de finir de tondre la pelouse grâce à la vieille tondeuse qu'il a dénichée dans le garage. Assise sur le porche, j'observe le gros camion-benne qui descend l'allée tandis que Donovan attend, les mains sur les hanches.

Une fille, qui s'appelle Lexi, et qui parle constamment au téléphone avec lui, saute au bas du camion. Dans sa robe courte à rayures, avec ses longues jambes fuselées, elle est aussi gracieuse qu'un chaton.

—Hé ! crie-t-elle en agitant la main.

Et Donovan se dépêche d'aller la retrouver. Il lui prend la main et ils longent l'allée entre la maison et le garage et disparaissent à la vue. Donovan prend alors la fille dans ses bras et l'embrasse avec une telle effusion qu'elle est obligée de se cambrer. Il l'embrasse partout sur le visage et elle pousse des petits cris de joie. Puis il la relâche et ils se dirigent vers l'arrière de la maison.

Il y a du printemps dans l'air !

Sam et Danny descendent du camion. À l'arrière, dans la benne, il y a trois jeunes arbres. Danny pointe du doigt vers un coin du jardin où ils ont abattu de vieux arbres la semaine dernière. Les deux hommes ont les joues rouges et il est clair qu'ils passent beaucoup de temps à l'extérieur. Danny est un peu plus mince mais il n'a pas l'air trop mal. Ce qui est rassurant. Je vais l'approcher et m'arranger pour qu'il me prenne dans ses bras, et ainsi évaluer la situation.

Je lève la tête quand Annika ouvre la porte.

Sam la voit et lui sourit.

—Je vais venir te faire un petit coucou quand j'aurai fini, lui lance-t-il.

Un autre camion approche et deux hommes en sortent. Leur benne à eux est pleine de compost à l'odeur désagréable.

—Trung, dit Sam. Tu as trouvé la maison ?

—Sans problème. Je suis déjà venu déposer Alexis ici la semaine dernière, grommelle l'homme. Et elle a chanté à tue-tête pendant tout le chemin, des airs pop qui passaient à la radio montée à plein volume.

—De la pop ? dit Danny outré. Tu as dû souffrir, mon vieux.

—Elle est heureuse, dit Sam.

—Super. C'est parfait, soupire Danny en jetant un coup d'œil circulaire au terrain.

Le soleil le fait cligner des yeux et il met une main en visière.

—Bien, voici ce que j'ai en tête.

J'écoute le son de sa voix qui se mêle au chant des oiseaux et aux vrombissements d'un souffleur de feuilles en bas de la rue. À l'intérieur, j'entends biper le micro-ondes dans lequel Annika a mis de l'eau à chauffer. Et j'entends le *clic-clac-clic-clac* de la vieille machine à écrire de Peter, dont Delilah se sert pour finir d'écrire le roman de son père.

Je suis contente que l'histoire de Peter continue.

Il est parti, mais il est toujours avec nous.

Remerciements

Toute ma gratitude à Susan Breen, dont les critiques et les remarques, alors que cette histoire n'était encore qu'un pot-pourri d'idées, m'ont aidée à construire un roman. Merci à Krista Riccioni pour sa précieuse évaluation du manuscrit quand celui-ci n'en était qu'à ses balbutiements.

Un immense merci à Stacy Testa de Writers House pour ses conseils, remarques et suggestions, et toute l'aide qu'elle m'a apportée pour la rédaction du manuscrit final, ainsi que pour tout ce qui touche à l'écriture, la publication et la promotion. Je lui suis infiniment redevable !

Un grand merci à mon éditeur de Kensington Books, John Scognamiglio. J'ai beaucoup de chance d'être chez Kensington et d'avoir reçu le soutien de son équipe remarquable : Lulu Martinez, Larissa Ackerman, Lauren Jernigan, Alexandra Nicolajsen, Megan Zimlich, Kristine Mills et Carly Sommerstein. J'espère n'avoir oublié personne ! C'est une expérience unique de travailler avec des gens qui aiment sincèrement les livres et qui mettent toute leur énergie à les publier.

Enfin, un immense merci à ma famille et à mes amis et, naturellement, à mes lecteurs.

Achevé d'imprimer en mars 2023
sur les presses de la Nouvelle Imprimerie Laballery
58500 Clamecy
Numéro d'impression : 303508

Imprimé en France

La Nouvelle Imprimerie Laballery est titulaire de la marque Imprim'Vert®